如何高效写作

文学大师的81堂写作课

夏丏尊
老　舍
等著

国际文化出版公司
·北京·

图书在版编目（CIP）数据

如何高效写作 ：文学大师的 81 堂写作课 / 夏丏尊
老舍等著 . -- 北京 ：国际文化出版公司，2020.10
ISBN 978-7-5125-1228-3

Ⅰ. ①如… Ⅱ. ①夏… Ⅲ. ①文学创作方法 Ⅳ.
① I04

中国版本图书馆 CIP 数据核字（2020）第 129778 号

如何高效写作 ：文学大师的 81 堂写作课

作　者	夏丏尊　老　舍等
责任编辑	王逸明
统筹监制	胡　峰
策划编辑	王劲松
美术编辑	小燕儿
出版发行	国际文化出版公司
经　销	全国新华书店
印　刷	北京柯蓝博泰印务有限公司
开　本	710 毫米 ×1000 毫米　16 开 20 印张　265 千字
版　次	2020 年 10 月第 1 版 2020 年 10 月第 1 次印刷
书　号	ISBN 978-7-5125-1228-3
定　价	45.00 元

国际文化出版公司
北京朝阳区东土城路乙 9 号　邮编：100013
总编室：（010）64271551　传真：（010）64271578
销售热线：（010）64271187
传真：（010）64271187-800
E-mail：icpc@95777.sina.net

青年与文艺①

老　舍

青年们喜爱文学是当然的，不是怪事，也不是坏事。从学校教育上说，青年们血气方刚，正需要文艺作品来感动感化；从社会教育上说，文艺既然是社会的自觉与人生的镜鉴，大家若能从年轻的时候有些文艺上的爱好与欣赏力，必能对将来作人处世大有裨益，而且能慢慢的把社会上一般的文化水准提高。所以说，青年们喜爱文艺不是怪事，也不是坏事。

不过，读了几本小说或戏剧可不许马上就以文艺青年自居。在一个教育发达的国家里，读书正如同游泳或旅行，是每个公民在生活上必然要作的事；只有在不懂得运动的社会里，才会有一人游水，大家站在一旁看热闹的现象；同样的，只有教育不发达的社会里，才会有一人读书，大家莫名其妙，而这一位先生也很容易自命不凡，以秀才或文艺青年自居了。要知道，对文艺的认识并不是件很容易的事；说到文艺批评与创作就更难了；假若只因为读了几册文艺作品而自称为文艺青年，不但仅仅落个浮浅可笑，而且有时候足以耽误了自己。比如说，甲是个高中的学生，有相当的聪明，在课外喜读文艺书籍；因为他比别的同学多读了几本小说、诗集、剧本，同学们也许就呼之为文学家；当办壁报什么的时候，大家也许就推举他主编。自傲心是最普遍的毛病，甲既受人推重，也许就难免傲然以文学家自居了。从此他也许就感觉到学校里的文艺教育不足，从而为了加紧文艺的自修，而把别项功课放松，甚至到考试的时

① 据1940年第50期《时事类编》校订，收入2008年版《老舍全集》第17卷。

候，代数或物理不能及格；功课不及格是多么难堪的事，可是在难堪之中他往往爽性鄙视一切，而说为了文艺可以牺牲一切，以自慰。这是很大很大的错误。要知道，教育是整个的，生在今日的社会里，不明白物理正如同不明白文艺一样可耻，每个人都须在中学里得到足以够作个现代人的基本知识；在有了种种基本知识以后，才能谈到个人的天才发展。就是还以文艺作品来说吧，近卅年来的西洋小说，甚至于诗的里边，都不可避免的谈到科学，或应用天文物理化学中的道理阐明或设喻；假若你不明白科学，你就连这样的小说或诗也读不懂，还说什么自己成为文艺家呢？！自然科学而外，社会科学更是今日文艺作家必须知道的，否则你连今日社会现象中所含蕴的科学真理还不知道，怎能捉到那些问题呢？！假若一个青年读了些古时候的吟风弄月之作，而就放下代数与经济学，他至好也不过只能照样的吟风弄月；即使他有些天才，能把风与月吟弄得相当的漂亮巧妙，那也不过是些小玩艺儿，简直与现代的社会人生无关！

在抗战前，我屡屡被约去帮忙看大学生试验的国文卷子。虽然我没有正式的作过统计，可是在我这一点经验中我的确发现了这个事实——国文卷子好的往往是投考理科的，投考文学系的反倒没有很好的国文成绩。

还有一件事也正好乘这个机会提出来，就是无论中外，许多有名的文艺写家都并不是学文学的人；医生律师……都有成为名写家的，而大学文学系毕业生反倒不一定能创作出什么来。

上面这两个事实使我们知道文艺的天才并不像稻粒可以煮饭，麦粒可以磨面，那么只有一个用处，而是像一块肥美的地土，可以出麦，也可以出别的粮食。一个好的医生可以成为一个好的作家，行医与为文的才能并无根本的妨克；反之，行医的经验反能使写作的资料丰富。

想想看吧，假若一位十七八岁的青年便抛弃了其他的一切，而醉心于文艺；一天到晚什么也不管，只抱着几本小说什么的读念，他能有什么用呢？不错，小说或戏剧中能给他一些人生经验与指示，可是那些经验都是间接的、过去的，并不能算作读者自己的、当时的。不错，读文艺的名著确能使他明白一些词字的遣使，和结构的方法等等；但是文艺并没有一成不变的作法，每个作家都有他自己的手段与方法；照猫画虎决不是好法子。

说到这里，就不妨提出文艺青年这一名词了。首先要问，谁是文艺青年？假若他是初中的学生，据我看，他就该去入高中；同样，他若是高中的学生，就该入大学；顶好是在大学毕业后，有了学识，有了经验，再谈文艺创作。不错，在历史中的确有没有读过什么书而能写出很好文章来的人；但是这样的人并不很多，而且他所写的也都是积多年的经验与困苦而成，并非偶然。一个渔夫，一个樵子，一个乞丐，都能写出打鱼打柴讨饭的真经验，可是他们须先得到那经验，不能胡说。至于打算写一些更广遍更重要的社会问题，恐怕又不是去打廿年鱼，或作五年乞丐，所能办到的了。学问、经验、修养、努力，加上文艺天才，方能产生一个作家。此中的任何一项也不是可以偶然获得的。因此，假若文艺青年这名词而能存在的话，他们必定是为了文艺而对其他的学识热烈的进取；他们要对一切进攻，不是逃避。为了文艺，他们要去参加一切所能参加的工作与活动，以获得直接的经验。为了文艺，他们要虚心、忍耐。发表欲，在这摩登时代里，几乎可与食色之欲并列了；但是，从古至今，发表过的文章是那么多，可有几篇值得一读的呢？发表了不就是成功了；要虚心！为了文艺，须抱定永远学习，永远不自满的态度。忍耐、不许急、不许取巧、不许只抱着一本批评理论假充行家。一个文艺青年必须活到八十岁还是青年！

那么，一个文艺青年就太不容易当了？是的，连拉洋车也并不容易；把事情看得太容易的人大概不易成功。今天，大家都吵嚷没有伟大的作品啊！在许多原因之中，恐怕大家把文艺看得太轻而易举也是个重要的原因。我不敢批评别人，只说我自己吧，我根本就不够格：以我的学问、经验、天才，公公道道的说，我只能作个相当好的小学校长或初中的国文教员；文艺写家差得太多，太多了！论文艺的教养，我少年时和方唯一[①]先生学过诗文，不能说开口乳吃的不好；对西洋文学，我看过不少名作；从十三四岁到今天已经卅年，我可以夸口说：我始终在努力自修。可是，我知道什么？除去读过的那些文艺书籍，我什么也不懂！不懂而假充懂，是可耻的事，我晓得。但是，生活已经入了轨，既走入文艺一途，改行就大不容易；结果呢，终年拿着笔而写不出任何高明东西来；自误误人莫甚于此！学问不够，生活不够，是我的致命伤！

文艺青年！即使你的读书能力比我大着十倍，我卅年中所读过的书，你也须三年才能看完。假使你能苦读三年，还不是和我一样，所读的不过是些文艺书籍，知道了科学吗？知道了社会上任何一桩事吗？我知道自己空虚，所以希望你充实，决没有怕你抢去我的饭碗的意思。我知道自己藐小，所以希望你伟大；伟大不伟大是由种种条件决定，不是由心中一想便能成功的。你喜爱文艺，好事；你常动动笔，好事；你爱谈论文艺，好事；可是，万万不可因此而放弃了别的学课，万万不可因发表了一篇小文而想马上成为个职业的写家。假若你不相信我，我说，你将来的后悔与苦痛也必不减于我；我向来不说谎话！

① 方还（1867—1932），原名张方中，字唯一，昆山人。民初教育家。

目 录

CONTENTS

第一章　文章作法

第二章　文学创作

第三章　小说创作

第四章　诗歌创作

第五章　戏剧创作

第一章 文章作法

第一讲

《文章作法》绪言[①]

夏丏尊

“熟读唐诗三百首，不会吟诗也会吟。”这句话虽然只指示着学习“吟诗”的初步方法，但中国人学习作文，也是同一的态度。原来中国文人是认定“文无定法”，只有“神而明之”。所以古代虽然有几部论到作文法的书如刘勰的《文心雕龙》和唐彪的《读书作文谱》之类以及其他的零碎论文，不是依然脱不了“神而明之”的根本思想，陈义过高，流于玄妙；就是不合时宜。近来在这方面虽已渐渐有人注意，新出版的书也有了好几种，只是适合于中等学校作教科用的，仍不易得；而为应教学上的需要，实在又不能久待；所以参考他国现行关于这一类的书籍，编成这本书以救急。

文章本是为了传达自己的意思或情感而作的，所以只是一种工具。单有意思或情感，没有用文字发表出来，就只能保藏在自己的心里，别人无从得知。单有文字而无意思或情感，不过是文字的排列，也不能使读的人得到点什么。意思或情感是文章的内容，文字的结构是文章的形式。内容是否充实，这关系作者的经验，知力，修养。至于形式的美丑，那便是一种技术。严格地说，这两方面虽是同样地没有成法可依赖，但后者毕竟有些基本方法可以遵照，作文法就是讲明这些方法的。

技术要达到巧妙的地步，不能只靠规矩，非自己努力锻炼不可。学游泳的人不是只读几本书就能成；学木工的人不是只听别人讲几次便会；作文也是如

① 据开明书店1930年版《文章作法》校订。

此，单知道作文法，也不能就作得出好文章。反过来说，不知作文法的人，就是所谓“神而明之”的也竟有成功的。总之，一切技术都相同，仅仅仗那外来的知识而缺乏练习，绝不能纯熟而达到巧妙的境地。“多读，多作，多商量”，这话虽然简单，实在是很中肯綮[①]，颠扑不破；要想作好文章的，不能不在这方面下番切实的工夫。

照上面所说的一段话，必定有人疑心到作文法全无价值，依旧确信“文无定法”，只想“神而明之”；这也是错的。专一依赖法则固然是不中用，但法则究竟能指示人以必由的途径，使人得到正规；渔父的儿子虽然善于游泳，但比之于有正当知识，再经过练习的专门家，究竟相差很远。而跟着渔父的儿子去学游泳，比之于跟着专门家去练习也不同；后者总比前者来得正确快速。法则对于技术是必要而不充足的条件；真正凭着练习成功的，必是暗合于法则而不自知的；法则没用而有用，就在这一点，作文法的真价值，也就在这一点。

第二讲

作者应有的态度[②]

夏丏尊

文章有内容和形式两方面，前面已经讲过。所谓好文章，就是达意表情，使读者读了以后能明瞭作者的本意，感到作者的心情的文章。应当怎样作法才能达到这种地步，这个问题包含很广，实不容易的；但综合起来，最要紧的基本条件却有两个：（1）真实，（2）明确。

① 肯綮（qìng），比喻事理的关键、要害。

② 据开明书店1930年版《文章作法》校订。

（1）真实

文章是传达自己的意思，情感，给别人的东西。倘然自己本来并无这样的意思，情感，当然不应该作表示这样的意思，情感的文章；不然便是说诳了。近来，许多青年欢喜创作，却又并不从实生活上切切实实地观察体验，所以虽然作了许多篇东西，却全同造谣一样，令人读去觉得非常空虚。“情者，文之经；辞者，理之纬；经正而后纬成，理定而后辞畅：此立文之本也。”所以作文先要有真实的“情”，才不是“无病呻吟”。所谓“真实”，固然不是开发票或记账式地将事实一件一件地照样写出，应当有所选择；但把很微细的事物，说得很夸张；把很重大的事件，说得很狭小；或竟把有说无，把无说有；都不免成为虚空。

虽然文章是表现作者的实感，往往有扩大缩小的事实，而同一事物大看小看也随人随时不同；但这是以作者的心情作基础，不能凭空妄造。用一块钱买一件东西，是一桩很简单的事；但因时间和各人的情形不同，有的人觉得便宜，就说：“不过花一块钱。”有的人觉得昂贵，就说：“这要一块钱呢！”心情完全不同。但都是真实的，所以没有不合理的地方。“白发三千丈，缘愁似个长。”“笔落惊风雨，诗成泣鬼神。”“朝如青丝暮成雪”，“边亭流血成海水”这类名句所以有价值，就因它们是表现作者的实感；倘若并没这样的心情，徒然用这样笔法来装饰，便是不真实。

（2）明确

文章要能使读的人了解，才算达到作文的目的；所以难解及容易误解的文章，都不能算是好的。古来的名文中，虽也有很深奥，晦涩，非加上注解不能使人明白的；但这不是故意艰深，使人费解。所以这样，是有两种原因：一是它的内容本来深奥；二是言语随着时代变迁，古今不同。

文章本是济谈话之穷的东西，它的作用，原和谈话没有两样。但用谈话来发表意思，情感的时候，大概是彼此觌面[1]的；有不了解的地方，还可当场问清楚。至于文章，是给同时代或异时代任何地方的人看的，很难有询问的机会；万一费解，便要减少效用，或竟失却效用。就是谈话，尚且要力求明瞭，何况文章呢？

以上两种是作文的消极的条件。不可不慎重遵守。要适合这两种条件，下列几项最要注意。

（1）勿模仿勿剿袭。文章是发表自己的意思和情感，所以不能将别人的文章借来冒充；剿袭的不好，大家都承认的，古来早已有人说过，不必再讲。至于模仿，古来却有不以为非的。什么桐城派阳湖派的古文呀，汉魏的骈文呀，西昆体的诗呀，……越学得像越好。其实文章原无所谓派别，随着时代而变迁，也无所谓一定的格式。仅仅像得那一家，那一篇，决不能当作好的标准。从另一方面说，文章是表现自己的，各人有各人的天分，有各人的创造力；随人脚跟，结果必定要抑灭了自己的个性；所作的文章，就不能完全自由表示自己的意思，情感，也就不真实，不明确了。

（2）须自己造辞勿漫用成语或典故。所作的文章，要读的人读了能够得着和作者作时相同的印象，才算是好的；所以对于自己所要发表的意思，情感必须十分忠实。这本不是一件容易的事，第一步工夫，就在用辞。用辞要适如其分，不可太强，也不可太弱，不可太大，也不可太小。从来文人，无不在用辞上下过苦工夫，贾岛的“推敲”就是最显明的例。法国文豪福来培尔[2]教他的学生莫泊桑有几句名语，很可做教训。

因为世间没有全然相同的事物，作者对于事物，要先观透它的个性。描写的时候，务须明晰，使读者不致看错。这样，自然和人生的真相，才能在作中活跃。最要紧的事情，就是选辞。我们应该晓得，表示某事物最适当的言语只有一个，若错用了别语，就容易和别事物混同。

---

① 觌（dí）面，当面，迎面。

② 现译福楼拜。

他这段话，真是至言；作者对于要表示的内容，应该搜求最适当的辞来表示它，不要漫把不适当的或勉强适当的辞来张冠李戴。因此，可以说，要在言辞有敏感的人，才能做得出好文章。

晓得这一层，就不至于乱用成语或典故了。成语典故如果真和自己所要表示的内容吻合，用也无妨。但事实上很难得有这样凑巧的事情。如“暮色苍然”是描写晚景的成语，但暮色不一定苍然，若只要描写暮色就用这成语便不真实了。古人灞桥折柳以送行，本是一种特别土风，“阳关”“渭城”也是实有所指；现在这种土风已没有了，事实也不相同了，要描写别离的情况，还用“阳关三叠”“渭城骊歌”这类的话，也便是不真实明确。又如“莼鲈之思”这句成语，在张翰本是实有这样的情感，若不是吴人，连莼鲈的味都不知道的，也用来表示思念故乡的情感，当然不真实明确了。用成语典故真能确切的实在不多，所以这样的错误触目皆是，非特别留意不可。

和成语典故相类似，用了容易发生错误的，还有外国语和方言。外国语除了已经通行的或真没有适当译语的以外，都应当避去；因为不懂外国语的人见了这种辞是不会懂的；已懂外国语的人见了这种辞又要感着累赘讨厌。方言非有特别理由，就是没有适当的辞可代替的时候，也不宜用，因为文章中杂用方言，别地方的人读了往往不容易明瞭。

（3）注意符号和分段。符号和分段，都是辅助文章使它的意义更比较明确的。符号错误，就易使文章的真意不明，或引起误解；同一句话，因符号不同，意义就不相同。例如：

（一）“大军官正擦额上的汗呢！听见了这句话，遂高声喊道：‘全胜！’”这句里“全胜！”本是大军官得意的口吻，所以用叹号“！”表出；若用问号，便是表示那大军官还怀疑别一军官的报告，并且和“遂高声喊道”几个字所表示的情调不称；若用住号“。”，情调自然也不合，而“全胜”二字所表示的不过是事实的直述，再无别的意味。

（二）“我爱他，是很光明的。”和“我爱他是很光明的。”两句意义全不同；第一句“是很光明的”五个字是指“我爱他”这件事，第二句是指“我”所以“爱他”的原因。

一篇文章虽有一个中心思想，但仔细分析起来，总是联合几个小的中心思想成功的。为了使文章的头绪清楚，应当把关于各个小的中心思想的文字作成一段；换句话说，就是一个小的中心思想应当作一段，而一段中也只应当有一个小的中心思想。文章的内容若十分复杂，一段里面还可分成几小段。分段的标准或依空间的位置，或依时间的顺序，或依事理自然的秩序，全看文章的内容怎样；至于每段的长短，这是全无关系的。

（4）用字上的注意。为使文章明确和翻译外国文便利，关于第三身代名词，这几年常有人主张将“他”字依性别划分，但还没有一定主张；我喜欢单数在男性用“他”，在女性用“她”，在通性用“它”；多数则用“他们”，“她们”，“它们”。“的”字也划分成三个：（A）“的”用作代名词，和形容词的语尾；（B）“底”用作后置介词，表示“所属”[①]；（C）“地”用做副词的语尾。“那”字原有“询问”和“指示”两种任务；现在也有人主张分成两个，“询问”用“哪”，读上声；“指示”用“那”，读去声。这些分别，于文的明确很有关系，虽未全国通用，但在个人无论采用与否却须一致，否则误解就容易发生。

①“底”在古代白话文初兴时用于表达所属关系，今多作“的”。《辞源》第3版第1344页，底⑦：犹“的”。结构助词。省指人或物。

第三讲

作文的基本的态度[①]

夏丏尊

我曾看了不少关于文章作法的书籍，觉得普通的文章，其好坏大部分是态度问题；只要能了解文章的态度，文章就自然会好，至少可以不致于十分不好的。古今能文的人，他们对于文章法诀，一个说这样，一个说那样，各有各的说法，但是千言万语，都不外乎以读者为对象。务使读者不觉苦痛厌倦而得趣味快乐。所谓要有秩序，要明畅，要有力等等，无非都是想适应读者的心情。因为离了读者，就可不必有文章的。

要使文章能适合读者的心情，技巧的研究，原是必要，态度的注意，却比技巧更加要紧。技巧属于积极的修辞，大部分有赖于天分和学力；态度是修辞的消极的方面，全是情理范围中的事，人人可以学得的。要学文章，我以为初步先须认定作文的态度。作文的态度，就是文章的ABC。

初中的学生，有的文字已过得去，有的还是不大好。现在作文用语体，只要学过了语法的，语句上的毛病当然不大会有；而平日文题又很有自由选择的余地，何以还有许多的毛病呢？我以为毛病都是由态度不对来的。态度不对，无论加了什么修饰或技巧，文字也不能像样。不，反觉讨厌，好像五官不正的人擦上了许多脂粉似的。

文章的态度，可以分六种来说。我们执笔为文的时候，可以发生六个问题：

① 据1932年版《开明国文读本》第4册校订。

（一）为什么要做这文？

（二）在这文中所要述的是什么？

（三）谁在做这文？

（四）在什么地方做这文？

（五）在什么时候做这文？

（六）怎样做这文？

用英语来说，就是Why？What？Who？Where？When？How？六字，可以称为“六W”。现在试逐条说述。

（一）为什么要做这文？这就是所以要作这文的目的。例如：这文是作了给人看的呢，还是自己记着备忘的？是作了劝化人的呢，还是但想作了使人了解自己的意见，或和人辩论的？是但求实用的呢，还是想使人见了快乐感得趣味的？是试验的答案呢，还是普通的论文？诸如此类，目的可各式各样，因了目的如何，作法当然不能一律。普通论文中很细密的文字，当作试验答案，就冗琐讨厌了。见了使人感得趣味快乐的美文，用之于实用，就觉得不便了。周子的《爱莲说》，拿到植物学中去当关于说明“莲”的一节，学生就要莫名其妙了。所取的题目虽同，文字依目的而异，认定了目的，依了目的下笔，才能大体不误。

（二）在这文中所要述的是什么？这是普通所谓题义，就是文章的中心思想。作文能把持中心思想，自然不会有题外之文。例如在主张男女同学[①]的文字中，断用不着“乾道成男，坤道成女”，“男子三十而娶，女子二十而嫁”等类的废话。在记述风灾的文字，断不许有飓风生起原因的科学的解释。我在某中学时，有一次入学试验，我出了一个作文题《元旦》，有一个受试者开端说甚“元旦就是正月一日，人民于此日大家休息游玩……”等类的话，中间略述社会欢乐情形，结束又说“……不知国已将亡，……凡我血气青年快从今日元

① 指男女同校合班上课。

旦觉悟……”等，这是全然忘了题义的例。

（三）谁在做这文？这是作者的地位问题，也就是作者与读者的关系问题。再换句话说，就是要问以何种资格向人说话。例如：现在大家同在一个学校里，假定这学校还没有高级中学，而大家都希望添办起来，将此希望的意思，大家作一篇文字，教师的文字与学生的文字，是应该不同的。校长如果也作一篇文字，与教师学生的亦不相同。一般社会上的人，如果也提出文字来，更加各各不同。要点原是一致，而说话的态度、方法等等，却都不能不异的。同样，子对于父，和父对于子不同，对一般人和对朋友不同，同是朋友之中，对新交又和对旧交不同。记得有一个笑话，有一学生写给他父亲的信中说，“我钱已用完，你快给我寄十元来——勿误——”父亲见信大怒，这就是误认了地位的毛病了。

（四）在什么地方做这文？作这文的所在地，也有认清的必要，或在乡村，或在都会，或在集会（如演说），或在外国，因了地方不同，态度也自须有异。例如：在集会中应采眼前人人皆知的材料，在乡村应采乡村现成的事项。在国外应用外国语，在国内应用本国语（除必不得已须用外国原语者外）。“我们的father”、“你的wife”之类，是怪难看难听的。

（五）在什么时候做这文？这是自己的时代观念，须得认清的。作这文在前清，还是在民国成立以后？这虽是大家都知道的事，但实际上还有人没了解，现在叹气早已用“唉”音了。有许多人还一定要用“呜呼”“嗟乎”，明明是总统，偏叫做“元首”，明明是督军，却自称“疆吏”，往年黎元洪的电报，甚至于使人不懂，这不是时代错误是什么？

（六）怎样做这文？上面的五种态度都认清了，然后再想做文的方法。用普通文体呢，还是用诗歌体？简单好呢，还是详细好？直说呢，还是婉说？开端怎样说？结末怎样说？先说大旨，后说理由呢，还是先说事实，后加断定？怎样才能使我的本旨显明？怎样才能免掉别人的反驳？关于此种等等，都须自己打算研究。

以上六种，我以为是作文时所必须认清的态度，虽然很平凡，但却必须知道，把他连接起来，就只是像下面的一句话：

“谁对了谁，为了什么，在什么地方，什么时候，用了什么方法，说什么话。”

如果所作的文字，依照这里面的各项检查起来，都没有毛病可指，那就是好文字，至少不会成坏文字了。不但文字如此，语言也是这样。作文说话时只要能够留心这“六W”，在语言文字上就可无大过了。

第四讲

关于国文的学习：关于写作①

夏丏尊

从古以来，关于作文，不知已有过多少的金言玉律。什么“推敲”咧，“多读多作多商量”咧，“文以达意为工”咧，“文必己出”咧，诸如此类的话，不遑枚举，在我看来，似乎都只是大同小异的东西，举一可概其余的。例如“推敲”与“商量”固然差不多，再按之，不“多读”，则识辞不多，积理不丰，也就无从“商量”，无从“推敲”，因而也就无从“多作”了。因为“作”不是叫你随便地把“且夫天下之人”瞎写几张，乃是要作的。至于“达意”，仍是一句老花头，唯其与“意”尚未相吻合，尚未适切，故有“推敲”“商量”的必要，“推敲”“商量”的目的，无非就在“达意”而已。至于“文必己出”亦然。要达的是“己”的意，不是他人的意，自己的意要想把它达出，当然只好

① 据开明书店1948年版《中学各科学习法》校订，略有删节。

“已出”，不能“他出”，又因要想真个把“己”达出，“推敲”“商量”的工夫就不可少了。此外如“修辞立其诚”咧，“文贵自然”咧，也都可作同样的解释，只是字面上的不同罢了。佛法中有“一即一切”“一切即一”的话，我觉得从古以来古人所遗留下来的文章诀窍亦如此。

……

关于写作，第一可发生的问题是“写作些什么？”第二是“怎样写作？”

现在先谈“写作些什么？”

先来介绍一个笑话：从前有一个秀才，有一天伏在案头做文章，因为做不出，皱起了眉头，唉声叹气，样子很苦痛。他的妻在旁嘲笑了说：“看你做文章的样子，比我们女人生产还苦呢！”秀才答道：“这当然！你们女人的生产是肚子里先有东西的，还不算苦。我的做文章，是要从空的肚子里叫它生产出来，那才真是苦啊！”真的，文章原是发表自己的思想感情的东西，要有思想感情，才能写得出来，那秀才肚子里根本空空地没有货色，却要硬做文章，当然比女人生产要苦了。

照理，无论是谁，只要不是白痴，肚子里必有思想感情，决不会是全然空虚的。从前正式的文章是八股文，八股文须代圣人立言，《论语》中的题目，须用孔子的口气来说，《孟子》中的题目，须用孟子的口气来说，那秀才因为对于孔子孟子的化装，未曾熟习，肚子里虽也许装满着目前的“想中举人”咧，“点翰林”咧，“要给妻买香粉”咧，以及关于柴米油盐等琐屑的思想感情，但都不是孔子孟子所该说的，一律不能入文，思想感情虽有而等于无，故有做不出文章的苦痛。我们生当现在，已不必再受此种束缚，肚子里有什么思想感情，尽可自由发挥，写成文字。并且文字的形式，也不必如从前地要有定律，日记好算文章，随笔也好算文章。作诗不必限字数，讲对仗，也不必一定用韵，长短自由，题目随意。一切和从前相较，算是自由已极的了。

那末凡是思想感情，一经表出，就可成为文章了吗？这却也没有这样简单。当我们有疾病的时候，“我恐这病不轻”是一种思想的发露，但写了出来，不好就算是文章。“苦啊！”是一种感情的表示，但写了出来也不好算是文章。文章的内容是思想感情，所谓思想感情，不是单独的，是由若干思想或感情复合而成的东西。“交朋友要小心”不是文章，以此为了中心，把“所以要小心”，“怎样小心法”，“古来某人曾怎样交友”等等的思想组织地系统地写出，使它成了某种有规模的东西，才是文章。“今天真快活”不是文章，把“所以快活的事由”，“那事件的状况”等等记出，写成一封给朋友看的书信或一首自己看的日记，才是文章。

文章普通有两种体式，一是实用的，一是趣味的。实用的文章，为处置日常的实际生活而说，通常只把意思（思想感情）老实简单地记出，就可以了。诸君于年假将到时，用明信片通知家里，说校中几时放假，届时叫人来挑铺盖行李咧，在拍纸簿上写一张向朋友借书的条子咧，以及汇钱若干叫书店寄书册的信咧，拟校友会或寄宿舍小团体的规约咧，都是实用文。至于趣味的文章，是并无生活上的必要的，至少可以说是与个人眼前的生活关系不大，如果懒惰些，不作也没有什么不可。诸君平日在国文课堂上所受到的或自己想作的文章题目，如“同乐会记事”咧，“一个感想”咧，“文学与人生”咧，“悼某君之死”咧，“个人与社会”咧，小说咧，戏剧咧，新诗咧，都属于这一类。这类文章，和个人实际生活关系很远，世间尽有不做这类文章，每日只写几张似通非通的便条子，或实务信，安闲地生活着的人们。在中国的工商社会中，大部分的人就都如此。这类文章，用了浅薄的眼光从实生活上看来，关系原甚少，但一般地所谓正式的文章，大都属在这一类里。我们现今所想学习的（虽然也包括实用文），也是这一类。这是什么缘故呢？原来人有爱美心与发表欲，迫于实用的时候，固然不得已地要利用文字来写出表意，即明知其对于实用无关，也想把其五官所接触，心所感触的写出来示人，不能自已。这种欲望，是一切艺术的根源，应该加以重视。学校中的作文课，就是为使青年满足这欲望，发达这欲望而设的。

话又说远去了，那末究竟写作些什么呢？实用的文章，内容是有一定的，借书只是借书，约会只是约会，只要把意思直截简单地写出，无文法上的错误，不写别字，合乎一定的格式就够了，似乎无须多说。以下试就一般的文章来谈“写作些什么？”

秀才从空肚子里产出文章，难于女人产小孩。诸君生在现代，不必抛了现在自己的思想感情，去代圣人立言，肚子决无空虚的道理。“花的开落”，“月的圆缺”，“父母的爱”，“家庭的悲欢”，“朋友的交际”，都在诸君经验范围之内，“国内的纷争”，“生活的方向”，“社会的趋势”，“物价的高下”，“风俗的变更”，又为诸君观想所系。材料既无所不有。教师在作文课中，更常替诸君规定题目，叫诸君就题发挥，限定写一件什么事或谈一件什么理。这样说来，“写作些什么？”在现在的学生似乎是不成问题了的。可是事实却不然。所谓写作，在某种意味上说，真等于母亲生产小孩。我们肚里虽有许多的思想感情，如果那思想感情未曾成熟，犹之胎儿发育未全，即使勉强生了下来，也是不完全的无生命的东西。文章的题目，不论由于教师命题，或由于自己的感触，要之只不过是基本的胚种，我们要把这胚种多方培育，使之发达，或从经验中收得肥料，或从书册上吸取阳光，或从朋友谈话中供给水分，行住坐卧，都关心于胚种的完成。如果是记事文，应把那要记的事物，从各方面详加观察。如果是叙事文，应把那要叙的事件的经过，逐一考查。如果是议论文，应寻出确切的理由，再从各方面引了例证，加以证明，使所立的断案坚牢不倒。归结一句话，对于题目，客观地须有确实丰富的知识（记叙文），主观地须有自己的见解与感触（议论文感想文）。把这些知识或见解与感触打成一片，结为一团，这就是“写作些什么”问题中的“什么”了。

有了某种意见或欲望，觉得非写出来给人看不可，于是写成一篇文章，再对于这文章附加一个题目上去。这是正当的顺序。至于命题作文，是先有题目后找文章，照自然的顺序说来，原不甚妥当。但为防止抄袭计，为叫人练习某一定体式的文字计，命题却是一种好方法。近来学校教育上大多数也仍把这方法沿用着，凡正课的作文，大概由教师命题，叫学生写作。这种方式对于诸君也许有多少不自由的处所，但善用之，也有许多利益可得。（1）因了教师的命题，可学得捕捉文章题材的方法，（2）可学得敏捷搜集关系材料的本领，（3）可周遍地养成各种文体的写作能力。写作是一种郁积的发泄，犹之爆竹的遇火爆发。教师所命的题目，只是一条药线，如果诸君是平日储备着火药的，遇到火就会爆发起来，感到一种郁积发泄的愉快，若自己平日不随处留意，临时又懒去搜集，火药一无所有，那末，遇到题目，只能就题目随便勉强敷衍几句，犹之不会爆发的空爆竹，虽用火点着了药线，只是“刺”地一声，把药线烧毕就完了。“写作些什么”的“什么”，无论自由写作，或命题写作，只靠临时搜集，是不够的。最好是预先多方注意，从读过的书里，从见到的世相里，从自己的体验里，从朋友的谈话里，广事吸收。或把它零零碎碎地记入笔记册中，以免遗忘，或把它分了类，各各装入头脑里，以便触类记及。

再谈“怎样写作？”

关于写作的方法，我在这里不想对诸君多说别的，只想举出很简单的两个标准。（1）曰明瞭，（2）曰适当。写作文章目的，在将自己的思想感情，传给他人。如果他人不易从我的文章上看取我的真意所在，或看取了而要误解，那就是我的失败。要想使人易解，故宜明瞭，为防人误解，故宜适当。我在前面曾说过：自古以来的文章诀窍，虽说法各各不同，其实只是同一的东西。这里所举的“明瞭”与“适当”，也只是一种的意义，因为不“明瞭”就不能“适当”，既“适当”就自然“明瞭”的，为说明上的便利计，姑且把它分开来说。

明瞭宜从两方面求之。（1）文句形式上的明瞭，（2）内容意义上的明瞭。

文句形式上的明瞭，就是寻常的所谓“通”。欲求文句形式上的明瞭，第一须注意的是句的构造和句与句间的接合呼应。句的构造如不合法，那一句就不明瞭；句与句间的接合呼应如不完密，就各句独立了看，或许意义可通，但连起来看去，仍然令人莫名其妙。这样的例子，举不胜举。例如：

国民党是救国救民。

这是我在某处看到的标语，就是一句不通的文字。因为句的构造未合。应改为

"国民党是救国救民的党"，或"国民党能救国救民"才对。

发展这些文化的民族，当然不可指定就是一个民族的成绩，既不可说都是华族的创造，也不可说其他民族毫不知进步。

这是某书局出版的初中教本《本国历史》中的文字，首句的"民族"与次句的"成绩"，前后失了照应，"不可说"的"可"字，也有毛病。又该书于叙述黄帝与蚩尤的战争以后，写道：

这种经过，虽未必全可信，如蚩尤的能用铜器，似乎非这时所知。不过，当时必有这样战争的事实，始为古人所惊异而传演下来，况且在农业初期人口发展以后，这种冲突，也是应有的现象。

这也是在句子上及句与句间的接合上有毛病的文字。试再举一例：

我们应当知道，教育这件事，不单指学校课本而言，此外更有所谓参考和其他课外读物。而且丰富和活的生命，大概是后者而不是前者所产生的。

这是某会新近发表的《读书运动特刊》中《读书会宣言》里的文字。似乎辞句上也含着许多毛病。上二例的毛病在那里呢？本稿篇幅有限，为避麻烦计，恕不一一指出，诸君可自己寻求，或去请问教师。

党部的标语会不通，初中的《历史教本》会不通，《读书会宣言》会不通，不能不说是"奇谈"了，可是事实竟这样！足见通字的难讲。一不小心，就会不通的。我敢奉劝诸君，从初年级就把简单的文法（或语法）学习一过，对于辞性的识别及句的构造法，具备一种概略的知识。万一教师在正课中不授文法，也得在课外自己学习。

句的构造和句与句间的接合呼应，如果不明瞭，就要不通。明瞭还有第二方面，就是内容意义上的明瞭。句的构造合法了，句与句间的接合呼应适当了，如果那文字可作两种的解释（普通称为歧义），或用辞与其所想表示的意义不确切，则形式上虽已完整，但仍不能算是明瞭。

无美学的知识的人，怎能作细密的绘画的批评呢？

这是有歧义的一例。"细密的绘画"的批评呢，还是细密的"绘画的批评"？

殊不确定。

用辅导方法，使初级中学学生自己获得门径，鉴赏书籍，踏实治学。（读“文”，作“文”，“体察人间”）

这是某书局《初中国文教本编辑要旨》中的一条，可以作为用辞与其所想表示的意义不确切的例子。“鉴赏书籍”，这话看去好像收藏家在玩赏宋版书与明版书，或装订作主人在批评封面制本上的格式哩。我想，作者的本意，必不如此。这就是所谓用辞不确切了。“踏实治学”一句，“踏实”很费解，说“治学”，陈义殊嫌太高。此外如“体察人间”的“人间”一语，似乎也有可商量的余地。

内容意义的不明瞭，由于文辞有歧义与用辞不确切。前者可由文法知识来救济，至于后者，则须别从各方面留心。用辞确切，是一件至难之事。自来各文家都曾于此煞费苦心。诸君如要想用辞确切，积极的方法是多认识辞，对于各辞具有敏感，在许多类似的辞中，能辨知何者范围较大，何者较小，何者最狭，何者程度最强，何者较弱，何者最弱。消极的方法，是不在文中使用自己尚未十分明知其意义的辞。想使用某一辞的时候，如自觉有可疑之处，先检查字典，到彻底明白然后用入。否则含混用去，必有露出破绽来的时候的。

以上所说是关于明瞭一方面的，以下再谈到适当。明瞭是形式上与部分上的条件，适当是全体上态度上的条件。

我们写作文字，当然先有读者存在的预想的，所谓好的文字就是使读者容易领略，感动，乐于阅读的文字。诸君当执笔为文的时候，第一，不要忘记有读者；第二，须努力以求适合读者的心情，要使读者在你的文字中得到兴趣或快悦，不要使读者得着厌倦。

文字既应以读者为对象，首先须顾虑的是：（1）读者的性质，（2）作者与读者的关系，（3）写作这文的动机等等。对本地人应该用本地话来说，对父兄应自处子弟的地位。如写作的动机是为了实用，那末用不着无谓的修饰，如果要想用文字煽动读者，则当设法加入种种使人兴奋的手段。文字的好与坏，第一步虽当注意于造句用辞，求其明瞭，第二步还须进而求全体的适当。对人适当，对时适当，对地适当，对目的适当。一不适当，就有毛病。关于此，日本文章学家五十岚力氏有“六W说”，所谓六W者：

（1）为什么作这文？（Why）

（2）在这文中所要述的是什么？（What）

（3）谁在作这文？（Who）

（4）在什么地方作这文？（Where）

（5）在什么时候作这文？（When）

（6）怎样作这文？（How）

归结起来说，就是“谁对了谁，为了什么，在什么地方，什么时候，用了什么方法，讲什么话。”

诸君作文时，最好就了这六项逐一自己审究。所谓适当的文字，就只是合乎这六项答案的文字而已。我曾取了五十岚力氏的意思作过一篇《作文的基本的态度》，附录在《文章作法》（开明书店出版）里，请诸君就以参考。这里不详述了。

……

文字的学习，虽当求之于文字的法则（上面的所谓明瞭，所谓适当，都是法则），但这只是极粗浅的功夫而已。要合乎法则的文字，才可以免除疵病。这犹之书法中的所谓横平竖直，还不过是第一步。进一步的，真的文字学习，须从为人着手。“文如其人”，文字毕竟是一种人格的表现，冷刻的文字，不是浮热的性质的人所能模效的，要作细密的文字，先须具备细密的性格。不去从培养本身的知识情感意志着想，一味想从文字上去学习文字，这是一般青年的误解。我愿诸君于学得了文字的法则以后，暂且抛了文字，多去读书，多去体验，努力于自己的修养，勿仅仅拘执了文字，在文字上用浅薄的功夫！

第五讲

作文秘诀[1]

鲁　迅

现在竟还有人写信来问我作文的秘诀。

我们常常听到：拳师教徒弟是留一手的，怕他学全了就要打死自己，好让他称雄。在实际上，这样的事情也并非全没有，逢蒙杀羿[2]就是一个前例。逢蒙远了，而这种古气是没有消尽的，还加上了后来的“状元瘾”，科举虽然久废，至今总还要争“唯一”，争“最先”。遇到有“状元瘾”的人们，做教师就危险，拳棒教完，往往免不了被打倒，而这位新拳师来教徒弟时，却以他的先生和自己为前车之鉴，就一定留一手，甚而至于三四手，于是拳术也就“一代不如一代”了。

还有，做医生的有秘方，做厨子的有秘法，开点心铺子的有秘传，为了保全自家的衣食，听说这还只授儿妇，不教女儿，以免流传到别人家里去，“秘”是中国非常普遍的东西，连关于国家大事的会议，也总是“内容非常秘密”，大家不知道。但是，作文却好像偏偏并无秘诀，假使有，每个作家一定是传给子孙的了，然而祖传的作家很少见。自然，作家的孩子们，从小看惯书籍纸笔，眼格也许比较的可以大一点罢，不过不见得就会做。目下的刊物上，虽然常见什么“父子作家”“夫妇作家”的名称，仿佛真能从遗嘱或情书中，密授一些什么秘诀一样，其实乃是肉麻当有趣，妄将做官的关系，用到作文上去了。

---

① 据1981年版《鲁迅全集》第4卷校订。

② 见《孟子·离娄》：“逢蒙学射于羿，尽羿之道；思天下惟羿为愈己，于是杀羿。”

那么，作文真就毫无秘诀么？却也并不。我曾经讲过几句做古文的秘诀[①]，是要通篇都有来历，而非古人的成文；也就是通篇是自己做的，而又全非自己所做，个人其实并没有说什么；也就是“事出有因”，而又“查无实据”。到这样，便“庶几乎免于大过也矣”了。简而言之，实不过要做得“今天天气，哈哈哈……”而已。

这是说内容。至于修辞，也有一点秘诀：一要蒙胧，二要难懂。那方法，是：缩短句子，多用难字。譬如罢，作文论秦朝事，写一句“秦始皇乃始烧书”，是不算好文章的，必须翻译一下，使它不容易一目了然才好。这时就用得着《尔雅》,《文选》了，其实是只要不给别人知道，查查《康熙字典》也不妨的。动手来改，成为“始皇始焚书”，就有些“古”起来，到得改成“政俶燔典”[②]，那就简直有了班马[③]气，虽然跟着也令人不大看得懂。但是这样的做成一篇以至一部，是可以被称为“学者”的，我想了半天，只做得一句，所以只配在杂志上投稿。

我们的古之文学大师，就常常玩着这一手。班固先生的“紫色鼃声，余分闰位”[④]，就将四句长句，缩成八字的；扬雄先生的“蠢迪检柙”，就将“动由规矩”这四个平常字，翻成难字的。《绿野仙踪》记塾师咏“花”，有句云:“媳钗俏矣儿书废，哥罐闻焉嫂棒伤。”自说意思，是儿妇折花为钗，虽然俏丽，但恐儿子因而废读；下联较费解，是他的哥哥折了花来，没有花瓶，就插在瓦罐里，以嗅花香，他嫂嫂为防微杜渐起见，竟用棒子连花和罐一起打坏了。这算是对于冬烘先生[⑤]的嘲笑。然而他的作法，其实是和扬班并无不合的，错只在他不用古典而用新典。这一个所谓“错”，就使《文选》之类在遗老遗少们

---

① 指1930年写的《做古文和做好人的秘诀》。

② 政，即嬴政。俶，shū，开始。燔，fán，焚烧。这是鲁迅模仿有古文癖的人造的句子。

③ 此处班马并称，有注指班固与司马迁，也有认为应指班固与司马相如。参见《语文学习》2011年12月号王容荣文章。

④ 语见《汉书·王莽传》，指王莽篡位事。

⑤ 指迂腐的知识分子。

的心眼里保住了威灵。

做得蒙胧，这便是所谓“好”么？答曰：也不尽然，其实是不过掩了丑。但是，“知耻近乎勇”[1]，掩了丑，也就仿佛近乎好了。摩登女郎披下头发，中年妇人罩上面纱，就都是蒙胧术。人类学家解释衣服的起源有三说：一说是因为男女知道了性的羞耻心，用这来遮羞；一说却以为倒是用这来刺激；还有一种是说因为老弱男女，身体衰瘦，露着不好看，盖上一些东西，借此掩掩丑的。从修辞学的立场上看起来，我赞成后一说。现在还常有骈四俪六，典丽堂皇的祭文，挽联，宣言，通电，我们倘去查字典，翻类书，剥去它外面的装饰，翻成白话文，试看那剩下的是怎样的东西呵！？

不懂当然也好的。好在哪里呢？即好在“不懂”中。但所虑的是好到令人不能说好丑，所以还不如做得它“难懂”：有一点懂，而下一番苦功之后，所懂的也比较的多起来。我们是向来很有崇拜“难”的脾气的，每餐吃三碗饭，谁也不以为奇，有人每餐要吃十八碗，就郑重其事的写在笔记上；用手穿针没有人看，用脚穿针就可以搭帐篷卖钱；一幅画片，平淡无奇，装在匣子里，挖一个洞，化为西洋镜，人们就张着嘴热心地要看了。况且同是一事，费了苦功而达到的，也比并不费力而达到的的可贵。譬如到什么庙里去烧香罢，到山上的，比到平地上的可贵；三步一拜才到庙里的庙，和坐了轿子一径抬到的庙，即使同是这庙，在到达者的心里的可贵的程度是大有高下的。作文之贵乎难懂，就是要使读者三步一拜，这才能够达到一点目的的妙法。

写到这里，成了所讲的不但只是做古文的秘诀，而且是做骗人的古文的秘诀了。但我想，做白话文也没有什么大两样，因为它也可以夹些僻字，加上蒙胧或难懂，来施展那变戏法的障眼的手巾的。倘要反一调，就是“白描”。

“白描”却并没有秘诀。如果要说有，也不过是和障眼法反一调：有真意，去粉饰，少做作，勿卖弄而已。

---

① 语出《礼记·中庸》。

第六讲

说作文[①]

朱　湘

提起笔来——无论是软毫，硬毫，兼毫，自来水笔，钢笔，铅笔，画笔，鹅管；提起它来写字，由摩崖大字到蝇头小楷，由王羲之的《兰亭序》到孩子们的九宫格。苏轼的诗歌，书法，都是上乘之品，这诚然是作到了旧诗人的理想境地……不过，李白，杜甫，他们两个人的书法，究竟高明与否，这是一个极有趣味、耐人寻思的问题。论诗以神韵为主的王士祯，他写的字是毫无神韵可言，不像苏轼那样的字如其诗，诗如其字。李白的诗必得要拿欧阳询的笔，杜甫的诗必得要拿颜真卿的笔来写……他们的字要是真正写得那么好，到现在决不会没有一点半点的遗留。

窗明几净，在面前排列着优雅的文房四宝，这诚然是可以增加文思。不过，在囚牢里，文天祥也可以写出他的《正气歌》。

"床上，厕上，马上"，这是欧阳修对于"文章是在什么时候作出来的"一个问题的回答；这个回答多少有一点才子习气，好像庄子在有人问道的时候，答以"在屎溺"那样。老生常谈的说来，文章是作成于五情发动之时，一片幽静之中。

韩愈说的"穷愁之言易工，欢愉之言难好"，我们与其注重在"穷愁"，"欢愉"这两个字眼之上，倒不如注重那个"易"字与那个"难"字。穷愁之言易工，是因为人都怕穷愁——不过，"置之死地而后生，置之亡地而后存"这两

① 据北新书局1934年版《文学闲谈》校订。

句成语，要韩信来运用，才得到了成功。欢愉之言虽说是难好，并不见得就作不好；韩愈自己岂不是便有一篇《平淮西颂》么？

无论是谁，在作文的时候，决不会想着“起，承，转，合”这四个字；不过，它们是抽象的存在着，这是谁也不能否认的。只拿剧本来讲，元曲的四折，不用说了，是明显的起，承，转，合；便是西剧，从前的五幕，那何尝不是起，承，转，大合，小合；现在的三幕，那又何尝不是起承转合呢？孔子说的“七十，而从心所欲，不逾矩”，俗话说的“熟能生巧”，便是作文的秘诀。

中国虽是“中庸之道”的国家，它的文学却是最不中庸的。只看赋，它要把建筑学囊括入它的范围，那是多么野心，结果是笨重，一点文学的趣味也没有。再看李商隐的“夕阳无限好，只是近黄昏”这两句诗。头一句并不说夕阳怎样的好，只说它好，“无限”的好；这寥寥的五个字里面，是多么充满了想像：说它们是孱弱？行。说它们是最为遒劲的？也行。再加上那第二句，把无限的想像一化而为无限的情感；没有“！”这个惊叹号，没有鸦鹊的喧噪，没有自然的叹息，没有人的留恋，但是，在这五个字里面，它们都有了。

文章只有好不好，没有长短的分别。中国的十六字令，日本的俳句，希腊的双行墓铭；印度的《赖摩耶拿》，《麻哈孛赫瑞塔》，波斯的《夏·拿穆》，芬兰的《开勒弗雷》，希腊的《伊里亚得》，《奥第赛》——作得好，便是诗，

Et tout le reste est literature[①]

作得不好，至少是文学。

出题目作文章，好像是小学生干的事。不然。劝世小说，问题剧，这些岂不都是社会出了题目教文学家去作文章么？肚子里有文章的人，无论是自己还是旁人出下题目来，总有好文章交卷——肚子里没有文章的人，没有题目之时，正好躲懒……

在小学里作文，先生要把文章改得体无完肤；到了中学，大学，又有修辞

---

① 法国诗人保罗·魏尔伦（Paul Verlaine，1844—1896）所著《诗艺》中的一句话，应为：“Et tout le reste est littérature”，1934年版《文学闲谈》与2017年版全集均误。

学，传统思想——如今是更不得了，在旧有的缚束之上，又加增有西方的缚束。要治当今的病症，只有一剂好药，“瞎说一气”。会瞎说的人，越说越上劲，等到说完了，总有一两句好话。不管旁人听不听，也不管旁人打搅不打搅，还是瞎说下去，等到打搅的人一齐累了，散了，还是瞎说着，好像一个疯子那样——那总可以瞎说出来一两句绝妙好辞。

新文学如今还是在发育时代；多读惠特曼的诗，多读《吉诃德先生》与虞戈①，道斯陀耶甫司奇②的小说，多读萧伯讷的剧本，成熟的新文学才有作得出来的希望。

我们现在都还没有七十岁；等到七十岁的时候，再作“从心所欲，不逾矩”的圣人，也还不迟。只怕，到了那时候，就是想逾矩也不能够了。

要写好文章，必得侍候文神。侍候文神，与侍候女子一样的难。不能怕人笑你是傻子，不能怕人骂你是疯子。只有一点不同：对于女子，情感应该一点一点地给；对于文神，给与必得是全盘的，唯有全盘地给与，才能由文神那里获得全盘的给与。

没有一项才能不是天生的；作文当然并不是例外。天生得能作文，闭处斗室之中，或是环行地球，一样的写得出好文章来。文章在人的心里；并不在环境之中。环境是吸铁石罢了。环境也可以比譬作一块刮痧的磁片，在热天，或是在气郁的时候，拿来在脖子上，在背上刮刮；正在刮着的时候，又痛又哼又叫，一到瘀血刮到了皮肤的表面，便浑身痛快了。

文章便只是费话。相视而笑，莫逆于心；要文章作什么？老子说，“道可道，非常道”；孔子说，“天何言哉？四时行焉！万物生焉”。不过，在文化的历程中，语言是占着一个什么样的位置，那是不言而喻的。这么说来，费话并不是费话；换一句话说，便是，文学并不是费话了。一部《水浒》，那是艺术的；几十续的《彭公案》，那是人情的，便是这一部《水浒》之内，多少也有

① 现译雨果。

② 现译陀思妥耶夫斯基。

些不可免的费话。所以，作文章的人，不能怕费话，同时，又不能费话。

兵法中所说的声东击西，那正是文人的惯技。在一篇文章之内，“技巧”一刻把你逗到这里来，一刻又把你逗到那里去。等到掩卷之时，越是圈子兜得多，越是圈子兜得与众不同，你越是说它好。从前周幽王，为了要得到褒姒的一笑，还有《伊索寓言》内的那个牧童，为了自己的高兴，一个撒大谎亡了国，一个撒小谎丧了身。“撒谎的艺术”是高此一筹，因为自己与他人同时都快活了，并且一次不够，大家都还要再来一次。要是能够作出一篇文章来，不单是教人快活，并且是教人思索；这岂不是更好的文学么？所以趣味横生的载道文学，是作文章的人所应永远保持着的理想。

胖子，瘦子，这是打诨剧中的两个典型人物；但是一到莎士比亚的手中，他俩之内，一个变作了韩烈特[①]，一个变成了福斯达甫[②]，两个第一等的文学人物。

人是完全囿于自我的；无论是写神思，写人类，写他人，写自己，写动植物，写自然，到头来都是脱离不了自我的范围。

作文章的人没有话不可以说，只是看他怎样的说出来罢了。最新的现代文学与最旧的古代文学，在本质上并没有变更，所变更的只是方式。

思话、残酷、撒谎、费话、不说话、瞎话，这些，在实际的人生之内，都是要不得的，但是，一到了文学家的笔底，它们便升华作梦话，最高的艺术了。

---

① 今译哈姆雷特。

② 今译福斯塔夫。

第七讲

记事文[1]

夏丏尊

第一节　记事文的意义

将人和物的状态，性质，效用等，依照作者所目见，耳闻或想像的情形记述的文字，称为记事文。例如：

……这一枝梅花只有二尺来高，旁有一枝，纵横而出，约有二三尺长；其间小枝分歧，或如蟠螭，或如僵蚓，或孤削如笔，或密聚如林；真乃“花吐胭脂，香欺兰蕙。”——《红楼梦》第五十回。

案上设着大鼎，左边紫檀架上放着一个大官窑的大盘；盘内盛着数十个娇黄玲珑大佛手；右边洋漆架上悬着一个白玉比目磬，旁边挂着小槌。——《红楼梦》第四十回。

（状态）

可以敌得过代洛西的人，一个都没有，他什么都好，无论算术，作文，图画，总是他第一，他一学即会，有着惊人的记忆力，凡事不费什么力气，学问在他，好像游戏一般。——《爱的教育·级长》。

如今长了七八岁，虽然淘气异常但聪明乖觉，百个不及他一个！——《红楼梦》第二回。

（性质）

① 据开明书店1930年版《文章作法》校订，略有删节。

那个软烟罗只有四样颜色，一样雨过天青，一样秋香色，一样松绿色的，一样就是银红的。若是做了帐子，糊了窗屉，远远的看着，就似烟雾一样。——《红楼梦》第四十回。

这就是鲛绡丝所织。暑热天气，张在堂屋里头，苍蝇蚊子，一个不能进来，又轻又亮。——《红楼梦》第九十二回。

（效用）

上面所举的例，都是记事文。所谓人和物的状态，性质，效用等都是静的，空间的。这个标准，全是就作者的旨趣说，所以有时被记出的虽是动状，仍是记事文，例如：

堤上虽有微风，河里却毫没有波纹，水面像镜子一般，映出澄清的天空的影。——《少年的悲哀》。

那时候白雾越发降得重，离开房子不过十步路，便看不见那边的窗，只看见一团黑影，里面射出来一条红灯光。河上又发出种奇怪的鼾息声，冰块爆裂声。一只鸡在院子里浓雾中间喔喔的叫着，引起别的鸡也鸣叫起来了，以近及远，慢慢儿一村间只听见一片鸡鸣声音。可是四围除去河流以外，所有都寂静。——《复活》第十七章。

第二节　作记事文的第一步

记事文以记述经验为目的，未曾经验的事物，当然无从记述。就是有时是根据作者的想象，而所记述的是假设的情形，但想象也不是凭空妄造，须有相当的经验作根据。因为这样，要作记事文，先须经验事物，或目见，或耳闻，或参考书籍，从各方面收集材料，更将所得材料按适当的次序排列起来。在初学的人，没有腹案的功夫的，并须将各材料一一地用短文记出。例如要作“西湖”的记事文，先就经验所得，摘出种种的材料。

先查地理书，假定得到下面的材料：

（一）西湖在杭州城西，又名西子湖。

（二）西湖是东南的名胜。

再把自己在游西湖的时候的经验列举出来，假定如下：

（三）从上海坐沪杭车到杭州城站，步行三四里就到。

（四）我到车站的时候，原想坐人力车，后来听说到那里很近，就步行了。

（五）湖直径约十余里，游船往来如织。

（六）舟人说，原有两塔，南面的是雷峰塔，北面的是保俶塔。

（七）水很清，可望见游鱼。

（八）湖滨旅馆很多，我在某旅馆住了几天。

（九）别庄，祠堂相望，风景幽美。

（十）一面滨市，三面皆山。

（十一）山峰连续，最高者是北高峰。

（十二）春夏游人最多，外国人来游的也不少。

（十三）坐小舟行湖中，如入画图。

（十四）有苏白二堤，蜿蜒湖中。

（十五）有林和靖墓，苏小小墓、岳坟等古迹。

（十六）山的有名的是北高峰，葛岭，孤山，南屏山等。

（十七）寺观林立，钟声时到游人的耳际。

（十八）某别庄正在那里开工建筑。

（十九）四围多垂柳，远望如绿烟。

（二十）有人在那里钓鱼。

（二十一）山上多树，水底有草。

这样一个个地排列起来（愈多愈好），然后再对于材料进行一种精密的取舍整理。

〔注意〕这种程序，可应用于一切文体，不但记事文如此。

第三节　材料的取舍和整理

从经验事物虽将各项关于事物（题目）的材料收集起来；但这些材料，对于题目并不全然适切。如果将不适切于题目的材料夹杂进去，文章就有不切适的毛病。选择材料的标准：一是适切题目，二是注重特色。例如以“西湖”为题的记事文，前节所列的材料中，如（三）（四）（十八）和（八）的后半部，（六）的前半部，都不是《游西湖记》的材料，所以不适切题目，应该舍去。（二十）（二十一）两项不是西湖的特色，也应舍去。

材料取舍完了，其次便是整理。凡是同类的材料，务必集合在一处，将冗繁支离的删去。例如前节（五）的后半部和（十二）可并，因为都是记述游人的情况的。（十一）和（十六）也可并，因为都是记述山的。

既将材料取舍，整理好了，联缀起来，就成文章。现在将前节所举的材料，依上面取舍整理的结果缀成短文如下：

西　湖

西湖又名西子湖，在杭州城西（一），是东南的名胜（二）。湖径广约十几里（五），一面滨市，三面皆山；山峰连续，最高的是北高峰（十一），此外有名的有葛岭，孤山，南屏山等（十六）。原有雷峰和保俶两塔对峙，现只保俶塔巍然矗于北面（六）。苏白二堤，蜿蜒湖中（十四）。湖畔有林和靖墓，苏小小墓，岳坟等古迹（十五）；别庄，祠堂相望（九）。寺观林立，钟声时到游人耳际（十七），湖水清浅，可望见游鱼（七）。四围多垂柳，远望如绿烟（十九）。坐小船行湖中，好像入画图（十三）。春夏间游人最多，游船往来如织，外国人慕名来游的也不少（十二）。

第四节　记事文的顺序

记事文的顺序大概有两种，一以观察的顺序为标准，一以事物本身的关系为标准。简单的记事文，如前节所举的例，通常用第一种。但要记复杂的事物，这种方法，就不适用。如作“飞行机”和“无线电话”等题的记事文，也依作者自己所观察的顺序为文字的顺序，一一联缀起来，那便混杂不清了。

作复杂的记事文，先须注目于关系事物全体的材料，然后顺次及于各部分；各部分的材料中，又是先列大的，后列小的。现在参考书籍，作“鸽”的记事文如下：

鸽是和鸠同类的一种鸟，大都善飞，喜群居。统分野鸽和家鸽两类，家鸽又分菜鸽和飞鸽两种。（一）

野鸽，性情极凶恶；住在山野树林里，以田禾为食，是农家的害鸟的一种。它的羽毛全体暗黑，只有背的中央是灰白色，颈和胸前有紫绿色的光泽，眼睛的颜色不好看。（二）

家鸽为野鸽的变种，性情很驯良，可以和家鸡一样给人家喂养。羽毛眼色，种种不一。飞翔很快，记忆力很强（1）。其中的一种，菜鸽，比较起来飞得不高，也飞得不远。眼色也不十分好看。只是它的生殖很容易。肉味也很鲜，用来佐菜，喜欢的人极多；就是它的蛋也是很贵重的食品（2）。（三）

飞鸽，放到远处地方去，它也能自己飞回来，可用以传信。但是它生长很不容易，往往孵不出小鸽，因为难得，售价非常的贵。（四）

家鸽的品格很多，要分辨它们的好坏和名目只消看它们的眼睛，和毛羽的颜色。（五）

菜鸽的眼睛虽不十分好看，但也有几种有趣味的；一种姜黄眼，眼球下面，现着砂子，黄颜色里带些红色（1）。一种桃砂眼，眼球下面的砂是桃红色的（2）。又有一种水砂眼，桃砂的桃红色，还带些淡红的（3）。无论姜黄眼或桃砂眼，眼球里有几粒黑砂，能够上下流动的，又叫流砂；很是名贵。将鸽的身子，颠倒转来，眼球里的几粒黑砂，就慢慢地流下；等到再转身过去，又流转了去，真是有趣（4）。（六）

飞鸽的眼睛，名目更多，最好看的是藤砂。藤砂又可分成三等：网藤，眼睛里有许多丝，像藤一般的这种最好（a）；藤砂，只有一二条丝从眼球里现出来，极显明的，比网藤次一些（b）；藤砂中最下等的，丝贴紧在眼球下面，并不显明的（c）（1）。藤砂以外，铁砂眼，眼球里有一种和砂子一般的小粒的（2）；紫砂眼，眼睛颜色带深黑的，也是上品（3）。又有一种朱砂眼，眼睛里有细砂，红得像朱砂一样（4）。（七）

这文的顺序画出图来，恰如下所示。

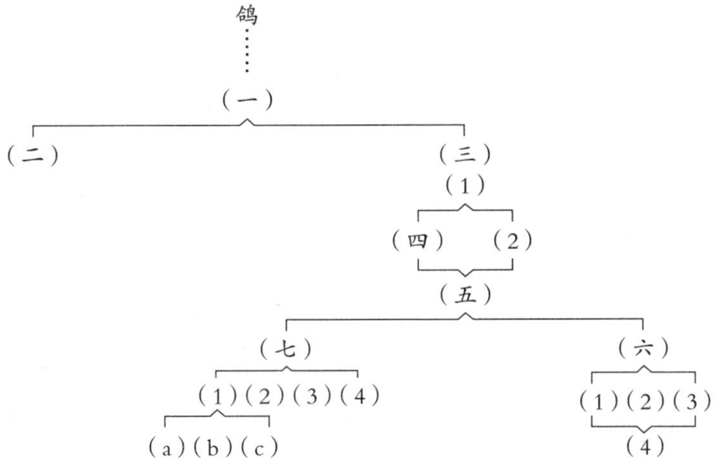

凡是所记的事物，非一见一闻就能明瞭，要从书籍上查考它的效用，构造，历史……的，都应该用这个方法来记述。

【练习】（略）

第五节　文学的记事文

记事文虽以记述事物的状态，性质，效用，使人理解为主；但也有记述事物的美丑的一类，而不以使人理解为目的。前一类，称为科学的记事文，只是作者对于事物的认识的报告，比较偏于客观的；前几节所举的例都是。后一类称为文学的记事文，乃是表现作者对于事物的印象，主观的成分比较多。

例如以“月”为题，就有下面的两种作法：

（一）月是星体中最和人相近的。在天空中，一面绕着地球转动，同时随了地球绕太阳而行。它和地球一样，还有自转。它的自转和绕着地球转动，都大约是二十七日有零一周，所以地球上的人只能和它的大部分相见。月上也有山，山岭最高的约二万六千尺至一万七千尺；如阿奔那尼（Apennines）[①]一山，壁立雄峻的奇峰竟有三千多个。它的本体原是黑暗的，只是反射太阳的光以为光。太阳照着的部分全向地球的时候，看去很圆，这叫做“望”。太阳不照着的全黑的部分向着地球的时候，叫做“晦”。太阳照着的和没有照着的各有一部分向着地球的时候，叫做“弦”。

（二）窗外好像水国，近的屋，远的山，都用不很明白的轮廓，画在空中。屋角树林的下面，晕着神秘的色光。熄灯以后，月光闯入室内，在床上铺着一条青黄色的光带。夜静了，不知那里来的呜咽幽扬的笛声，还隐约地在枕上听得。

上面，第一篇，读了虽然可以得到关于月的状态和性质的知识，却不能感到月色的美观和月夜的情趣；这便是科学的记事文。第二篇，却恰好相反，只能给读者以月色的美观和月夜的情趣，至于月的性质和状态，却一点不曾写到；这是文学的记事文。

作文学的记事文须观察经验，和对于材料选择，整理，与作科学的记事文一样。除了这些条件以外，还须特别注意下列各项：

（1）想像。因为文学的记事文，是表现作者所得的印象，所以在记述事物以前，必须将要表现的印象重现于心中，然后执笔。

即如前例关于“月”的文字，内中都是作者曾经目见过的光景，不是凭空假造的。在作这文时，只是将旧有的印象一一在心中再现，然后依样记述。作这类的文字务必依自己所感受的记述，不可依赖成语来堆砌，如说到月，不可便用些“月白风清”,“月明星稀”之类的话。这是第一步工夫，也是最难的事；

① 现译亚平宁山脉。

但惟其难能，所以可贵；能够做到，就不愧为作家了。

（2）注意特色。作文学的记事文，虽然要依作者自己所感受的记述，但局部的琐碎记述，不但不能使光景活现，并且不能使人得到所记述的事物的深刻的印象；所以必须捉住特色，舍弃其余，任读者自己补足。例如，要记述人物，把他的眉毛，眼睛，鼻头，都记上几百字，分裂琐碎，令人看了，就要莫名其妙，不能使所记的人物的状貌在读者心中活现了。现从小说中找几条例来看：

第一个肌肤微丰，身材合中；腮凝新荔，鼻腻鹅脂；温柔沉默，观之可亲。第二个削肩细腰，长挑身材；鹅蛋脸儿，俊眼修眉，顾盼神飞，文采精华，见之忘俗。——《红楼梦》第三回

这马兵都头，姓朱名仝，身长八尺四五，有一部虎须髯，长一尺五寸，面如重枣，目若朗星，似关云长模样，满县人都称他美髯公。……那步兵都头，姓雷名横，身长七尺五寸，紫棠色面皮，有一部扇圈胡须，为他膂力过人，跳二三丈阔涧，满县人都称他做插翅虎。——《水浒》第十二回

她身材不甚高大，胸脯十分丰满，……脸显得特别的白，这种样子真和久居家中闭户不出的人的脸色相同，仿佛番薯深藏地窖里所变成的颜色一般。她双手十分阔，却不很大；头颈从大衣领里透出来，显得又白又胖。在她那雪白光泽的脸上一双又黑又亮的眼睛不住地闪动，眼神虽然显出十分疲乏的样子，却还有活泼气象，内中有一只眼睛略为斜一点。——《复活》第一章

这三个例，第一二个虽是旧式的描写法，但寥寥数言中，却能表出迎春和探春，朱仝和雷横的状貌。第三个，也足以表现一个堕落了而久居监狱的女子的神气。所以能够这样，就是捕捉了特色的缘故。

（3）抒述心情。要使所记述的事物在读者心中活跃，不但须记述客观的事物，还须记述主观的心情。换句话说，就是须记述从感觉上得来的印象。所以，要作好的文字，非对于事物有锐敏的感觉不可。例如：

夏天的太阳，已经下了山；跟着就要睡去的树林中，满了森然的寂寞；建

筑用的大松的树梢上，反映着就快烧完的晚红，还带着些红光，下面却已经薄暗，带着些湿气了。好像从树林蒸发出来的又干又触鼻的香气，微微地可以闻得。从远山野火飘来可厌的烟气，夹杂在香气中，却分外地强烈，柔软的夜，不知在什么时候，无声无响地落到地上了。鸟到太阳没落，也停止了声音，唯有啄木鸟还用了很倦怠的音调，在那里发梦呓似的单调的微音。——《泥沼》

读了这段文章，那夏日傍晚松林中的一种蒸郁寂寞的景象，好像目见身历了。感觉在近代文学上有重要的地位，文字上能加入感觉，就有生气。与其说，“寒风吹着面孔”；不如说，“寒风刀刮似地吹着面孔”。与其说，“麦被风吹动”；不如说，“麦被风吹得浪一般地摇动”。因为后者比前者有生气，容易使读者得着印象。我国从来的文章，都只记事物，不记情感，实是很大的缺点。

这里所应当注意的，就是所记述的感觉，并不是故意加入的事。作者对于事物果能精密地观察，对于记述果能诚实不欺，心情和感觉自然会流露于笔端。如果只是将这一类的辞硬加上去，不特不好，而且可厌。旧式文章中，凡记述风景的时候，末尾常附加“诚胜地也”，或“呜呼叹观止矣”之类的文句；记述悲惨的人事的时候，末尾必加“呜呼可以风矣”，或“噫不亦悲夫”一类的文句。其实，是否“胜地”，能否算得“观止”，“可风”“不可风”，“堪悲”“不堪悲”，都要读者自己去领略的，不能由作者硬用主观的意见命令式去强迫。因此这方法现在已不适用，特别在纯文学上不能适用。

（4）使用含着动作的词句。含着动作的词句，比较地容易引起读者的印象。例如：与其说，“门前有小河，隔岸有高山。”不如说，“门前流着小河，隔岸耸有高山。”与其说，“海边有鹤”，不如说，“海边有鹤飞过”。

不但这样，凡要表示事物，必须在事物有动作的时候，不可在它静止的时候。例如记述学校，必须记它授课或散课的时候；记述城市，必须拣它人马杂沓的时候；记述人物，必须在他言语动作的时候。例如：

大学生缓缓地懒懒地走着，将手掠着大麦的顶，叫天子和冠雀在他脚边飞

起，又像石子一般地落在密生的大麦丛里。——《诱惑》

太阳光正攻击着树林，从繁茂的顶叶上穿过，直用那温和的光亮射在白杨的树干上，竟使这些树干变成松树的干子一般，树叶也都变成蓝色。上面笼罩着蓝白的天，晚霞照着，带了点胭脂的颜色，燕儿高高的飞着，风儿几乎死去了；怠惰的蜜蜂懒洋洋睡沉沉在丁香花上飞着；白蚋虫成群的在单独的远延的树枝上打着旋。——《父与子》

【练习】(略)

第八讲

叙事文[①]

夏丏尊

第一节　叙事文的意义

记述人和物的动作，变化，或事实的推移的现象的文字，称为叙事文。例如：

宝钗与黛玉回至园中，宝钗因约黛玉往藕香榭去，黛玉因说还要洗澡，便各自散了。——《红楼梦》第三十六回

（人的动作）

汽笛曼声的叫了。汽船画圆周，缓缓的靠近埠头去。——《省会》

（物的变化）

叙事文原和记事文一样，同是记述事物的文字；不过记事文以记述事物的

① 据开明书店1930年版《文章作法》校订。

状态，性质，效用为主；而叙事文以记述事物的动作，变化为主。所以记事文是静的，空间的；叙事文是动的，时间的。例如：

（1）牵牛花有红的，紫的，颜色虽很美观，但少实用。

这是述说牵牛花的形状，性质的，是记事文。

（2）院里的牵牛花，红的，紫的，都很鲜艳地开了。

这是述说牵牛花的变化的，是叙事文。

第二节　记事文和叙事文的混合

文体的分类，原只是为说明便利和作者自身态度不同；实际上，并没有纯粹属于某种体裁的文字，记事文和叙事文虽因所记述的对象不同而有区别，在一篇关于事物的记述的文字中，总是互相混杂的。例如："今天开了三朵牵牛花（叙事），一朵是红的，两朵是蓝的（记事）。"如果改成，"今天一朵红的和两朵蓝的牵牛花开了。"便是纯粹的叙事文（甲）；又若改为，"今天开的三朵牵牛花，一朵是红的，两朵是蓝的。"就是纯粹的记事文（乙）了。因为（甲）的目的在使读者知道牵牛花的变化，而（乙）的目的在使读者知道牵牛花的状态。

总之叙事文和记事文只是作者依旨趣和记述的对象不同，试将下例玩味其记叙混合的样子，就可更明白了。

翌晨，玛尔可负了衣包，身体前屈着，跛着脚，彳亍入杜克曼布。（叙）这市在阿根廷共和国的新辟地中算是繁盛的都会，（记）玛尔可看去，仍像是回到了可特准，洛赛留，培诺斯爱列斯一样。（叙）依旧都是长而且直的街道，低而白色的家屋。奇异高大的植物，芳香的空气，奇观的光线，澄碧的天空，随处所见，都是意大利所没有的景物。（记）进了街市，那在培诺斯爱列斯曾经验过狂也似的感想，重行袭来。每过一家，总要向门口张望，以为或可以见到母亲。逢到女人，也总要仰视一会，以为或者就是母亲。要想询问别人，可是没有勇气大着胆子叫唤。在门口立着的人们，都惊异地向着这衣装褴褛满身尘垢的少年注视。少年想在其中找寻一个亲切的人，发他从胸中轰着的问话。正行走时，忽然见有一旅店，（叙）招牌上写有意大利人的姓名。里面有个戴眼镜的男子和两个女人。（记）玛尔可徐徐地走近门口，振起了全勇气问："美贵耐治先生的家在什么地方？"（叙）——《爱的教育·六千里寻母》

【练习】（略）

第三节　叙事文的要素

照物理学的说法，一切的现象都含有四个要素：物质，能力，时间，空间。譬如"今天上午八点四十分火车从江湾开出"，这一个现象，"火车"是物质，"开出"是能力的作用，"今天上午八点四十分"是时间，"江湾"是地方。叙事文既是记述现象的，所以也有四个要素：（一）现象的主体，（二）现象的演变，（三）现象发生的时间，（四）现象发生的场所。例如：

那日正当三月中浣，早饭后，宝玉携了一套《会真记》，走到沁芳闸桥那边桃花底下一块石头上坐着，展开《会真记》，从头细看。正看到"落红成阵"，只见一阵风过，树上桃花吹下一大斗来，落得满身，满书，满地，皆是花片。宝玉要抖将下来，恐怕脚步踏践了；只得兜了花瓣，来至池边，抖在池内。那花瓣浮在水面，飘飘荡荡竟流出沁芳闸去了。回来，只见地下还有许多花瓣。——《红楼梦》第二十三回

这一段叙事文，虽然很短，所有的要素都完全了；分列如下：

（一）主体：宝玉。

（二）事实：看《会真记》，收拾落花。

（三）时间：三月中浣某日早饭后。

（四）场所：沁芳闸桥。

第四节　叙事文的主想

叙事文和记事文一样，对于材料须有所选择。选择的标准，除记事文所说

的“适切题目”和“注意特色”以外，还因文的目的而定。这个目的在叙事文中就是主想，大体有三类：

（一）以授与教训为主，例如传记等。

（二）以授与知识为主，例如历史等。

（三）以授与趣味为主，例如小说等。

因了主想的不同，材料选择取舍的标准也就不一样。即如要叙述岳飞的事迹，作第一类的叙事文，应当对于他的家教，性行，轶事，格言等，详加叙述；而于他的生卒年月，生的地方，官职，战功等却用不着详说；作第二类的叙事文，却恰好相反，生卒年月等应当详尽，家教轶事等只得省略；至于作第三类的叙事文，不但材料的选择不同，并且叙述的方法也就相异。《少年丛书》中的岳飞是第一类叙法，《宋史》中的岳飞是第二类叙法，《说岳传》中的岳飞是第三类叙法。总括一句，第一类以善为主，第二类以真为主，第三类以美为主。

自然，这种分类，不过是就概括的旨趣说，同一文字，有兼两种色彩，或竟兼三种色彩的，不过多少总有所偏重；这偏重的地方，便是一篇文字重要的目的，也就是主想。

作叙事文的时候，材料搜集好了，就要确定主想。主想一定，然后将材料依主想来选择，与主想有关系的便取，无关系的就舍。但有一点须注意，就是同一材料应当取舍，不是材料本身的重要与否的问题，而是与主想的关系重要与否的问题。例如以《夏日游海边记》为题，而主想是“这日很热，到了海边真凉快”，假定全体材料中有下列各项：

（一）同行某君，他的父亲是个文学家。

（二）我坐了人力车到火车站。

（三）在车站买了车票，然后上车。

（四）火车逢站都停。

就一般的情形说，这种材料，本身实不很重要，而于本文的主想的关系也不深；但如果还有别的材料相关联，因而发生重要关系的时候，却就都有用了。如文章像下面的时候，这种材料，就用得着。

因为太热，并且我是病后，所以坐了人力车到车站（二）。好像我的车慢了，到车站的时候，车已要开，我就急忙买了车票，飞跑上车（三）。这部是慢车，每站都停，车中又热，烦躁极了（四）。同行某君，是某文学家的儿子，很有文学趣味，一路和他谈论文学上的事，免了不少的寂寞（一）。

这样的叙述，所有好像不必要的材料都因了别的材料引到与主想关系重要的地位，就成为有用的了。反之如海边的人口若干，海边的故事，古迹等等，如无别的关联，就不是重要的材料。

【练习】（略）

第五节　叙事文的观察点

叙事文所叙述的材料，不但是从作者自己经验得来，还有从别人的传说或书籍的记载得来的。材料的来处既然不一，或从甲面说，或从乙面说，当然不能一致。将许多材料连缀成文的时候，如果也这样混乱，文章就有头绪不清，不易了解的毛病。即以《三国志》一书而论，关于诸葛亮伐魏的事，有时说“丞相出师”，有时说“诸葛亮入寇”，就各段分开来看，固然没有什么不合的地方。但就作者陈寿一个人的笔下而论，一个是以蜀为主体，一个是以魏为主体，居然有两样的观察点，就未免不当了。叙事文的观察点，就是作者所站的地位，可分为三种。

（一）居于发动者一边。例如说“丞相出师”，就是以发动者的蜀为观察点的。

（二）居于受动者一边。例如说“诸葛亮入寇”，就是以受动者的魏为观察点的。

（三）居于旁观者一边。例如说“诸葛亮出师略魏”，就是以旁观者的地位为观察点的。

作叙事文须确定一种的观察点，全篇统一，不应摇动。通常的叙事文，以居于旁观者的地位的居多。但在旁观者的地位，作者对于各方面也要保持观察点的一致，不可随意变更。

（例一）

杨幺乘舟湖中，兵在楼上发矢石，（1）官军仰面攻之，见舟而不见人，因而失败。岳飞下令伐君山的树为巨筏，塞满港汊，又用腐木乱草由上流放下，布置稳当，才和杨幺开战。（2）杨幺船遇了草木，轮不能鼓动，贼奔走港中，又被木筏所拒，因被牛皋捉着，诸贼皆降，（3）果然八日就打平了。（4）——《平民小丛书》第四十五种《岳飞》

这段本是以旁观的地位来记述的，却是观察点变了几次，（1）从杨幺方面，（2）从岳飞方面，（3）再从杨幺方面，（4）又从岳飞方面，逐条错乱，文字使人觉得繁杂不堪。若以杨幺方面为主改成下面的第一段，或以岳飞方面为主改成下面的第二段，那末文气就一致了。

（一）杨幺乘舟湖中，兵在楼上发矢石，使官军仰面来攻，见舟不见人，因而致胜。后来又和岳飞打仗，战船遇了岳飞从上流放下来的腐木乱草，轮不能鼓动；奔走港中，又被岳飞伐君山的树所作的巨筏所拒，就被牛皋捉着，部下皆降。

（二）官军因杨幺乘舟湖中，兵在楼上发矢石，仰面攻之，见舟而不见人，乃失败。岳飞下令伐君山的树为巨筏，塞满港汊，又用腐木乱草由上流放下，布置妥当，才和杨幺开战。草木既遇杨幺的船，使轮不能鼓动，逼之奔港中。而木筏又拒不令进。牛皋就将杨幺捉着，并招降诸贼。果然八日就打平了。

（例二）

紫鹃在屋里，不见宝玉言语，知他素有痴病，恐怕一时实在抢白了他，勾起他的旧病，倒也不好了；因站起来，细听了一听，又问道："是走了还是傻站着呢？有什么又不说，尽着在这里怄人！已经怄死了一个，难道还要怄死一个么？这是何苦呢！"说着，也从宝玉舐破之处往外一张。见宝玉在那里呆听，紫鹃不便再说，回身剪了剪烛花。忽听宝玉叹了一声道："紫鹃姐姐！你从来不是这样铁心石肠，怎么近来连一句好好儿的话都不和我说了？我固然是个浊物，不配你们理我；但只我有什么不是，只望姐姐说明了；那怕姐姐一辈子不理我，我死了倒做个明白鬼呀！"紫鹃听了，冷笑道："二爷就是这个话呀！还有什么？若就是这个话呢，我们姑娘在时，我也跟着听熟了；若是我们有什么不好处呢？我是太太派来的，二爷倒是回太太去。左右我们丫头们，更算不得什么了！"说到这里，那声儿便哽咽起来。说着，又醒鼻涕。宝玉在外，知她伤心哭了，便急的跺脚道："这是怎么说？我的事情，你在这里几个月，还有什么不知道的？就是别人不肯替我告诉你，难道你还不叫我说，教我憋死了不成！"说着，也呜咽起来了。——《红楼梦》第一百十三回

这文中，除末了"宝玉在外，知她伤心哭了，便急的跺脚道：'这是怎么说？……'说着，也呜咽起来了。"一段外，都是从紫鹃方面说的。如果把这段改为："只听得宝玉在外，好像知她伤心哭了，急得跺脚道：'这是怎么说……'说着，也呜咽起来了。"那就全体都是从紫鹃方面叙述了。

（例三）

从前亚剌伯[①]地方，有一个养骆驼人家的儿子，名叫亚利，因为有要事要和他在斯哀治[②]的父亲接头，骑了骆驼，带了水瓶，附队商出发。一路上队商彼此谈谈说说，亚利却只有自己的骆驼和他做朋友。他恨不得就看见他的父亲。

热带的太阳，火一样地照着沙漠。遇着难得的有树木和泉水的地方，大家就在此休息，解渴，再把水装满了水瓶，然后出发。夜了就在帐篷中住宿。

这样到了第四日，正午忽然起了大风，把砂吹得满天，走不来路，大家只得中止进行。后来风息了，砂也不飞了，却是出了一桩极大的困难，原来以前是依着骆驼的足迹走的，经过大风以后，骆驼的足迹，如数消灭，方向也认不

① 即阿拉伯。

② 约指沙迦（Sharjah），今阿联酋中的一个酋长国。

清楚，大家走来走去，总是找不出路来。这时候水瓶中的水，已经完了，没法再得水，大家都弄得没有方法了。（以上是从亚利一面说的。）

天夜了，队商中一人说："如果明日还不能寻得有水的地方，那末只有把骆驼来杀掉一匹，吃它肚里的水了。"别一个见亚利奔波以后倦睡了，便说："与其杀别个的骆驼，还是杀那小儿亚利的吧。"这样二人在那里商量。（观察点转到队商方向去了。）

亚利倦睡中，听见有人说他的名氏，便仍装了睡着的样子细听。听得二人在那里商量要杀他的骆驼，大惊，他想："如果与他们同伴，骆驼就要被他们杀死。"不能再犹豫了，等到他们睡熟，就偷偷地把骆驼牵出，骑着逃了。

天上照耀着无数的星。亚利因他叔父的平常指示，略晓得关于星辰的事情，大略地知道何星在南，何星在北，他凭着了他这点的知识，定了一个方向，鞭着骆驼前进。

在这样试探方向的当中，天渐渐地亮了；忽见砂上有骆驼新行过的足迹。亚利得了这骆驼足迹的帮助，一直向南走，到了傍晚，隐约地看见前面有火光，急上去看，见有一群队商，在那里张幕野宿，亚利即从骆驼跳下，和他们讲自己受困的情形，请求他们和他同伴。（观察点又转到亚利方面来了。）队商听了亚利的告白，大家都感动起来，允了亚利的要求。（观察点转到队商方面去了。）在斯哀治的父亲，早几天就晓得亚利要来，等得不耐烦起来了，恰好有还乡的朋友，就同伴回来，想在路上碰见亚利。（观察点转到亚利父亲方面去了。）

亚利得了新同伴，就安了心，忽然听得许多骆驼的足音，见又有一群旅客从南方来了。这群旅客之中，有一个就是他的父亲，亚利意外地得着父子相遇，不觉悲喜交集了！

亚利和父亲无恙归家，把路上一切始末，详告他的母亲。（观察点又转到亚利方面来了。）

亚利的母亲，自从送亚利出门以后，心中怀着各种的忧虑，听了亚利的话就很欢喜，称赞亚利的勇气。（观察点转到亚利的母亲方面去了。）

这篇文字，观察点变动了好几次，如果要专从亚利方面说，那末第四段以后的文字应该改作如下：

天夜了，亚利奔波以后，正倦睡着，忽然从睡梦中，听见同伴队商的话声，一人说："如果明日还不能寻得有水的地方，那末只有把骆驼来杀掉一匹，吃它肚里的水了。"又一人说："与其杀别个的骆驼，还是杀那小儿亚利的吧。"

亚利听了这一番话，心里想道："如果与他们同伴，骆驼就要被他们杀死，不能再犹豫了！"于是等到他们睡熟时候，就偷偷地把骆驼牵出骑着逃了。

天上照耀着无数的星，亚利因他叔父平日的指示，略晓得关于星辰的事情，大略地知道何星在南，何星在北，他凭着了他这点的知识，定了一个方向，鞭着骆驼前进。

在这样试探方向的当中，天渐渐地亮了，忽见砂上有骆驼新行过的足迹，亚利得了这骆驼足迹的帮助，一直向南走；到了傍晚，隐约地看见前面有火光，急上去看，见有一群队商，正在那里张幕野宿。亚利急从骆驼跳下，和他们讲自己受困的情形，请求他们和他同伴。亚利的告白，很感动了队商，他的请求也被他们许可了。

亚利得了新同伴，正安着心，忽然听得许多骆驼的足音，见有一群旅客从南方来了。这群旅客之中，不料有一个就是他的父亲，后来晓得他父亲在斯哀治早知亚利要来，等得不耐烦起来了，恰好有还乡的朋友，就同伴回来，想在路上碰见亚利的。亚利意外地得着父子相遇，不觉悲喜交集了。

亚利和父亲无恙归家，把路上一切始末，详告他的母亲，他的勇气大被母亲称赞。

这样改作以后，观察点一致，文字就一气，不犯繁滞的毛病了。叙事文原是把事件来展开使人看的，性质好像戏曲。观察点的变动，就是戏曲中幕的更动，戏曲中幕不应多变，叙事文的观察点也不应多变。

叙事文因观察点不同，对于同一材料，可作成各方面的文字。这步功夫，在学作叙事文上，很是重要。有这样功夫的作者，对于一件事，就能理解要从哪方面叙述才省事。

【练习】(略)

第六节　观察点的变动

照前节所说，叙事文的观察点不应变更，使文气一致而不散漫冗繁。但这只是一般的原则，在长篇的，或复杂的叙事文，要将各方面的情形都表现得适当，却不得不变动。大概，事实的间接叙述比直接叙述不易生动，所以在两件或多件事实有相同的重要，而只从一个观察点出发要将各方面都表现出来又非常困难时，观察点就不得不变动了。例如：

亲家再三不肯，王玉辉执意，一径来到家里，把这话对老孺人说了。老孺人道："你怎的越老越呆了，一个女儿要死，你该劝她，怎样倒叫她死？这是什么话说！"王玉辉道："这样死你们是不晓得的。"老孺人听见，痛哭流涕，连忙叫了轿子去劝女儿了。

王玉辉在家依旧看书写字，候女儿的消息。

老孺人劝女儿，那里劝得转，一般每日梳洗，陪着母亲坐，只是茶饭全然不吃。母亲和婆婆着实劝着，千方百计，总不肯吃，饿到六天上，不能起床。母亲看着，伤心惨目，痛入心脾，也就痛倒了。抬了回来，在家里睡着。又过了三日，二更天气，几个火把，几个人来打门，报道："三姑娘饿了八日，在今日午时去世了！"——《儒林外史》第四十八回。

这段文的目的，虽是在写出一个中了礼教的毒的人为虚荣忍心看着自己的女儿饿死；但王玉辉，老孺人，和他们的女儿三个人的情况，都同样重要。并且，假定从王玉辉一方面叙述，那么老孺人劝女儿和女儿未死前的各种事情，都无从表现，或难于表现；就是从别一方面叙述，也同样地不能周到。在这种时候，观察点虽变动了好几处，也是应当的。

叙述一件事，那几方面的关系重要，以及那些应当表现，那些不应当表现，全依事件的性质，由作者自己的意见去判断，没有一个简明的标准。凡是有剪裁工夫的作者，当然能够得到这种标准的。上面所举的例，也可以说是有剪裁工夫的。

第七节　叙事文的流动

叙事文的对象，是事物的现象的展开，这展开的情形被叙述成文字的时候，就成了文字上的流动。现象的展开不止，文字的流动也就仍然继续，所以流动是叙事文的特色。

一件事的展开虽有一定的速度，但叙述这件事的文字，它的流动却有快慢。将事件展开的情况绵密地叙述，把事件中各方面详细地描写的，是慢的叙事文；只述事件的概要，和其中各方面的大意的，是快的叙事文。例如：

宋江起身净了手，柴进唤一个庄客，提碗灯笼，引领宋江东廊尽头处去净手，便道："我且躲杯酒。"大宽转穿出前面廊下来，俄延走着，却转到东廊前面，宋江已有八分酒，脚步趄了，只顾踏去。那廊下有一个大汉，因害疟疾，当不住那寒冷，把一锨火在那里向。宋江仰着脸，只顾踏将去，正跐在火锨柄上；把那火锨里的炭火，都掀在那汉脸上。那汉吃了一惊，惊出一身汗来。那汉气将起来，把宋江劈胸揪住，大喝道："这是什么鸟人！敢来消遣我？"宋江也吃一惊，正分说不得。那个提灯笼的庄客，慌忙叫道："不得无礼——这位是大官人最相待的客官！"那汉道："'客官'，我初来时也是客官！也曾最相待过！如今却听庄客搬口，便疏慢了我；正是'人无千日好'！"却待要打宋江，那庄客撇了灯笼，便向前来劝，正劝不开，只见两三碗灯笼飞也似来，柴大官人亲赶到说："我接不着押司，如何却在这里闹？"那庄客便把跐了火锨的事说了一遍。柴进笑道："大汉，你不认得这位奢遮的押司？"那汉道："奢遮杀，问他敢比得我郓城宋押司，他可能？"柴进大笑道："大汉，你认得宋押司不？"那汉道："我虽不曾认得，江湖上久闻他是个及时雨宋公明——是个天下闻名的好汉！"柴进问道："如何见得他是天下闻名的好汉？"那汉道："却才说不了，他便是真大丈夫，有头有尾，有始有终！我如今只等病好时，便去投奔他。"柴进道："你要见他么？"那汉道："不要见他说甚的？"柴进道："大汉，远便十万八千里，近便只在面前。"柴进指着宋江，便道："此位便是及时雨宋公明。"那汉道："真个也不是？"宋江道："小可便是宋江。"那汉定睛看了看，纳头便拜，说道："我不信今日早与兄长相见！"宋江道："何故如此错爱？"那汉道："却才甚是无礼，万望恕罪，有眼不识泰山！"跪在地下哪里肯起来？宋江忙扶住道："足下高姓大名？"——《水浒》第二十一回。
这是慢的叙事文。

宋江因躲一杯酒，去净手了，转出廊下来，跐了火锨柄，引得那汉焦躁，跳将起来，就欲要打宋江。柴进赶将出来，偶叫起宋押司，因此露出姓名来。那大汉听得是宋江，跪在地下那里肯起？说道："小人有眼不识泰山，一时冒渎兄长，望乞恕罪。"宋江扶起那汉问道："足下是谁？高姓大名？"——《水浒》第二十二回。
这段所叙的事实和前段相同，只是简单得多，这是快的叙事文。

快的叙事文，以叙述事件的轮廓为目的；慢的叙事文，以叙述事件的情况为目的；两者的分别，正和中国画的写意画和工笔画相同。大体说来，小说属于慢的一类，历史属于快的一类。莎翁的剧本是慢的，兰姆兄妹所作的《莎翁乐府本事》[①]就快了。《三国志》是快的，《三国演义》就慢了。

第八节　叙事文流动的中止

叙事文的特色既然在流动，所以不但这流动须快慢适当，还须慎防中止。所谓流动中止，就是由时间的，动的叙事文，突然转到冗长的，空间的，静的记事文；或插入说明，使动态一时停滞。

① 即玛丽·兰姆和查尔斯·兰姆姐弟合作的《莎士比亚戏剧故事集》。

（例一）

原来王夫人时常居坐宴息亦不在这正室，只在东边的三间耳房内，于是老妈妈引黛玉进东房来。临窗大炕上铺着猩红洋毯，正面设着大红金线蟒引枕，秋香色金线蟒大条褥。两边设一对梅花式洋漆小几；左边几上文王鼎，匙，箸，香盒，右边几上汝窑美觚，内插着时鲜花卉，并茗碗，茶具等物。地下面，西一溜四张椅上都搭着银红撒花椅袱，底下四副脚踏；两边又有一对高几，几个茗碗花瓶俱备。其余陈设，不必细说。——《红楼梦》第三回。

这段文中，除了第一句是叙事文以外，流动全然中止，以后都成了王夫人房中的记事文。若非把这一大节叙上不可，应当将所记的情况都改成由黛玉眼中看出的，而将末了“其余陈设，不必细说”的话删去，那么流动就没有停滞了。

（例二）

蒋门神见了武松心里先欺他醉，只顾赶将入来。说时迟，那时快；武松先把两个拳头去蒋门神脸上虚影一影，忽然转身便走。蒋门神大怒抢将来，被武松一飞脚踢起，踢中蒋门神小腹上，双手按了，便蹲下去。武松一踅，踅将过来，那只右脚早踢起，直飞在蒋门神额角上，踢着正中，望后便倒。武松追入一步，踏住胸脯，提起这醋钵儿大小拳头，望蒋门神头上便打，（原来说过的，打蒋门神扑手：先把拳头虚影一影，便转身，却先飞起左脚；踢中了，便转过来，再飞起右脚；这一扑有名，唤做“玉环步，鸳鸯脚”。——这是武松平生的真才实学，非同小可！）打得蒋门神在地下叫饶。——《水浒》第二十八回。

这段文中，圆括弧内的话，都是作者所加的解释，这种说明加到叙事文中，也是使流动停滞的原因，若删去了流动便连续不断，极有生趣。

第九节　叙事文流动的顺逆

叙事文是把事物的变化来展开的，所以流动的方向也有两种。第一种，照那变化自然的顺序，依次叙述。这是顺的。第二种，因为要叙明变化的前因后果，或并行的事件，不能全然依照自然的顺序而要有所颠倒。这是逆的。例如：

天气很冷，天下雪，又快要黑了，已经是晚上——是一年最末的晚上。在这寒冷阴暗中间，一个可怜的女儿，光着头，赤着脚，在街上走。伊从自己家里出来的时候，原是穿着鞋，但这有什么用呢？那是很大的鞋，伊的母亲一直穿到现在，鞋就有那么大。这小女儿见路上两辆马车飞奔过来；慌忙跑到对面时鞋都失掉了。一只是再也寻不着，一个孩子抓起那一只，也拿了逃走了。他说：将来他自己有了小孩，可以当作摇篮用的。所以现在女儿只赤着脚走，那脚已经冻得全然发红发青了。在旧围巾里面，伊兜着许多火柴，手里也拿着一把，整日没有一个人买过伊一点东西，也没有人给伊一个钱。——《卖火柴的女儿》。

今年盐政，点得是林如海。这林如海姓林名海，表字如海，乃是前科的探花；今已升兰台寺大夫，本贯姑苏人氏；今钦点为巡盐御史，到任未久。原来林如海之祖曾袭过列侯，今到如海，业经五世。起初只袭三世，因当今隆恩盛德，额外加恩，至如海之父又袭一代，至如海便从科甲出身。——《红楼梦》第二回。

这两例中有好几处是逆行的。逆行虽有不得不用的时候，但初学的人却宜注意，大概在普通的叙事文是用不到的。

【练习】（略）

第九讲

说明文①

夏丏尊

第一节　说明文的意义

解说事物，剖释事理，阐明意象；以便使人得到关于事物，事理或意象的知识的文字；称为说明文。例如：

一旁是字的形，一旁是字的声，所以叫做形声。——《中国文化的根源和近代学问的发达》。

科学的起源，不是偶然发见的，因为人类是有理性的动物，有种种心理的根据，所以发生科学。——《科学的起源和效果》。

说明文的性质，有时好像和科学的记事文相同，有时又好像和叙事文类似；其实全不一样。

说明文和科学的记事文有什么区别呢？最重要的一点，就是对象的范围不同。科学的记事文虽也是以记述事物的状态，性质，效用为主；但以特殊的范围为限，是比较具体的；说明文以普遍的范围为对象，是比较抽象的。如第二章第一节②所举的例，第一个是记述一枝梅花的状态，第二个是记述屋内一部分的陈设，第三个是记述一个人的性质；范围既狭，所记述的也比较具体，使人读了自然可以就得到那些知识。但若要讲到“植物”，“房屋的构造”和“人

---

① 据开明书店1930年版《文章作法》校订。

② 即《记事文》中《记事文的意义》一节。

类的通性”等一般的事实，以及抽象的事理如“文学的意义”“实验主义”等，范围就扩大得多，不是记事文所能胜任的了。

说明文和叙事文的分别比较容易。关于事实的说明，对象虽和叙事文相同，但形式全然相异。如“今天上午八点四十分火车从江湾开出”，是叙事文的形式；而“火车从江湾开到上海是在今天上午八点四十分”，便是说明文的形式。还有一个区别，叙事文可带作者主观的色彩，说明文却不许可。

第二节　说明文的用途和题式

说明文本来是用较浅近明瞭易于理解的文字去解明事物或事理，使它的关系明瞭，范围确定，意义清晰，给人以关于该事物或事理的普遍的正确的知识，所以用途很广。教师的讲义，科学的教科书，大半是说明文，固不必说；就是学术上的定义，字典上的解释，古书上的注解，事实真象的传达，凡足以使人得到明确的观念和理解的，都要用到说明文。

说明文的题式通常有疑问式和直述式两种：

（一）疑问式

（甲）书籍是什么？（乙）何谓文学？（丙）科学怎样起源的？

（二）直述式

（甲）书籍；（乙）文学；（丙）科学的起源。

在古文中还有用“说”字或“原”字加到题上的，如“士说”“原君”之类,但文中多羼入议论，所以不能因题式而判断文体。

第三节　说明文的条件

说明文最简单的形式，就是单语的定义，复杂的说明文，无非是单语的定义的集合和它们的引申。先就单语的定义来讨论。

例如，“人是有理性的动物”是规定“人”的意义的，就是用“有理性的动物”六个字合起来说明“人”的概念。在这六个字中，又可分成两部分：

一,“动物”；二,“有理性的”。“动物”是“人”所属的类;“有理性的”是“人”在所属的类中所具的特色，就是“人”和所属的类中的其他的东西相差的地方，论理学①上叫做种差，所以最简单的说明文的形式是：

类＋种差

但通常的说明文，只是这样简单，不能就明瞭，非更详尽不可。因为说明文所说明的既不一定简单，而又是对于未知某事物，某事理的人才有作的必要，所以作法上必须的条件，便须加多，共有六个，分说如下：

（一）所属的种类。为了要使所说明的事物和其他关系较远的事物分离，所以须述它所属的种类；如要使“人”和植物，矿物等分离，就先说他是动物。又以“书籍”和“书信”为例：

（甲）书籍是印刷物。

（乙）书信通常是手写的。

（二）所具的特色。将所属的种类虽已叙述而能使它和其他关系较远的事物分离，但还要使它和关系较近的同属于一类的分离，所以必须述它的特色；如要使“人”和一切别的动物分离，必须叙述他的特点——“有理性的”。

（甲）书籍是预备永久保存，给多数人看的。

（乙）书信是处理一时的事情，代谈话用的。

（三）所含的种类。因要内容明瞭，使人更易理解，而且理解的内容更充实，所以将事物所包含的种类叙述也是必要。但分类原须有一定的标准，所以叙述分类须将所用的标准同时叙出。

（甲）书籍在版本上，有刻版的，铅印的。在装订上，有洋装的，中国装的。在文字上，有洋文的，中文的。在内容上，有关于文学的，关于科学的，关于哲学的等等分别。

（乙）书信因所述事件的关系人的多少，有公信和私信的分别。

---

① 即逻辑学之旧译。

（四）显明的实例。文字内将显明的实例举出，则愈加明瞭。

（甲）英文教科书是洋文的，国语教科书是中文的……

（乙）例如学校通知书和致全体同学书，是公信，问候某君的信是私信。

（五）对称和疑似。单从事物的本身直述，往往不易明瞭；所以若将对称的，即同属于一类而不是同种的；或疑似的，即好像同种而实不同的事物对照述说，更可使该事物明白显出。学术上的名词大概有对称的，通俗的事物多半有疑似的。

（甲）植物是生物中不属于动物的一部分。（对称）

（乙）习字纸也是用笔写的，但不以代谈话为目的，所以不是书信。（疑似）

（六）语义的限定。语义因使用而多分歧，作说明文时，如果遇到容易误解的时候——如古语新用之类——非特别加以限定不可。例如：

共和是国家主权在全体人民，行政首长也由人民选出的一种国体，不是周召共和的共和。

上述各项，是说明作文法上的要件，现在以“文学”为题应用各要件，示范如下：

文学是一种艺术（一），换句话说，就是以文字做成的艺术，纯粹的文学，通常不以日用为目的（二）。因体裁上有小说，诗歌，戏曲等分别（五）。《红楼梦》是小说，《长恨歌》是诗歌，《西厢记》是戏曲（四）。

文学不是普通的文字，也不是科学，韩愈的《原道》，王船山的《读通鉴论》等，不是文学。物理学讲义，化学教科书等，也不是文学（三）。

我国古来，凡是文字都称文学，但是现在的所谓文学完全是小说，诗歌，戏曲的总称，和从前的意义是不同的（六）。

第四节　条件的省略

说明文，原是为未知某事物的人作的，在繁复的说明文，要正确明晰，固应具备前节所述各条件。但遇某部分确已非常明瞭的时候，也可以省略。

（1）普通的省略。容易明瞭而不至误解的事物，或只以使人知道一个概要的，都可以只说大概。例如：

（甲）国家是人类社会组织之最大形体，包容一切社会生活。——《新学制公民教科书》第一册第六章

（乙）国家是人类为满足需要兴趣而组织的团体，社会也是人类为满足需要兴趣而组织的团体，目的大概相同。但是社会只有人与人的关系，和人所在的土地无关，所以社会成立不限定要占据一定的疆土。人民如果没有一定的疆土，便不能成为国家。——《政治学大纲》第四章第三节

（甲）和（乙）同是关于国家的说明，（乙）是详细绵密的说法，（甲）是省略的说法。专门科学的文字都是（乙）类，通常的文字和口头的谈话以（甲）类为多。

（2）因比较而省略。利用读者所已知的事物，两相比较以说明的时候，和已知事物相同的条件，就可省略，这是常用的省略法。例如：

（甲）星云和一团云差不多，微亮，挂在空中，极像缕烟。

（乙）日本人民受军阀的苦痛，也和我国一样。

这是利用读者已知的“云”和“烟”来说明“星云”；利用读者已知的“我国军阀的横暴”来说明日本的军阀的。这种方法很有效用；所要注意的，就是比拟要恰当，不然，一样地容易引起误解。

【练习】（略）

第十讲

议论文[1]

夏丏尊

第一节　议论文的意义

发挥自己的主张，批评别人的意见，以使人承认为目的的文字，称为议论文。

记事文是记述事物的状态性质的，叙事文是叙述事物的变化的，议论文和它们截然不同，很是明显；最易混同的就是说明文。

说明文关于剖释事理的部分，和议论文很有容易混淆的地方。因为对于一事的内容，真是说得极详尽；那末，它的价值怎样？我们对于它应持的态度怎样？都可不言而喻，用不到再加议论了。例如：把“社会主义”的意义，功用，优劣等都说到详尽无余；那末，社会主义的可行不可行自然非常明瞭。又如：将“教育”的含义，尽量发挥；那末，教育应该怎样？人人应否受教育？也自然可以不必再说，就很明白。

照这样说来，议论文和说明文不是没有差别了吗？这又不然，第一是目的不同。说明文的目的是在使人有所知，议论文不但要使人有所知，还要有所信。

第二是性质不同。试就两者的题式看，就可明瞭。说明文大概用单语为题。如“社会主义”，“教育”，“新生活”之类。议论文则用一个命题为题，如

[1] 据开明书店1930年版《文章作法》校订。

"社会主义可行于中国","教育为立国的根本","现在应当提倡新生活"之类。一般议论文的题目,虽也有只用单语的,如"男女同学论","孔子论"等,但不过是形式的省略,若从文章的内容去考察,便知仍是一命题。因为文中不是主张"男女应当同学",便是主张"男女不应当同学",不是说"孔子之道已不适于中国",就是说"孔子之道仍当遵从"。议论文的题目原是文章的根本主张的概括的缩写,所以表面虽是单语,内容依然是命题。

第三是态度不同。说明文比较地偏于客观的,所以虽有时因各人的见解不同,不能人人一致,也有敌论者,但作者并不预计的。议论文却恰好相反,实际上虽未必就有人反对,作者心目中概假定有敌论者立在前面。因为若一切都成了定论,和数学上的公式一样,本来就无议论的必要了。"男女同学"所以还有议论的必要,正因有人主张也有人反对的缘故。

议论文虽和说明文不同,但议论文中用说明文的地方很多。因为没有说明作基础,判断很不容易下,例如要主张"男女应当同学",那末,教育的意义,和男女的关系等,都非先加以说明不可;试就下例玩味一下就更可明瞭了:

……但是到了现在,关于女子和文学的观念全然改变了。文学是人生的或一形式的实现,不是生活的附属工具,用以教训或消遣的;他以自己表现为本体,以感染他人为作用。他的效用以个人为本位,以人类为范围。女人则为人类一分子,有独立的人格,不是别的什么附属物。我们在身心状态的区别上,承认有男子女子与儿童的三个世界,但在人类之前都是平等。与男女的成人世界不同的儿童,世间公认其一样的有文学的需要,那么在女子方面这种需要自然更是切要,因为表现自己的与理解他人的情思,实在是人的社会生活的要素;在这一点上,文学正是唯一的修养了。——《女子与文学》

第二节　命题

断定用言语或文字表示出来称为命题。议论文实际上就是对于所提出的命题所给的证明,——有必要的时候,还加上相当的说明——所以命题是议论文的根本。命题是完全的一个句子（sentence），但完全的一个句子，除了表明语句（indicative）外，疑问语句（interrogative），命令语句（imperative），愿望语句（optative），惊叹语句（exclamatory）都不是命题，因为所表示的都不是一个断定，用不到证明。

命题从性质上说，有肯定和否定两种。

（甲）竞争运动应该废止——肯定命题

（乙）竞争运动不应该废止——否定命题

在理论上只有这种形式的句子可以作为议论文的题目；但实际上常有不照这样直写的；（甲）（乙）二项，可有下列各种格式：

甲	乙
竞争运动应该废止	竞争运动不应该废止
竞争运动废止论	竞争运动奖励论
排竞争运动	竞争运动应该保存
论竞争运动	竞争运动的存废

论题本应是一个命题，就是一个完全的表明语句，但题目除表示论文的主旨外，有时还含有刺激读者的作用。所以如：“女子不该参政吗？”“文化运动不要忘了美育。”“异哉所谓国体问题！”等形式的题目都有；但实际上不过是从“女子应当参政”，“文化运动应当注意美育”，“非国体问题”变化出来的。

作议论文的第一步，就是认定自己所要提出的命题。命题确定了，然后加以证明。所要注意的，就是保持论点，不要变更，使议论出了本命题范围以外。例如论莎士比亚的文学，应当只从文学本身立论，不应该牵涉他幼时窃羊的事情。要排斥耶稣的教义，应当只从他的教义本身下攻击，不应该说他是私生子。因为文学和作者的幼时道德各不相关，教义的好坏和立教者的是私生子非私生子毫无关系。如果要牵涉，就应当先证明两者的关系；必要使人承认幼时道德不好的，长大了也无好文学；私生子不能成伟大的宗教家；然后议论才立得住，不然总是谬论。这种毛病在批评别人的主张的时候很多，往往以攻击私人为压倒对手的武器。其实就是对手果然因为私德上受指斥不敢再答辩，也不是主张失败的证据。

第三节　证明

命题既经认定，就应当加以证明，证明可分两种。

（一）直接证明。即是对于一种主张，找出积极的理由来证明。例如：

孟子曰："不仁哉梁惠王也！仁者以其所爱，及其所不爱；不仁者以其所不爱，及其所爱。"公孙丑曰："何谓也？""梁惠王以土地之故，糜烂其民而战之；大败，将复之，恐不能胜，故驱其所爱子弟以殉之。是之谓：以其所不爱，及其所爱。"——《孟子·尽心》

这篇的主旨是说梁惠王不仁，而用"以其所不爱，及其所爱"的事实来证明。

（二）间接证明。就是所谓反证，对于一种主张，先证明对方面的谬误，使自己所说的牢固。例如：

……孟子曰："世俗所谓不孝者五：惰其四支，不顾父母之养，一不孝也；博弈，好饮酒，不顾父母之养，二不孝也；好货财，私妻子，不顾父母之养，三不孝也；从耳目之欲，以为父母戮，四不孝也；好勇斗很，以危父母，五不孝也。章子有一于是乎？"——《孟子·离娄》

这篇的主旨是说匡章是孝子，而用他没有不孝的事实来证明。

大概，发表自己的主张，不能不有直接的证明；反驳他人的议论，间接证明最有用。例如，有人主张"足球应当废止"。他所持的理由是"足球危险"，就可用间接证明法反驳如下：

足球危险，不错。但是，世间危险的事情很多，火车也危险，飞机也危险。如果因为危险就应当废止，那末，火车飞机也应当废止了；这是很不合理的。

用这种反驳法应当要注意对手的论点变更。若主张“足球应当废止”的人，因为这个驳议而声明说：“火车飞机虽危险，但有用它们的必要，非足球可比的。”他的根据已全然变更了，最初的理由是“足球危险”，后来的理由是“足球危险而且非必要”，所以应当认为新论。

第四节　演绎法归纳法和类推法

演绎法，归纳法和类推法，是论证的基本方法，要知道详细，须求之于论理学，这里所讲的只是一个大概。

（一）演绎法。用含义比较广阔的命题作基础来论证含义较狭的命题，这是演绎法。例如：

学校的功课都应当注意学习，——大前提

音乐是学校的功课，——小前提

故音乐应当注意学习。——断案

这是演绎法最基本的形式，通常称为三段论式；是用含义较广的“学校的功课都应当注意学习”和“音乐是学校的功课”两个命题来证明“音乐应当注意学习”的命题。上列的顺序是论理上的通常的排列法；在文字或语言上，常有变更。试以上式为例。

（1）学校的功课都应当注意学习“的”，（大）音乐“既”是学校的功课，（小）所以音乐“也”应当注意学习。（断）

（2）学校的功课都应当注意学习“的”，（大）所以音乐“也”应当注意学习“呀”，（断）“因为”音乐“也”是学校的功课。（小）

（3）音乐“既”是学校的功课，（小）学校的功课都应当注意学习“的”，（大）音乐“也就”应当注意学习“了”。（断）

（4）音乐“既”是学校的功课，（小）音乐“就”应当注意学习，（断）“因为”学校的功课都应当注意学习“的”。（大）

（5）音乐应当注意学习“呀”，（断）“因为”学校的功课都应当注意学习，

（大）音乐“也”是学校的功课。（小）

（6）音乐应当注意学习“的”，（断）音乐“既”是学校的功课，（小）学校的功课都应当注意学习“啊”。（大）

“”内的字是为句子的顺畅附加的，因为无论在文字上或语言上，常常不一定用很质朴的表明语句。大前提，小前提和断案不但排列的顺序可以变更，常常还有省略。例如：

（1）学校的功课都应当注意学习，（大）音乐“也”是学校的功课“呀”！（小）

（2）音乐“既”是学校的功课，（小）音乐“岂不”应当注意学习“吗”？（断）

（3）学校的功课都应当注意学习“的”，（大）音乐“就”应当注意学习“了”。（断）

（4）音乐“既”是学校的功课，（小）“就”应当注意学习。（断）

（5）学校的功课都应当注意学习，（大）音乐自然不是例外。（断）

只要意义能够明白，在文章上排列变更，要素省略都无妨。为了文章辞调的关系将命题的形式改换也是必要。但若要检查议论的正否，却须依式排列。例如：

（1）桀纣之失天下也，失其民也。——《孟子·离娄》

（2）天子不能以天下与人。——《孟子·万章》

（3）他不用功，故要落第。

这些议论若要施以检查，须将省略的补足，成一完全的三段论式如下：

（1）失天下者失其民也，

桀纣失天下者也，

故桀纣失其民者也。

（2）天子不能以天下与人，

尧为天子，

故尧不能以天下与人（舜）。

（3）不用功的学生都要落第，

他是不用功的学生，

故他要落第。

演绎法的议论，全以两前提作基础，所以如前提中有一不稳固，全论就不免谬误。如前例第三个论式：

不用功的学生都要落第，

他是不用功的学生，

故他要落第。

这论式中，大前提就不甚稳当，因为世间尽有天资聪明，不用功而可以不落第的学生。

世间原难有绝对的真理，所以就是论式各段都无误，也不是就没有辩驳的余地。不过各段的无误，是立论的必要条件，若没有这条件，议论的资格都没有了。

【练习】（略）

演绎法的两个前提，原是立论的根据，假若对于一前提不易承认，还须别的三段论法，把这前提来证明。例如要论证“人类必须有教育”的一个命题，假定是用下列的论式：

人类须有知识，——小前提

知识由教育而得，——大前提

故人类必须有教育。——断案

这论式中的小前提，实在是很有疑问的，所以必须再加以证明如下：

生存须有知识，——大前提

人类要生存，——小前提

故人类须有知识。——断案

倘使这论式中的前提还有疑问，那末非再加以证明不可；繁复的议论文大概就是由许多三段论法联合成的。

【练习】(略)

第五节 续前

(二)归纳法。归纳法和演绎法恰好相反，是集合部分而论证全体的论法。例如用演绎法证明“某人是要死的”。其论式如下：

凡人都是要死的，——大前提

某人是人，——小前提

故某人是要死的。——断案

这例中的大前提“凡人都是要死的”的一个命题是否真实，如果要加以证明，也可用下列的演绎法的论式：

凡生物是要死的，——大前提

人都是生物，——小前提

故凡人都是要死的。——断案

对于这个论式的大前提“凡生物是要死的”的一个命题，若还有疑问，须加以证明，那就不是演绎法所能胜任的，非用归纳法不可了。论式如下：

牛是要死的，马是要死的，羊是要死的，草是要死的，树是要死的……袁世凯死了，西施死了，我的祖父母死了……

牛，马，羊，草，树，……袁世凯，西施，我的祖父母……都是生物，故生物是要死的。

这式的两前提都是以经验所得的部分集合起来，由此便得到“生物是要死的”的结论。

归纳法中有两个应当遵守的条件：

(一)部分事件的集合须普遍而且没有反例；

(二)有明确的因果关系。

这两个条件如果能满足一个，大概可以认为没有错误。用例来说：

（1）有角动物都是反刍动物。

在这例中，“有角”和“反刍”有没有原因结果的关系，这在现在的科学上还没有证明，所以不能满足第二个条件；但有角的动物如牛，如羊，如鹿等都是反刍的，并且没有反例，即有角而不是反刍的动物，可以举出，这就满足第一个条件；而可认为正确的了。

（2）有烟的地方必定有火。

这例中的“烟”同“火”是有因果关系的，满足了第二个条件，所以就是不遍举事例，也可认为正确。

（3）文化高的国民都是白皙人种。

这例虽可举出英美德法等国民来作例证，但有印度中国等反例可举，不满足第一个条件。并且，明确的因果关系也没有，又不满足第二个条件。这样的归纳便是谬论。

最有力的归纳论，是第一第二两个条件都能满足的；因为事例既普遍而无相反的例可举，原因结果的关系又极明瞭，自然不易动摇了。所应注意的，有无反例可举，和人的经验有关系；就现在所经验的范围虽无反例，范围一旦扩大，也许就遇见了反例；所以归纳法所得的断案常是盖然[①]的。但原因结果的关系，既已明确，就有反例可举也不能斥为谬论；这只是原因还没完全举出，或反例另有原因的缘故。例如：

居都市的人比居乡村的人来得敏捷。

这就是生活状况的不同，一是刺戟很多，一是清闲平淡，可以将原因结果的关系说明的；虽有一二反例，必定别有原因存在，对于原论并不能动摇。

【练习】（略）

（三）类推法。根据已知的事例而推断相类的事例的方法，这是类推法。例如：

① 此处“盖然”当“可能有因果关系”讲，见后文“因果论又名盖然论”。

地球是太阳系的行星，有空气，有水分，有气候的变化，有生物。——已知的事例

火星是太阳系的行星，有空气，有水分，有气候的变化。——相类的事例

故火星有生物。——断案

类推法应用时须遵守下列的两条件：

（甲）所举的类似点，须是事物的固有性，而不是偶有性；

（乙）被推的事物须不含有与断案矛盾的性质。例如：

（1）孔子与阳虎同是鲁人，同在鲁做官；若依了这些类似点，因孔子是圣人就推断阳虎也是圣人，这便犯了第一个条件；因为这些类似点都是偶有性。

（2）甲乙二鸟，声音，大小，形色都相同。但乙鸟的翅曾受伤折断；若依类似点因甲善飞就推断乙也善飞，这便犯了第二个条件，因为翅的折断和善飞，性质是矛盾的。

【练习】（略）

第六节　证据的性质分类

判断一件事，总是以经验作根据，而依前两节所举的方法找出证据来。由性质上，证据有种种的不同，分述如下：

（一）因果论。因果论又名盖然论，是根据了“同样的原因必生同样的结果”的假定，以原因证明结果。例如：

（1）某人平日品行方正，（原因）这次的窃案大概和他没有关系。（结果）

（2）他作文成绩素来很好，（原因）这次成绩不良，大概是时间局促的关系。（结果出预想之外，因为别有原因的缘故）

这都是因果论，普通所谓议论，大概是这类最多。因果论所以又名盖然论，就是因为这种议论并不是确切可靠的缘故。对于同一事件，往往可作正反对的因果论，即如前例的：

（1）某人平日品行方正，（原因）这次的窃案大概和他没有关系。（结果）

对于这一个因果论也可作正反对的第二个因果论：

（2）某人近来很穷，（原因）或不得已而窃盗。（结果）

这两个因果论，可以同时发生，在这时候，要决定究竟哪一个成立，实是一件很难的事。就是能够证明某人真是渴不饮盗泉的丈夫，但仍不能将（1）确立而推翻（2），因为还有第三个，第四个乃至无穷个因果论可以发生。即如：

（3）某人的母亲病得很危险，他正困于医药费，（原因）或竟至于窃盗。（结果）

这个因果论更为有力，某人品行既好，当然有孝行，对于母亲的病自是要想尽方法去医治；那末，急不暇择，也是人情。

从这例看来，可知因果论是个确度很小的论法。所以，用这个论法的时候，通常须用“大概”，“或”等推量的语气，万不可取断定的态度。

但因果论虽不是充足的可靠的议论，却是必要的很有价值的。所以无论何种议论，至少非有一个因果论的证据不可。否则，即使别的证据很多，也不可靠。例如甲有杀乙的嫌疑时，假定有下列各种证据：

（1）乙被杀时，甲确不在家。

（2）甲家有带血迹的刀。

（3）甲的衣上有血。

这类的证据无论有多少，假定甲所以要杀乙的原因一点不明白的时候，依然毫不足凭，而不能据以断定甲是杀乙的。如果能求得下列的事实的一种或一种以上，那就可以认甲为杀乙的嫌疑者。所以仅一因果论的证据虽不足恃，若与别的证据联合起来，就成有价值的论法了。假定所得的事实如下：

（1）甲曾因金钱关系与乙有仇。

（2）甲和乙前几天曾打架而被打伤。

（二）例证论。将和结论相同的事例，引来做议论的证据，叫做例证论。

例如：

（1）某人身体原很弱，因从事运动，今已健康；（事例）所以运动是有益于健康的。（结论）

（2）甲学生很用功及了格，乙学生不用功落了第；（事例）所以要及格非用功不可。（结论）

（3）投石于水，就沉下去，投木片于水，则浮在上面；（事例）可知轻的东西是浮的，重的东西是沉的。（结论）

这都是例证论。例证论以部分来推全体，或以甲部分来推乙部分。前一种是归纳法的，归纳的法则应该严重遵守；后一种是类推法的，类推的规则切不可犯。除此以外还有几个条件应当特别注意：

（甲）人事和物理的不同。前例中（1）和（2）是人事，（3）是物理。物理以物为对象，物质界是有普遍的法则可寻的，所以大概可以说有一定。甲石沉了，乙石也沉了，可以说凡石都要沉的；甲木浮起，乙木也浮起，可以说凡木都要浮起的。但人事界的现象，却没有这样的简单。甲从事运动身体康健了，乙从事运动或反而生病；因为体质，情形都不一定相同，结果不一定同也是应该的。丙不用功幸而不落第，就以为不用功可以不落第；某人买彩票发财，就去买；某人的阿哥的学问好，就以为他的学问也好；这些谬误，都是一类。

（乙）“假定”不能作例证。例证须是事实，“假定”做不来例证。世间往往有以“假定”作例证而应用例证论的。例如：

（1）精神一到，何事不成；（假定）凡毕生颠沛流离的，都是精神不振作的缘故。（结论）

（2）他如果就了商业，已经可以做商店的经理了，何至穷得这样；（假定）所以读书不如经商。（结论）

（1）例中，事的成不成非做了以后不能晓得的；（2）例中，经商能不能就做商店经理，而不穷困，也要经了商才可知道的。只悬揣了一个假定，再从这假定立了脚来推论，即使常识上通得过去，总不可靠。

（三）譬喻论。譬喻论和例证论相似，不过例证论是引用和结论相同的事例做证据，譬喻论是引用和结论相似的事例做证据。例如：

（1）加热于蒸汽机关，则机关运转，故热可转成运动。（例证论）

（2）好像蒸汽机关的运转上需石炭的样子，生物在生活上也需食物。（譬喻论）

譬喻论中所最要紧的，就是两方面的类似的关系。譬喻要得当，就是两方面中，各自所存有的关系要有适当的关连。试就上例分解如下：

（1）蒸汽机关的转动上，要有发热的东西（石炭），故运动要有发热的东西。（归纳的例证论）

（2）运动要有发热的东西，故生物的运动（生活）也要有发热的东西（食物）。（演绎的因果论）

适当的譬喻，照上面的样子分解起来，例证论和因果论间一定有相当的可以存在的关系。假如其中有一式错误，譬喻论的全体，也就要错误。今示误谬的例于下：

浙江人比湖南人好，好像浙江绸比湖南绸好一样。

这种譬喻论的谬误是谁都晓得的。所以谬误的原因在哪里呢？试分解一下就晓得了：

（1）浙江绸比湖南绸好，所以浙江的一切比湖南的一切好。（归纳的例证论）

（2）浙江的一切比湖南的一切好，所以浙江人比湖南人好。（演绎的因果论）

这二式中，（1）的例证论明明不合归纳的法则，事例既不普遍，因果关系也不明确，要举反例，不论多少都可以举出，如湖南的夏布就比浙江的好之类。（2）的演绎式的大前提既谬误，断案当然也靠不住了。就是分解起来，（1）的归纳式不错，而（2）的演绎式错了，也一样地靠不住。

检查譬喻论的方法，除将它分解以外，还有一种，就是审察两面的关系类似不类似。就前例说："浙江绸"和"湖南绸"的关系，与"浙江人"和"湖南人"的关系全不类似。不类似的关系当然不能譬喻的。至于"蒸汽机关"和"石炭"的关系，同"生物"和"食物"的关系，就是类似的了。

譬喻论，我国古来用得很多，现在也着实有不少的人用它，讥诈百出，最易使人受欺；大宜注意辨别。

【练习】（略）

（四）符号论。符号论和因果论恰相反；因果论是从原因推证结果；符号论是从结果推证原因。例如：

（1）某人没有一定的职业，应当很穷。（因果论）

（2）某人到了严冬还穿夹衣，可见他很穷。（符号论）

符号论是以实际的形迹（符号）来证明所论的真确的。见学生上课时在讲堂中睡眠，说教师不能引起学生的兴味；见水的结冰，说大气的温度在冰点以下；见日本打胜了俄国，说日本比俄国文明程度高；这都是符号论。通俗所谓"理由"的，大概是因果论；所谓"证据"的，大概是符号论。

因为同一事实，可以由种种的原因发生，所以符号论虽是由结果而推论原因的议论，也是不完全可靠。例如：

（1）学生上课时在讲堂中睡眠，足见教师不能引起学生的兴味。

这议论也可有别种的说法：

（2）学生上课时在讲堂中睡眠，足见学生不十分注意学业。

（3）学生上课时在讲堂中睡眠，足见学校的功课太繁重，学生担负不下。

……

符号论一不小心就容易生出谬误。因为是博士，就崇拜他，说他有学问；因为是孔子说的，就相信它一定不错；因为西洋人也这样那样，所以非这样那样不可；看看报上某商店的广告，就信某店的货物精良；都是这一类的谬论。

符号论中最可靠的，是那结果只有一种原因可以生出来的时候。例如：

（1）河水冰了，可知天气已冷到摄氏表零度以下。

这是可靠的议论，因为除了天气已冷到摄氏表零度以下，没有别的原因可以使河水结冰的。但是像：

（2）碗中的水冰了，可知天气已冷到摄氏表零度以下。

这就不大可靠。因为使碗中的水结冰的原因还有别的，人工的方法就是一个。

就大概说：自然界的现象，符号论大体可靠，一涉到人事，关系非常复杂，用符号论，大须注意。

第七节　各种议论的联络

前节所述的四种议论，各有缺点；所以单独使用，很不可靠。但是若能将二种以上的议论联结起来，就成有力的议论了。例如甲有杀乙的嫌疑时，如果在同一事情，得到下列种种事实，那么甲是嫌疑犯，差不多可以断定了。

（1）甲的性情粗暴。（因果）

（2）甲与乙曾因金钱关系有宿怨。（因果）

（3）某次甲曾用刀和人格斗。（例证）

（4）乙被害时，甲不在家，其时为夜半。（符号）

（5）甲家中有带血的衣服和刀。（符号）

以上是三种议论的联结，若能四种联结，更为可靠。所应注意的，就是因果论和符号论并不全然可靠，至于例证论和譬喻论更只能作补充用，力量很微弱。即以上例来说，虽已有五个证据，但最多只能说甲有嫌疑，至于甲是否杀乙，依然不能断定。所以，关于这一类事实要下判决，非有确实的人证（如当场见到）或物证（如刀与伤口）不可。因此，裁判官只能用各种方法引诱甲自行承认，而不能依自己所得的盖然的证据推断。因为，上面的事实，甲和别人血斗，和杀的不是乙，甚或别人嫁祸，（4）和（5）都可以存在的，至于（1）

（2）（3）都是已过的事，用作证据本来力量很不大。

第八节　议论文的顺序

文章原无一定的成法，议论文的顺序，当然也不能说有一定。以下所说的事项，不过是普通的说法。

（一）命题的位置。议论文原是对于命题的证明，命题当然是议论文的根本。所以命题在一篇文章中应该摆在什么地方；还是先列命题，后来说明呢？还是先加说明，后出命题呢？这实在是一个问题。

在最普通的文章，应该先提出命题，使读者开首就了解全篇主旨所在。若是把文章读了半篇，还不能晓得究竟讲点什么，这类不明晰的文章，普通不能算好的。

先列命题，能使文章明晰，却是有时也不应当先将命题列出：

第一，命题容易引起反对的时候。例如对学校学生主张有神论，或对宗教家主张无神论的时候。倘使先把命题揭出，必致开端就惹起观听者的反对，以后虽有很好的证明，也不足动人了。这种时候，应当先从比较广泛点的地方起首。对学生讲有神论，可先从科学说起，说到科学不可恃，再提出有神论来。对宗教家主张无神论，可先说古来有神论和无神论的派别；各揭出其优劣，使听者觉得无神论也有若干的根据，然后再提出自己主张无神论的意见。

第二，命题太平凡的时候。例如在慈善会场中演说"人要有慈善心"的时候。若开端先将命题提出，听的人就厌倦了。这种时候，可从"生存竞争的流弊"等说起，使听者感觉慈善的必要，然后再提出本命题来。

（二）证明的顺序。通常因果论应当列在前面，符号论列在最后。因果论若列在最后，就使已经证明的事情和当面的问题无涉。若四种论证都全备的时候，就是（1）因果论（2）譬喻论（3）例证论（4）符号论；这是最普通的。

先列因果论，使读者预想有像结论的事实。次列譬喻论和例证论，使读者预想着在别时别地所有的事实，或者在此也要起来。到了最后的符号论，使读者觉得所预期要起来的事实，果真起来，就能深切地信从了。再用前面所举的甲杀乙的事例来说：

（1）甲与乙因金钱关系有宿怨。（使读者预想甲或因此杀乙。）

（2）甲虽是个平和的人，但是愤怒会改变素性；好像水虽平静，遇风也要起浪。（使读者信平和的甲，也可杀乙。）

（3）从前某人某人都是平和的人，都因愤怒及金钱关系，有过杀人的行为。（使读者因从前的实例，坚信甲有杀乙的可能。）

（4）甲家有带血的衣服，且乙被害时，甲确不在家。（因证据使读者坚信甲是杀乙的。）

第九节　作驳论的注意

议论文以推理为根据。除了自然界的现象以外，人类社会的事情，非常复杂；而人的推理又非绝对可恃。所以无论何种名文，总不免有驳击的余地。并且议论原是假定有敌论者存在；否则，已用不到议论。从这一点说，议论文可以说是广义的驳论了。今姑且就一般的所谓驳论，略述一二。

（一）寻求敌论的立脚点。要反驳敌论，自然以从要害驳击为最有效；所以寻求敌论的立脚点是第一步工夫。对于敌论应当找出它的主旨，就是根本的命题。其次，要寻出它证明的根据和法式——演绎或归纳或类比。

（二）反驳的方法。对于敌论所用的证论的法式，既已明瞭，只须检查它违犯那一种条件。但只是将证论推翻，不一定就能打倒敌论的根本命题，所以最重要的还是对于这命题的驳击。

命题由性质上分，有肯定和否定两种，如本章第二节所说；若由分量上分，又有全称和特称两种。例如：

（1）凡人是动物
（2）凡人非木石
……全称命题

（3）有动物为人
（4）有动物非马
……特称命题

上例在质上（1）（3）是肯定，（2）（4）是否定；所以从质和量上分，命题有四种：（1）全称肯定，（2）全称否定，（3）特称肯定，（4）特称否定。

将质或量不同，而所含的概念相同的命题对证，称为对当。对当有各种形式，须于论理学中求之。现在只讲其中的一种矛盾对当，即全称肯定和特称否定，以及全称否定和特称肯定。矛盾对当的性质，是此真则彼伪，此伪则彼真，因此对于敌论命题的攻击，这种方法最方便而有效。

议论的命题应当是全称，若为特称立论本已非常无力；所以驳击敌论的全称命题，只须从它的矛盾对当的特称命题下手；因为证明特称命题实较证明全称命题容易。例如：

（1）敌论——凡哺乳动物都住在陆上——全称肯定
　　驳论——有哺乳动物（鲸）不住在陆上——特称否定

（2）敌论——白话不能达古书之义——全称否定
　　驳论——有时白话（教师讲解时）能达古书之义——特称肯定

上例若驳论成立，敌论当然被推翻，而驳论都是特称，只要有一二例证就可成立，所以最方便而有效。

（注意：证明全称肯定或否定以推翻特称否定或肯定也是矛盾对当，但于作驳论少有用处，所以不详细讲了。）

（三）应注意的条件。作驳论应注意的重要条件有下列的三个：

第一，勿助长敌论的声势。敌论者如果是有声望的人，议论往往在一般人的心里，有强固的印象。这时候，务必设法使敌论的印象减轻，以便自己的议论容易透入人心；切不可助长敌手的声势。例如对某博士的文字作驳论的时候，如果说：

某君是个博士，是个大学教授，学问很渊博，他的议论，当然不是我们做中学生的所够得上批评的。不过……

这就是不利于自己的议论。但是也不可因此而发些轻薄的议论去糟蹋对方，这是作者的人格问题。

第二，勿曲解敌论。驳论是将自己对于敌论的反抗，公诉于一般的读者的文字。对于敌论必须不以恶意去曲解它。否则无论怎样，不能中它的要害，并且不能得读者的同情。

第三，驳论的位置。最有力的驳论，最好放在中部；后半篇可用强有力的方法，发挥自己的主张，使读者忘了所读的是驳论，而信从自己的主张。

以上所说的各项，并不是想取不正当的胜利，只是用来防不应当有的失败；千万不要误用。文章真要动人，非有好人格，好学问做根据不可。仅从方法上着想总是末技。因为所可讲得出的不过是文章的规矩，而不是文章的巧。

【练习】（略）

第十一讲

小品文①

夏丏尊

第一节　小品文的意义

从外形的长短上说，二三百字乃至千字以内的短文称为小品文。前几章所

① 据开明书店1930年版《文章作法》校订。

讲的记事，叙事，说明和议论等，是从文的内容性质上分的，长文和小品文只是由外形而定。因此小品文的内容性质，全然自由，可以叙事，可以议论，可以抒情，可以写景。毫不受何等的限制。

小品文，我国古来早已有了。如东坡小品，就很有名；普遍的所谓“随笔”，也可看做小品的一种。近来在各国，小品文更盛行；并且体裁和我国的向来的所谓小品文，大不相同。现在的所谓小品文，实即Sketch的译语。大概都是以片段的文字，表现感想或实生活的一部分的。例如：

雪　夜

从早晨就暗淡的天，一到夜就下了雪了。由窗隙钻入的寒气，冷到彻骨，好像是什么妖魔用了冰冷的手来捉摸人的头颈似的。才将夜饭碗盏收拾好的母亲，在灯下又开始针线，父亲呢，一心地看着新闻。饭毕就睡了的小妹，好像是日间跑得太厉害了，时时在被窝里发出惊叫来。

雪依然没有止，后园里好几次地有竹折断的声音。夜不觉深了，寒气渐渐加重，连远处传来的犬吠声，听去也觉得分外地带着寒森凄清了。（写景）

红蜻蜓

就枯草原上卧了，把书翻开，忽然飞来了一个红蜻蜓，停在书页上面。头影一动，就好像触怒了它的样子，即刻飞去了。飞也不远，仍旧回到原处。我寂然不动地看他：尾巴缓缓地孑孑地动着，薄薄的两只翼翅，尽量伸张，好像单叶式飞行机的样子。不时又闪转着那大而发光的眼睛。

在晚秋的当午的强烈的日光中，红色的蜻蜓，看去却反觉有点寂寞。（状物）

田　畔

倦了在田畔坐息，前面走过了穿着中学校制服的学生们，仔细一看，是K

君与N君。他们不知道我在这里，一壁走着，一壁高声地谈着。

唉！唉！在小学校的时候，我比K君N君成绩好得多，先生也说我是有望的少年，只为了贫穷的缘故，就这样朝晚与田夫为伍。我难道竟以田夫过这一生吗?

那未免太悲哀了！但是有什么法子可想呢？我心如沸了！虽自己不愿哭，眼泪已流下颊上了!（抒情）

鸡

鸡告诉我们天地的觉醒，但所告诉的并不一定是光明。鸡的第一次开声，是夜的最黑暗的时候。

鸡是在深暗中叫的，鸡是在深暗中叫的!（议论感想）

读者读了上面的例，当可明白小品文是怎样的东西了。小品文虽然也有独立制作的，其实多散见于长文中。有名的文学作品中含有小品文极多，几百页的长篇小说，也可看成小品文的连续。在近代作品中，果能节取，随处可得到很好的小品文例。例如：

风雨的强度渐渐地退减，不久，就只剩了雾样的非常美丽的细雨。云的弧线一点点地透升上去，长而且斜的日光，即落在地上了。从云的裂缝里，露出一条碧色的天空，这裂缝次第展开，像个揭去面纱的样子；既而澄净深碧的天空就罩住世界。新鲜的微风拂拂地吹着，好像地球的幸福的叹息，掠着湿雨的小鸟的快乐的歌声，可从田野森林间听得。——莫泊三的《一生》

从黎明起，平常所没有的凝然而沉的浓雾，把一切街道闭住了。这虽若干地轻微透明，不至于全不看见东西，可是在雾中行走的人们，都已浸染着了那不安的暗黄色；女人脸上鲜活的红色以及动人目的衣服花样，都好像隔了一层黑的薄纱，在雾中有时茫然地暗，有时豁然地鲜明。南首天空，在蚊帐样的黑云里，藏着日脚很低的十一月的太阳，比地上远来得明亮；北首则到处沉暗，好像低挂着大大的幕，下面昏黄而黑，物象分辨不清，几同夜间一般。于这沉滞的背景中，模糊地，浮出着薄暗的淡灰色的屋宇，在秋天已早荒废了的某花园的门口竖着的两圆柱，看去宛像死人前面列着的一对的黄蜡烛……——安得列夫[①]的《雾》

祖母死后数年，父母也都跟着作了这墓中的人，到现在已星霜几易了。墓碑满了藓苔，几乎看不出文字，虽默然地立着不告诉我什么，但到此相对，不觉就如目见墓中人一样。他们生前的情形，都一一不可遏地奔到我心上来：祖母驼圆了背在檐下曝日的光景，父亲的将眼鼻并在一处打大喷嚏的神情，母亲着了围裙浆洗衣服的样子，都显然地在我眼前浮出。

飒然地风来了，树叶瑟瑟地作声。明知道只是树叶的声音，然在我无余念的人的耳中，好像是有一种曾听见过的干皱的沙音，快活的高声，和低而纤弱的喉音，纷然合在一起，在那里忙说着什么似的。忽然间声音一停，以后就寂然了。

我的心也寂然了。从这寂然的心坎中忽然涌起了怀慕的心情，不觉眼中就含了泪了。唉！如果可以，我愿就这样到墓中去，不再返尘世了！

——二叶亭四迷[②]的《平凡》

以上不过就近代外国文学作品中略举数例，这样好的小品文，在我国好的文学作品中当然也很不少。如《儒林外史》中的王冕放牛，和《水浒传》中的景阳冈一段，都可作小品文读的。读者只要能留心，就可随处得着小品文的范例了。

第二节　小品文在文章练习上的价值

小品文自身原有独立的价值，且不详论。练习小品文，对于作长文也很有帮助；就是可以增长关于作文所需要的各种能力；所以对于文章练习上，利益很多。兹述一二于下：

---

① 现译安德烈耶夫，俄国小说家、戏剧家、戏剧理论家。

② 日本作家，俄罗斯文学翻译家。

（一）可为作长文的准备。画家学画，须先从小部分起；非能完全描一木一石的，决不能画全幅的风景；非能完全写一手一足，决不能画整个的人物。文章也是这样，不能作全部分的文字的，即使作了长篇的文字，也决不会有可观的价值。所以与其乱作无谓的长文，不如多作正确的小品文。换句话说，就是学文须从小品文入手。

（二）能多作。文有三多：多读，多作，多商量；这是学文者无可反对的条件。但长篇文字要多作，实不容易，小品文内容既自由，材料又随处可得，并且因字数很少，推敲，布局都比较容易，很便于多作，能多作，作文的能力就自然进步了。

（三）能养成观察力。小品文形既短小，当然不能容纳大的材料。因此，要作小品文，无论写情写景，非注意到眼前事物的小部分，将它的特色生命来捕捉不可。这么一来，结果就可使观察力细密而且锐敏。细密而且锐敏的观察力，实在是文人最要条件之一。

（四）能使文字简洁。要作小品文，因它的字数有限，断用不着悠缓的笔法，非有扼要的手腕不可。所以学习小品文，可以使文字简洁。初学作文，最普通的毛病是冗漫，宽泛，因为初学者对于材料还没有选择取舍的能力，不容易得着要领的缘故。若作小品文，这毛病立即现出，渐渐自然会简洁起来，而对于材料也能精于选择取舍。这种工作，原是作文的第一步，也就是作文方法的一切。如果真能通达，已可算得有作文的能力的了。

（五）能养成作文的兴味。初学作文的人，往往因为作得不好，打断兴味，而自觉失望，这是常见的事。长篇文字所需的材料既多，安排也不容易，初学的人，当然没有作得好的可能，屡作都不好，兴味就因而萎缩了。小品文以日常生活为材料，并且是片断地收取，因而容易捕捉。材料既不复杂，安排也容易。即使作了不好，改作也不费事。为了这样，学作小品文，既容易像文字，而很好的成绩偶然也可得着；作者的兴味当然可以逐渐浓厚。

学作小品文的好处如要细述，还不止此，但这已很足证明有学它的必要了。读者要学作文章吗？先努力作小品文罢！

第三节　小品文练习的机会

小品文本随时可作，随地可作，不必再待特别机会。这里姑举一二便于作小品文的机会于下：

（一）日记。日记因人的境遇，职业不同，种类当然很多，但大体可别为二种，一是只记述行事的，一是记述内面生活的。在普通人的日记中，两种时时相合。前者重事实方面，后者重心情方面。例如：

晨某时起，到后园散步，早膳后赴学校。授课三小时。傍晚返寓。S君来谈某事，夜接N自沪来信。灯下作复书。阅新到杂志。十时就寝。

数日来的苦闷，依然无法自解。来客不少，可是都没有兴高采烈地接待他们。客散以后，一味只是懊恼，恨不得将案上的东西，掷个粉碎。天一夜，就蒙被睡了。

上面二例，前者是以行事为本位的，后者是以心情为本位的。两者虽任人自由，没有限制，但为练习文章计，应当注意这两方面的调和；一味抒述内心生活，虽嫌虚空，然账簿式的事实的排列，也实在没有趣味。因此，最好的日记，是于记述事实之中，可以表现心情的作法。请看下例：

昨晚执笔到一点钟；起来觉得有点倦懈。天仍寒雨，窗外桃花却开了。H来谈，知N已病故，不胜无常之感。忽然间N的往事，就成了全家谈话的材料了。下午到校授课，夜仍译《爱的教育》，只成千百字。

上例虽不甚佳，然可视为两方调和的一例。我国古米，日记中很有可节取的文字；案头现有《复堂日记》，摘录一节如下：

积雨旬日，夜见新月徘徊庭阶，方喜晴而础润①如汗，雨意未已。二更猛雨，少选②势衰，枕上阅洪北江《伊犁日记》《天山客话》终卷。睡方酣，闻

① 地面返潮。

② 一会儿。

空楼雨声密洒，霆雷如百万军声，急起，已床床屋漏矣。两炊许时，雷雨始息，重展衾枕，已黎明，是洪先生出关，车行三四十里时也。

这是清人谭复堂[1]日记的一节，可以作小品文读的。笔法虽与现代的不合，但对于实生活的忠实的玩味力和表现力，是可以为法的。

一个人每日的生活，必有几事可记的。一日的日记，如果分析起来，实有几个独立的小品文可成。通常日记，却不必使每一事实都成小品文，只要使一日的日记全体为一小品文，或于其中含一小品文就够了。上例就是于一日的日记中，含一小品文的。

日记的价值，可说的很多，练习文章，也是价值之一。因为日记是实生活的记录，日记的文字，可以打破一切文字上的陈套；要作好日记，非体会吟味实生活不可。所以从日记去学小品文，是很适当的。

（二）书札。书札与普通文字，径路不同，尽有能作普通文字而不能作书札的。书札有实用与非实用的二种。实用的书札，普通都是随笔写成，不加功夫；至于非实用的，则非有练习功夫的人，是不能作的。日常的书札中，往往含有这实用的与非实用的两方面。例如：作书托友人介绍医生，而附述自己病床的景况，前者是实用的，后者是非实用的。又如：作书约友人来游，而叙述所在地的景物，前者是实用的，后者是非实用的。

讲到趣味，作书札比作日记更多。因为日记是独语，而书札却是对话了。知友把他的生活情况来报知我们的书札，我们都非常乐读；我们能于书札中表现我们的生活，使朋友晓得，他们将怎样地欢喜呢！

我国古来书札中，佳例很多。兹随录一二为例：

某启，两日来，疾有增无减。虽迁闸外，风气稍清，但虚乏不能食，口殆不能言也。儿子于何处得《宝月观赋》，琅然诵之，老夫卧听之未半，跃然而起。恨二十年相从，知元章不尽，若此赋，当过古人，不论今世也。天下岂常

---

① 即谭献（1832—1901），原名廷献，字仲修，号复堂。

如我辈愦愦耶？公不久当自有大名，不劳我辈说也。愿欲与公谈，则实未能，想当更后数日耶？——东坡《与米元章》

某到黄陂，闻公初五日便发，由信阳路赴阙，然数日如有所失也。欲便归黄州，又雨雪间作。向僧房中明窗下，拥数块熟炭，读《前汉书·戾太子传赞》，深爱之。反复数过，知班孟坚非庸人也。方感叹中，而公书适至，意思豁然。稍晴暖，当阳罗江上放舟还黄也。——东坡《与李公择》[①]

庭前小梅数株，绿衣素妆，娟好如汉宫人。幽斋无事，静对忘言。或时移书吟咏其下，攀条摇曳，暗香入怀。每当惠风东来，飘拂襟袖，挹其清芬，宛然如见故人。今虽飞琼碎玉，点点青苔；然片光孤影，独仿佛缭绕左右。倘能乘兴而来，巡檐一索，便可共吟楚些，共招落梅魂也。——汤传楹[②]《与尤展成》

上所举的例，虽与现代文体不同，然都能表示实生活，不只简单的排列要事；很能使受书的爱读，而且读了增加不少的兴趣。由此可知：要作好书札，非加入实生活的背景不可；若不将实生活作背景，文字就不能动人。试比较下二例：

（甲）昨日在某处遇见H君，知S君即将于下星期内赴英伦。我和H定于明晚在某处设宴饯行，特写信约你，请届期与会。

（乙）昨日在某处遇见H君，知S君即将于下星期内赴英伦。S君的要赴英留学，原是早有所闻的，却不料别离有这样快！寥寥的朋辈中暂时将又少一人了。已和H约定，明晚在某处设宴饯行，特写信给你，请届期与会；于离别以前，大家再一亲S君的快活的面影，话一番小学时代的旧事吧。

这是编者漫然作成的例。（甲）和（乙）相较，（甲）是只列事实，（乙）是兼述生活（心情），（乙）的较（甲）有情趣，读了自可了解了吧。

书札中能兼述生活情趣，就能不呆滞而饶兴味。这不但在本文中如此，随

① 此为苏轼《与滕达道》。

② 汤传楹（1620—1644），明末诗人。

处都是这样。举一例说，即如署名下的月日就可有各种记法。“某月某日”,“某月某日灯下”，“某月某日游山归来”，“某月某夜蟋蟀声中”，这些记法，后面的比前面的，趣味就有多少的分别。

这里所应注意的，就是要真实无饰。若专袭套语，徒事修饰，是毫无用处的。只要能表现实生活，就可以使读者引起情趣；若徒把古人或今人的美辞丽句来套袭，就要成呆板讨厌的文字了。旧式书简中，很多这种毛病，不可不知。

第四节　小品文作法上的注意——着眼细处

小品文是记述实生活的一部分的东西，以描写部分为目的。要写全体的事象，当然不是小品文所能胜任的。所以作小品文，必须注目于事物的细处，就极微细极琐碎的部分发见材料。习作小品文所以能使人的观察精细锐敏，原因就在这一点。试看下例：

（甲）鳞云一团，由西上升；飞过月下，即映成五色，到紫色缘边，彩乃消灭。团圞的月，悬在天心，皎皎的银光，笼罩着平和的孤村。四边已静寂了，地底下潜藏的夜气，像个呼吸似的从脚下冲发上来。——《月夜》

（乙）一到半夜，照例就醒，醒了不觉就悄然。窗外有虫叫着，低低地颤动地叫着，仔细一听，就是每夜叫的那个虫。

我不知于什么时候哭了，低低地颤动地哭了。忽而知道，这哭的不是我，仍是那个虫。——《虫声》

上二例都是描写秋夜的；一以月为题，一以虫声为题；一以景色为主，一以作者的心情为主。趣向不同，好坏虽难比较，然秋夜的情调，二者中，何者比较地能表示出来呢？不用说，后者胜于前者了。这个原因，由于（甲）欲以短小的文字写繁复而大的景物，（乙）却只写虫声（一个虫声）的缘故。

欲在一小文中，遍写一切，结果必致失败。初学者作“春日游某山记”，往往将上午某时出门，途遇某友，由何处上山，在何处休息，何处午餐，游某寺某洞，某时下山，怎样回家等，一一列举于短小的文字中，结果便成了一篇板笨的行事账簿，当然没有什么趣味可得的。

不但描写景物是这样，即在抒情文，感想文，议论文中，也是如此。小品文的材料，与其取有系统的整个的，不如取偶发的，断片的。例如：

去年今日此门中，人面桃花相映红。人面不知何去处，桃花依旧笑春风。

这是崔护的诗，所以读了能使人感动，全在他能触物兴感，把偶发的，断片的材料来活写的缘故。如果平铺叙述，把一切事件都说到，就成了“崔护某处人，一日在某处遇一女郎……”样的一篇东西，使人读了，最多也不过得着“哦，有这么一回事”的感觉罢了。

就事件的全体来做小品文的材料，结果只能得到点轮廓，不能得其内容。用譬喻来说，轮廓的文字，好像地图，是不能作为艺术品的。我们要作绘画样的文字，不需要地图式的文字。因为从绘画上才有情趣可得，地图上是不能得到的。

从许多断片的部分的材料中，选出最可寄托情感的一点，拿来描写，这是作小品文的秘诀。好像打仗，要用少数的兵去抵御大敌的时候，应该集中兵力，直冲要害，若用包围式的攻战法，就要失败的。

第五节　小品文作法上的注意——印象的

精细的部分的描写，胜于粗略的全体的叙述和说明；这是从前节已可知道的。那么，什么叫做描写呢?

描写是照了事象把它来从笔端现出的意思，和绘画所用的意义相同。说明固不是描写，叙述也不是描写。旧式文章中，说明和叙述的分子很多，近来的文章，除了批评文感想文等以外，差不多都以描写的态度出之了。

我国古来纯文学作品中，很有描写佳例，随录一二，读者当能了解描写的态度。

山色倒侵溪影，一路随孤艇。——杨仪《桃源忆故人》

寒风吹水，微波皱作鱼鳞起。——赵宽《减字木兰令》

仰视浮云驰，奄忽互相逾。——李陵《与苏武》

斜日坠，荒山云黑天垂暮，时见空中一雁来，冷入残芦去。——蒋冕《卜算子》

于上列各例，读者对于他们观察事物的精敏，大约佩服了吧！简单点说：描写就是观察的表出；不会观察事物的人，是断不能描写的。前节所说的宁作小部分的描写，不可作全体的叙述和说明；换句话说，就是要描写的，不可是叙述的说明的。因为短小的文字中，若要装载整个的有系统的材料，必致流于说明叙述，结果便只存了轮廓而使内容完全空虚了。

但从另一方面看，所谓描写的，就是“印象的”的意思。我们与事物相对时，心情中必有一种反应或感觉，这普通称为印象。描写是照了所观察的事象如实写出，就是要把印象写出。所以如果是描写的文字，必会成印象的文字。上面所举的描写诸例，都是印象的，都能将自己对于事物所得的印象，传给读者。

将自己所得的印象，不加解释说明，直现出来，使读者也得着同样的印象，这叫做印象的。试看下例：

（甲）才开窗，湿而且重的温风即吹来，花坛的花枝都带着水珠；蔷薇已落了许多，有几瓣还乱落在花坛外，沾着些泥土了。油也似的雨，还丝丝地亮晶晶地从檐口挂下，罗岩山山腰以上，无声地放着破絮似的云，铅样的湿烟，低低地笼罩湖水，一切都沉滞得如在水银中一样。——《时雨的早晨》

（乙）起来正六时，天还未晴，开窗一看，湿而且重的温风，就迎面吹来。花坛的花枝上，都带着水珠，知道昨夜大雨。蔷薇已落了许多。这蔷薇是今年正月里亲自种的，前天才开，不料就落了。有几瓣还乱落在花坛外，沾着些泥土，这大约是昨夜风大的缘故罢。

油也似的雨，丝丝地亮晶晶地，从檐口挂下，不从檐口去看，却看不出。罗岩山山腰以上，放着破絮似的云，天恐一时不会晴呢。铅样的湿烟，低低地笼罩湖水，一切沉滞得如在水银中一样。唉！真令人闷极了。

上面二例，（甲）只述目见的光景，（乙）则于述光景以外，又加入作者自己的解释或说明。读者读了，不消说，是取前者不取后者的罢。因为前者比较地能把印象传给读者，且所传给于读者的只有印象，所以读了容易感染。至于后者则像以谆谆的态度教示读者一样，读者读了，很感着不自由；且因所传给于读者的不止印象，夹杂着许多不相干的东西，所以印象也就不能分明地传给读者了。

我国旧式文字中，往往以作者自己的态度，强迫读者起同感。如叙述一悲事，结尾必用“呜呼，岂不悲哉！”叙述一乐事，必要带“可谓乐事也已”之类。其实这是强迫读者的无理的态度。悲不悲，乐不乐，读者自会感受，何必谆谆然教诲人家呢?

描写！描写！部分的精细的分写，胜于全体的叙述和说明！再进一步说，要印象的描写！

第六节　小品文作法上的注意——暗示的

前节的所谓部分的描写，并非一定主张绝对地描写一部分，目的是要从部分使人仿佛全体。既然能印象的描写，把部分的印象传给别人，全体的影子，必然在其中含着，所以必能将全体的光景，暗示读者。说明的文字易陷于轮廓的，范围常有一定，文字就往往无余情可得；描写的文字，部分虽小，范围却无限制，可以暗示种种复杂的情景于读者。所以数千字的说明，叙述的文字，有时效力反不及百字内外的描写的文字。小品文的价值，大半在此。如果部分的描写，只能收得部分的效果，那就不是好文字。在这个意义上，小品文远比别的长文来得难作。据说，法国雕刻家洛丹，雕刻一胸像的时候，先作一全像，完成了再截去手足，而只留下胸部以上的部分。作小品文也非用这样的态度不可。

不要说明的和叙述的，要描写的，要印象的，暗示的；其实这许多话的根本完全相同。说明和叙述必无余情，能描写，自然会成印象的，同时也自然是暗示的了。试看下例：

邻家的柿树，今年又结了许多的实了。这家有一个很可爱的小孩。去年这时候，他爬上树去摘那柿子，不小心翻下来了。他哭得不得了，他的父母赶快将他送到医院里去，结果左手带了残疾了。他垂下了左手走过这树旁的时候，总恨恨地对着树看的。真可怜呢！——《柿树》

这例彻头彻尾是叙述的说明的。并无趣味，也没有余情，使人读了，不过得着一个大概的轮廓，除了说一句“原来如此”以外，并不会起何等的心情。试再看下例：

近地的孩子们笑着喊着，忘了一切捉着迷藏。从折手以后，就失了大将地位的芳哥儿，悄然地在他自己门口徘徊，恨恨地对着那柿树的弯曲的枝杈。他是因从这树上翻下，成了一生不可回复的残疾的。

圆圆的月亮，从柿树的弯曲的枝杈旁上来了，“月亮弯弯……”芳哥儿用眼角瞟视着在狂耍的俦伴[①]，一面大声地唱了起来。眼泪忽然含不住了。

这例和前例，面目就大异，芳哥儿的悲哀，以及好胜的性格，将来的运命等等，都可在此表露，是有余情有个性的文字。前例是事情的全体，后例却只是一瞬间的光景；而效力上，后者反胜于前者；可知部分的印象的描写，可以暗示全体了。前例是地图式的文字，后例却是绘画式的文字。

用了部分去暗示全体，才会有余情。在这里，可以觉悟小品文并不是容易作的；所谓部分，要有全体作背景才可以。并且，部分与背景的中间，最好要有有机的不可分的关系存在。譬如水上浮着的菱，虽只现一小部分的花叶，但水中却有很繁复的部分潜藏着；而水中潜藏着的繁复的部分，和水上所现出的简单的部分，还有着不可分的有机的关系。

暗示是小品文的生命，但所谓暗示，却可分两部分来看：一是笔法的暗

① 同伴。

示，一是材料的暗示。前者比较容易，后者实在很难。如能用暗示的笔法去描写暗示的材料，那就是最理想的了。前面所举的崔护的诗，其好处全在他能用暗示的笔法去描写暗示的材料。

第七节　小品文作法上的注意——中心

前面曾说：小品文好像以寡兵抵大敌，非集中兵力，直冲要害不可。又说：如果取整个的，多数的材料，不如细密写少数的部分的材料。这里所谓中心，也就是这种态度的别一方面。

所谓中心，就是统一的意思。小品文字数不多，如果再散漫无统一，必致减少效用，没有可以逼人的能力。试看下例：

仍不到六时就起来了。因循惯了的我，这几天居然把贪睡的恶癖矫正，足见世间没有什么难事，最要紧的就是克己。克己！克己！校中先生所带讲的克己二字的价值，到今方才了解。

盥洗以后，散步校园，昨夜新晴的天，又下起雨来。满想趁今日星期，出外游耍，现在看去，只好闷居在校里了。“不如意事常八九”，世间大概如此罢。——《朝晨》

上例前后二段间，并无何等的联络，所说的全是截然不同的事，就是无中心无统一的文字。令人读了以后，不能得着整个的情味。这样的时候，倒不如把两种材料分作成两篇小品文。

没有中心，文字就要散漫无统一，散漫无统一的文字，断不能动人。但所谓中心，不是一定限于事项的统一，事项虽不前后联络，只要情调心情上能统一时，仍不失为有中心的文字。例如：专写西湖的早景，是统一的。但于一短文中如果兼写西湖的早景，夜景，雨景而确能表出西湖风景的情调（地方色）时，仍不失为有统一有中心的文字。试再看下例：

狗叫过好几次了，父亲还没有回来。在洋灯旁缝着衣服的母亲，渐渐把针的运动宽松；手中的布也次第流到桌上去了。

邻家很远，大哥昨日到上海作学徒去了。窗外的风声，犬声，壁上的时钟声，以及母亲的轻微的鼻息声，都觉得使我感着说不出的寂寥。

狗又叫近来了。母亲很无力地张开眼来，好像吃了一惊了似的，仍旧提起了皱罗罗布来一针一针地缝着。

夜不觉深了！——《夜》

上例材料上并不统一，尽有前后无关系的事项。但情调却并不散漫，读了可以使人得着一个整个的寂寞无聊的感情。这就是以情调心情为中心的文字。

从此，可知文字不可无中心，这中心用事项来做，或是用情调来做，是不必限定的。只要不是杂凑的文字大概自然都有中心可说，因为我们要忠实地写一事实或一情调时，决不至于说东扯西，弄成无统一的文字的。

第八节　小品文作法上的注意——机智

小品文如奇兵，平板的笔法，断难制胜，非有机智不可。我们观察事物，有正面观察和侧面观察二种。正面观察每多平板，常不及侧面观察的来得容易动人。因为正面的部分，是大家都知道的，侧面的部分，往往为人所不顾及的。能将人所忽略的部分，从事观察，文字就容易奇警，而表现也容易成功。

相传有一画师，出了一个“花衬马蹄香”的画题，叫许多学生各画一幅。大多数的学生，都从题目的正面着想，画了许多落花，上面再画一个骑马扬鞭的人。这是何等地杀风景呢！有一个聪明学生，却不画一片的花瓣，只画一匹马，另外加上许多只随马蹄飞的蝴蝶；画师非常赞许。这是侧面观察成功的一例。

侧面观察，就是于事物的普通光景以外，再去找出常人心中所无而实际却有的光景来；这虽有赖于观察力的周到，但基本却在机智的活动。凡是事物，无论如何细小，要想用文字把它表现净尽，究竟是不可能的事。用文字表现，要能使人读了如目见身历，收得印象，全在一二关于某事物的特色。只要是特色，虽很小很微，也足暗示某事物的全体。

例如：霉雨时候，要描写这霉时的光景，如果用平板正面的观察的方法来写，不知要用多少字才能写出，（其实无论多少字，也写不完全的。）在这时候，假使有人把“蛛网”详细观察，发见“雾样的细雨，把蛛网糁成白色”的一种特别的光景，把这不大经人意的材料和别的事情景况写入文字中，仅这小小的材料，已足暗示霉天了。试再看下列各句：

（1）正午的太阳，照得山边的路闪闪地发白光。山脚大松树的树身上流着黄白色的脂浆。——《暑昼》

（2）日光在窗纸上微微地摇动，落叶掠下来在窗影上画了很粗的黑线。——《初冬晴日》

上二例都是侧面描写，并不琐碎地把暑日或初冬的光景来说，而暑日或初冬的光景却已活现了。

以上是机智的一方面的说明。机智还可从别一方面说：就是文字有精彩的部分，和平常的部分可区别。文字坏的，或者是句句都坏；文字好的，却不是句句都好。一篇文中，有几句甚或只有一句好的，有几句平常的。在好的文字中，这好的几句的位置，常配得很适当。

在平常的文字中，加入几句，使成好文字。这种能力，是作文者大概必须的。特别地在作小品文时，这能力格外重要。在小品文中，要有用一句使全体振起的能力才好。试看下例：

弱小的菊科花开出来使人全不经意，却颤颤地冷冷地铺满了庭阶。无力的晚阳，照在那些花的上面，着实有些儿寒意。原来秋已来了。——叶绍钧《母》

这文末句，是使全体统一收束的，在文中很有力量。如果没有末一句，文字就要没有统一，没有余情了。又如：

正坐在椅子上诵读英文，忽然一个蚊子来到脚膝下；被他一刺，我身一惊，觉得很难忍；急去拍时，已经飞去了。没有多少时候，仍旧飞近我身边，作嗡嗡的叫声。我静静地等他来，果真他回到原处，他伸直了脚，用口管刺入我的皮肤，两翼向上而平，好像在那里用着他的全副精神似的。我拍死了他，那掌上粘湿了的血水，使我感得复仇的愉快和对于生命的怜悯。——某君《蚊》

这篇所以还算好的，关系全在末一句。如没有末一句，全体就没了意义。以上二例都是以末一句使全文振起的；其实有力的句子，并不一定限于放在末了。

以上虽就描写文而说，其实，所谓侧面观察，所谓一句使全文振起，不单限于描写文，在议论感想等类的文字中，也很必要。在议论感想文中，所谓“警句”者，大都是侧面观察成功的，有振起全文的能力的。例如：

戏子们何等幸福啊！他们自己随意选择了扮作喜剧或扮作悲剧，要苦就苦，要乐就乐，要笑就笑，要哭就哭。在实生活上，却不能这样。大抵的男女，都被强迫了做着自己所不愿做的角色。这个世界是舞台，可是却没有好戏。——王尔德①

日日地过去，无论那一日，差不多都是空虚，厌倦，无聊，在后也不留什么的痕迹！一日一日地过去，这些时间，原实是无意味无智的东西，然而人总希望共同生存。他们赞美人生。他们将希望摆在人生上面，自己上面，及将来上面。啊！他们在将来上面期待着怎样的幸福啊！

那末，为什么，他们认作来日不像正在过着的今日一样呢？

不，他们并未想过这样的事，他们全不喜想，他们只是一日一日地过去。

“啊！明日，明日！”他们只是这样自慰，直到“明日”将他们投入坟墓中去为止。

可是，一等入了坟墓，他们也就早已不想了。

——屠格涅夫

上二例都是名文，寥寥数言中，实已喝破真理的一面。其末句都很有力，使人读了怒也不是，哭也不是，笑也不是，不知如何才好。又本章第一节所举

① 王尔德（1854—1900），英国作家。这段引文摘抄自短篇小说《亚瑟·萨维尔勋爵的罪行》。

的《鸡》，差不多全体是警句，可以参照。

第九节　实际做例和添削

（一）第一步。文有用了想象做的，如冒险小说之类，其中所描写的都非作者目见亲历之境，只是想象的产物。就是普通文字中，也不无想象的分子夹杂。但初学的人，用想象作文，实不如从观察作文稳当。观察第一要件在真实，观察力若尚未养成，所想象的也难免不合实际。如画家然，必先从摹写实物人体入手，熟悉各种形态，骨骼，筋肉的变化，然后可从事创作。

但是眼前的材料很多，从哪里观察起呢？这本不成问题，所以发生这疑问，实由于着手就想创作名文的缘故。老实说，名文并不是一蹴可几的。在初时，最好就部分的，平凡事物中搜集材料，逐渐制作，渐渐地自会熟达，成近于名文的文字。文字的好坏，本不在材料的性质，而在表现的技能。善烹调的，无论用了怎样平常的原料，也能做出可口的肴馔来。世上森罗万象，一入能文者的笔端，就都成了好文章了。

（二）由材料到成文字。无论什么材料都可用，只要仔细观察了，把它写出来，就成文字；这样说法，作文不是很容易的吗？其实，这是大大的难事。写出原是容易，但要将自己所观察得的，依样传给别人，使别人也起同样的心情，这却很难；并且不如此，文字就没了意义了。

现在试示一二作例罢：

假定我们观察春日的田野，在笔记本上，得到下列的材料：

（1）草青青地长着，草上有两个蝴蝶在那里翩翩飞舞，一个是黄蝴蝶，一个是白蝴蝶。

（2）小川潺潺流着，水面被日光反射成银白色。

（3）远远的树林，晕成紫色，其上飘着蓬蓬的白云。

（4）两个老鹰在空中回旋，不时落近到地面来。

（5）温风吹在身上，日光照在头上，藉草坐了，竟想睡去，我不禁立了唱起歌来了。

材料有了，更要把这材料连缀起来成功文字。那末怎样连缀呢？先就全体材料的性质考察：草——蝴蝶——小川——树林——云——老鹰——温风——日光。这里面，树林和云是远景，老鹰也比较地不近，草，蝴蝶，小川是最和作者相近的。照普通的顺序，先说近的，后说远的，原来的排列，似乎也没大错。但依原形连缀拢来，究竟不成文章。第一，接合不稳；第二，词句未净。

（1）句虽明瞭，但是不干净，多冗词。“草”，“草上”，“两个蝴蝶”，“黄蝴蝶”，“白蝴蝶”相同的名词叠出，文趣不好；应改削如下：

青青的草上，有黄白二蝶翩翩飞舞。

这样就够了。（2）没有什么可删，原形也可用。不过突然与（1）连结，文有点不合拍。如果加入一句“草的尽处”，连接起来就不突兀，并且景色也较能表出。

其次是（3）和（4）了。这二者要互易顺序，景物才能统一，为了与上文连接及表出春日的心情起见，上加一句“抬起倦眼仰望”，更得情味。其余一仍其旧，将全体连缀起来如下：

青青的草上，有黄白二蝶翩翩飞舞。草的尽处，小川潺潺流着，水面被日光反射成银白色。

抬起倦眼仰望，两个老鹰在空中回旋，不时落近在地面来。远处的树林，晕成紫色，其上飘着蓬蓬的白云。

温风吹在身上，日光照在头上，藉草坐了，竟想睡去，我不禁立了唱起歌来了。

这样，文虽不工，但繁词已去，连接也无大病，春野的景色，春日的情感，已能表出若干了。

再示一例罢。假如有这样的一篇学生日记：

某月日，星期。

早晨，近处有一小孩被车子碾伤，门前大喧扰。我只在窗口望了一望，不忍近视。后来知道，这受伤的小孩是某家的独子，送入病院以后，即受手术，但愿能就医好。

正预习着明日的功课，李君来了。乃相与共同预习。所预习的是英语。二人彼此猜测先生的发问，不觉都皱了眉。

午餐与李君谈笑共食。

午后到李君家，适他家有亲戚来，李君很忙，我就回来了。

傍晚无事。

灯下继续预习毕，翻阅小说，至敲十一点钟，始惊觉就寝。

先就第一节看，所记的是偶发事项，与自己无直接关系；似乎是可记可不记的材料。如果要记，应只用简洁的词句。不应这样冗长。可改削如下：

早晨，有一个小孩在门口被车子碾伤。附近大喧扰。听说就送入医院去了。

这样已够，再改作如下，则更好。

早晨，有一个小孩在门口被车子碾伤，为之怆然。

“为之怆然”这是感情的语句。加入了可以表出当时的心情。这种表示感情的语句，要简劲有余情，能含蓄丰富才好。

再检查第二节。这节中末句“皱了眉”，很好，但开端太冗滞，宜改削如下：

正预习明日的英语，李君来了。乃相与共同预习。彼此猜测先生的发问，不觉皱了眉。

原文，“预习”两见，“所预习的是英文”，是无谓的说明。改作如上，就比较妥当了。

第三节无病。第四节“他家有亲戚来”云云，也与自己无关系，可省略，改如下：

午后因送李君，顺便一到他家就归。

第五节的“傍晚无事”全是废话；无事，无事就是了，何必声明呢？当全删。

第六节无病；末句能表出情味，不失为佳句。

第十节　分段与选题

（一）文的分段。文字的分段，和句逗性质一样，同是表示区划的。最小的区划是逗，其次是句，再其次是段。有时还有空一行另写，表示比段更大的区划的。

分段不但使文字易读，且使文字有序不紊。分段有长有短，原视人而不同，但大体也有一定的标准，就是要每段自成一段落。用前节的例来说：

青青的草上，有黄白二蝶翩翩飞舞。草的尽处，小川潺潺流着，水面被日光反射成银白色。

抬起倦眼仰望，两个老鹰在空中回旋，不时落近在地面上来，远处的树林，其上飘着蓬蓬的白云。

温风吹在身上，日光照在头上，藉草坐了，竟想睡去，我不禁立了唱起歌来了。

这文是分作三段写成的。第一段着眼近处，第二段着眼远处，两不相同，所以换行另写。第三段是心情的抒述，和前二段叙述事物的又不同，所以再别作一段。换一着眼点，就把文字分段，这是普通的标准。

所要注意的，就是标准只是相机而定的。例如上文第一段，所包含的事物有草，蝶，小川三项；如果在全文描写精细，不这样简单的时候；那末由草而蝶，由蝶而小川，都可说是着眼点的更换，就都应分段了，（下面二段也是这样。）上文所以合为一段，一因文字简单，二因所写的都是近景的缘故。

分段还有把每段特别提出的意思，能使分出的文字增加强度。有时，往往因为要想使某文句增加强度，特意分行写列的。试看下例：

K君从车窗探出头来说“再会”，我也说了一声“再会”，不觉声音发颤了。K君也把眼圈红了起来。汽笛威吓似地一作声，车就开动。我目送那车的移行，不久被树林遮阻。眼前只留着一片的野原。

啊！K君终于去了。

我不觉要哭起来了。

这文末二句原可并为一段的，却作二行写着。分段以后，语气加强，连全文都加了强度了。能适当分段，也是文章技巧之一。但须入情合理，不可无谓妄饰。

（二）题的选择。文字中，有先有题目，后有文字的；有先有文字，后有题目的。旧式文字，往往先有题目，随题敷衍。其实，文字的好的，都是作者先有某种要写的事物或思想情感，如实写出，然后再加题目的。特别地在小品文应该如此。

题目应随文的内容而定，自不容说。但陈腐的题目，不能令人注目；有时因题目陈腐，使本文也惹了陈腐的色彩。过于新奇呢，又易使读者读了本文失望。所以题目非推敲斟酌不可。

举例来说：前节所列春日写景的文字，如果要定起题目来是很多的：《春野》《春景》《游春》等等都可以。但我以为不如定为《藉草》来得切实而不落陈套。

在小品文中，文字须苦心制作，题目也须苦心制作。题的好坏，有时竟有关于文的死活。尽有文字普通因了题目的技巧，就生出生气来的。

今天母鸡又领了一群小鸡到篱外来了。其中最弱的一只，赶不上其余的，只是郎当地在后跟着。忽然发出异常的叫声，挣扎飞奔，原来后面来了一只小狗。母鸡回奔过来，绕在那小鸡后面，向小狗作着怒势。小鸡快活地奔近兄弟旁边去，小狗慑于母鸡的威势，也就逃走了。——《亲恩》

这文材料很普通，文字也没有十分大了不得。但《亲恩》的题目，实有非常的技巧。因了题目好的缘故，平凡的本文，也成了奇警了。这是用题目来振起全文的一例。

第十二讲

散文重要[1]

老　舍

我们写信、写日记、笔记、报告、评论，以及小说、话剧，都用散文。我们的刊物（除了诗歌专刊）与报纸上的文字绝大多数是散文。我们的书籍，用散文写的不知比用韵文写的要多若干倍。

看起来，散文实在重要。在我们的生活里，一天也离不开散文。我们都有写好散文的责任。

据说："诗有别才"。这个说法正确与否，且不去管它。诗比散文难写，却是事实。散文之所以比较容易写，是因为它更接近我们口中的语言。可以说，散文是加过工的语言。我们都会讲话，而且说的是散文，不是韵文。在日常交谈的时候，我们的话语难免层次不大分明，用字未尽妥当，因为随想随说，来不及好好思索，细细推敲，也就是欠加工。那么，我们既会讲话，如果再会加工，我们就会写出较好的散文来。我想会有那么一天，我们的文化普遍提高，人人都能出口成章，把口中说的写下来，就是好散文。

是的，讲话与散文原是"一家人"。我听过好几位劳动模范的发言。他们的文化程度并不很高，发言也没有稿子。可是，他们说的有思想，有感情，语言生动，十分感人！我相信，他们若能提高文化，一定会不久就成为写散文的好手。

我非常爱听我们的中央广播电台每晚的全国各地联合广播。在这广播节目里，说的都是国家与国际的大事。正因为是大事，所以必须使人人能够听懂，

---

① 据2008年版《老舍全集》第16卷校订。

不能“之乎者也”地背诵古文。同时，它既须字斟句酌，语语明确，还要铿锵悦耳，引人入胜。这就是说，广播的是话，可也是很好的散文。

有的人以为散文无可捉摸，拿起笔来先害怕。不必害怕，人人都有写散文的条件。我们说话要说得清清楚楚，明明白白，这就有了写散文的基础。我们写信、写日记，听报告时作笔记，都是练习写散文的机会。不要刚一提笔，就端起架子来说：我要写散文啦！是呀，我小时候在私塾里读书，每逢老师出题叫学生作文，我便紧张地端起架子，不管老师出什么题，我总先写上“人生于世”，或“夫天地者”，倒好像“人生于世”与“夫天地者”是散文的总“头目”！后来，有人指点：你试试看，把想起的话照样写下来，然后好好从新安排一下，叫那一片话更有条理，更精致些，你就无须求救于“夫天地者”了。我这才明白，原来我心中就有散文的底子，它并不是什么天外飞来的怪物。对，我们人人有写散文的“本钱”，只看肯不肯下些功夫把它写好，用不着害怕！

与此相反，有的人的胆量又太大，以为只要写出一本五十万字的小说，或两本大戏，就什么都解决了，根本用不着下功夫学习写散文。于是，他写信，写得乱七八糟；日记干脆不写，只写小说或剧本。不难推测，一封信还写不清楚，怎能够写出情文并茂的小说与剧本来呢？不把散文底子打好，什么也写不成！

有的人呢，散文还没写通顺，便去作诗。我不相信，连一封信还写不明白，而能写出诗来——诗应是语言的精华！不错，某个诗人的诗确比散文写得好；可是，自古以来，还没有一位这样的诗人：诗极精采，而写信却胡里胡涂。我看，还是先把散文写好吧！诗写不好，只不过不能发表；信写不明白，可会耽误了事！

对，我们不要怕散文，也别轻视散文。散文比诗容易写，但也须下一番功夫，才能写好。不害怕，就敢下笔。一下笔，就发现了困难。有困难，就去克服！把散文写好，我们便有了写评论、报告、信札、小说、话剧等等的顺手的工具了。写好了散文，作诗也不会吃亏。散文很重要。

第十三讲

散文并不“散”[1]

老　舍

我们今天的散文多数是用白话写的。按说，这就不应当有多少困难。可是，我们差不多天天可以看到不很好的散文。这说明了散文虽然是用白话写的，到底还有困难。现在，我愿就我自己写散文的经验，提出几点意见，也许对还没能把散文写好的人们有些帮助。

一、散文是用加过工的语言组织成篇的。我们先说为什么要用加过工的语言：散文虽然是用白话写的，可并不与我们日常说话相同。我们每天要说许多的话。假若一天里我们的每一句话都有过准备，想好了再说，恐怕到不了晚上，我们就已经疲乏不堪了。事实上，我们平常的话语多半是顺口搭音说出的，并不字字推敲，语语斟酌。假若暗中有人用录音机把我们一日之间的话语都纪录下来，然后播放给我们听，我们必定会惊异自己是多么不会讲话的人。听吧：这一句只说了半句，那一句根本没说明白；这一句重复了两回，那一句用错了三个字；还有，说着说着没有了声音，原来是我们只端了端肩膀，或吐了吐舌头。

想想看，要是写散文完全和咱们平常说话一个样，行吗？一定不行。写在纸上的白话必须加工细制，把我们平常说话的那些毛病去掉。我们要注意。

二、散文中的每个字都要用得适当。在我们平日说话的时候，因为没有什么准备，我们往往用错了字。写散文，应当字字都须想过，不能“大笔一挥”，

① 据2008年版《老舍全集》第16卷校订。

随它去吧。散文中的用字必求适当。所谓适当者，就是顺着思路与语气，该俗就俗，该文就文，该土就土，该野就野。要记住：字是死的，散文是活的，都看我们怎么去选择运用。“他妈的”用在适当的地方就好，用在不适当的地方就不好，它不永远是好的。“检讨”、“澄清”、“拥护”……也都如是。字的本身没有高低好坏之分，全凭我们怎给它找个最适当的地方，使它发生最大的效用。就拿“澄清”来说吧，我看见过这么一句：“太阳探出头来，雾慢慢给澄清了。”“澄清”本身原无过错，可是用在这里就出了岔子。雾会由浓而薄，由聚而散，可不会澄清。我猜：写这句话的人可能是未加思索，随便抓到“澄清”就用上去，也可能是心中早就喜爱“澄清”，遇机会便非用上不可。前者是犯了马虎的毛病，后者是犯了溺爱的毛病；二者都不对。

一句中不单重要的字要斟酌，就是次要的字也要费心想一想，甚至于用一个符号也要留神。写散文是件劳苦的事；信口开河必定失败。

三、选择词与字是为造好了句子。可是，有了适当的字，未必就有好句子。一句话的本身须是一个完整的单位；同时，它必须与上下邻句发生相成相助的关系。有了这两重关系，造句的困难就不仅是精选好字所能克服的了。你看，就拿：“为了便于统制，就又奴役了知识分子。”这一句来说吧，它所用的字都不错啊，可不能算是好句子——它的本身不完整，不能独立地自成一单位。到底是“谁”为了便于统制，“谁”又奴役了知识分子啊？作者既没交代清楚，我们就须去猜测，散文可就变成谜语了！

句子必须完整，完整的句子才能使人明白说的是什么。句子要简单，可是因为力求简单而使它有头无尾，或有尾无头，也行不通。简而整才是好句子。

造句和插花儿似的，单独的一句虽好，可是若与邻句配合不好，还是不会美满；我们把几朵花插入瓶中，不是要摆弄半天，才能满意么？上句不接下句是个大毛病。因此，我们不要为得到了一句好句子，便拍案叫绝，自居为才子。假若这一好句并不能和上下句做好邻居，它也许发生很坏的效果。我们写作的时候虽然是写完一句再写一句，可不妨在下笔之前，想出一整段儿来。胸有成竹必定比东一笔西一笔乱画好得多。即使这么做了，等到一段写完之后，我们还须再加工，把每句都再细看一遍，看看每句是不是都足以帮助说明这一段所要传达的思想与事实，看看在情调上是不是一致，好教这全段有一定的气氛。不管句子怎么好，只要它在全段中不发生作用，就是废话，必须狠心删去。肯删改自己的文字的必有出息。

长句子容易出毛病。把一句长的分为两三句短的，也许是个好办法。长句即使不出毛病，也有把笔力弄弱的危险，我们须多留神。还有，句子本无须拖长，但作者不知语言之美，或醉心欧化的文法，硬把它写得长长的，好像不写长句，便不足以表现文才似的。这是个错误。一个作家必须会运用他的本国的语言，而且会从语言中创造出精美的散文来。假若我们把下边的这长句："不只是掠夺了人民的财富，一种物质上的掠夺；此外，更还掠夺了人民的精神上的食粮。"改为："不只掠夺了人民的物质财富，而且抢夺了人民的精神食粮。"一定不会教原文吃了亏。

四、一篇文字的分段不是偶然的。一段是思想的或事实的一个自然的段落，少说点就不够，多说点就累赘。一句可作一段，五十句也可作一段，句子可多可少，全看应否告一段落。写到某处，我们会觉得已经说明了一个道理或一件事实，而且下面要改说别的了，我们就在此停住，作为一段。假若我们的思路有条有理，我们必会这么适可而止地、自自然然地分段。反之，假若我们心中胡里胡涂，分段就大不容易，而拉不断扯不断，不能清楚分段的文章，必是糊涂文章。有适当的分段，文章才能清楚地有了起承转合。有适当的分段，文章才能眉目清楚，虽没有逐段加上小标题，而读者却仿佛看见了小标题似的。有适当的分段，读者才能到地方喘一口气，去消化这一段的含韫①。近来，写文章的一个通病，就是到地方不愿分段，而迷迷糊糊地写下去。于是，读者就因喘不过气来，失去线索，感到烦闷，不再往下念。

---

① 同“含蕴”。

写完了一段，或几段，自己朗读一遍，是最有用的办法。当我们在白纸上画黑道儿的时候，我们只顾了用心选择字眼，用心造句；我们的心好像全放在了纸上。及至自己朗读刚写好的文字的时候，我们才能发现：

（1）纸上的文字只尽了述说的责任，而没顾到文字的声音之美与形象之美。字是用对了，但是也许不大好听；句子造完整了，但是也许太短或太长，念起来不顺嘴。字句的声音很悦耳了，但也许没有写出具体的形象，使读者不能立刻抓到我们所描写的东西。这些缺点是非用耳朵听过，不能发现的。

（2）今天的写作的人们大概都知道尊重口语。可是，在拿起笔来的时候，大家都不知不觉地抖露出来欧化的句法，或不必要的新名词与修辞。经过朗读，我们才能发现：欧化的句法是多么不自然；不必要的新名词与修辞是多么没有力量，不单没有帮助我们使形象突出，反倒给形象罩上了一层烟雾。经过朗读，我们必会把不必要的形容字与虚字删去许多，因而使文字挺脱结实起来。“然而”、“所以”、“徘徊”、“涟漪”，这类的字会因受到我们的耳朵的抗议而被删去——我们的耳朵比眼睛更不客气些。耳朵听到了我们的文字，会立刻告诉我们：这个字不现成，请再想想吧。这样，我们就会把文字逐渐改得更现成一些。文字现成，文章便显着清浅活泼，使读者感到舒服，不知不觉地受了感化。

（3）一段中的句子要有变化，不许一边倒，老用一种结构。这在写的时候，也许不大看得出来；赶到一朗读，这个缺点即被发现。比如：“他是个作小生意的。他的眼睛很大。他的嘴很小。他不十分体面。”读起来便不起劲，因为句子的结构是一顺边儿，没有变化。假若我们把它们改成：“他是个作小生意的。大眼睛，小嘴，他不十分体面。”便显出变化生动来了。同样的，一句之中，我们往往不经心地犯了用字重复的毛病，也能在朗读时发现，设法矫正。例如：“他本是本地的人。”此语是讲得通的，可是两个“本”字究竟有点别扭，一定不如“他原是本地的人”那么好。

以上是略为说明：散文为什么要用加过工的语言和怎样加工。以下就要说，怎么去组织一篇文字了。

五、无论是写一部小说，还是一篇杂文，都须有组织。有组织的文字才能成为文艺作品。因此，无论是写一部小说，还是一篇短的杂文，我们都须事先详细计划一番，作出个提纲。写了一段，临时现去想下段，是很危险的。最好是一写头一段的时候，就已经计划好末一段说什么。

有了全盘的计划，我们才晓得对题发言，不东一句西一句地瞎扯。

有了全盘的计划，我们才能决定选用什么样的语言。要写一篇会务报告，我们就用清浅明确的文字；要写一篇浪漫的小说，就用极带感情的文字。我们的文字是与文体相配备的。写信跟父母要钱，我们顶好老老实实地陈说；假若给他老人家写一些散文诗去，会减少了要到钱的希望的。

有了全盘的计划，我们才会就着这计划去想：怎样把这篇东西写得最简练而最有效果。文艺的手法贵在经济。我看见过不少这样的文章：内容、思想，都好；可是，写得太冗太多，使人读不下去。这毛病是在文章组织得不够精细。“多想少写”是个值得推荐的办法。散文并不真是“散”的。

这样，总结起来说，要把散文写好，须在字上，句上，段上，篇上，都多多加工；这也就是说，在写一篇散文的时候，我们须先在思想上加工，决定教一字不苟，一字不冗。文章是写给大家看的。写得乱七八糟，便是自己偷了懒，而耽误了别人的工夫；那对不起人！

第二章 文学创作

第 十 四 讲

文学修养①

老　舍

我每月都接到几封青年们的来信，问我什么叫作文学修养。

有的来信中，偏重写作的技巧，仿佛认为写作技巧就是文学修养。

首先就须指出：文学修养包括着写作技巧，写作技巧可不是文学修养全部。不要以为学会一些技巧便会创作了。老年间的秀才、举人，都在写作技巧上受过严格的训练，因为科场里的诗文程式必须严格注意，试卷上写错一字一笔就必落选。可是，大多数的秀才与举人并不懂什么叫文学，也没创作出什么有价值的作品来。可见，专凭技巧不能算有文学修养。

诗文有了一定的格式和一定的技巧，就必然限制了创作自由；一来二去，文学就衰落下去，而文人们成为诗匠、文匠，多数的秀才与举人老爷们即是。

写作技巧至少包括三方面：

语言的运用，描写的能力，和作品的结构。

这三者都不可孤立地看成只是技巧问题。语言与生活分不开。生活丰富，语言才会丰富。脱离生活，即只能写出干巴巴的八股滥调或学生腔，不能独具风格，创造语言。描写能力也如此，没有生活即无可描写。没见过工人的，没法子描写工人；没见过高山大川的，也无从描写在高山大川。想象，甚至于幻想，须有各观的真实作基础。没有飞鸟，人便想不起飞机。描写人物与事物不是记流水账，而是使读者更深刻地认识人与事，感到亲切，受到感动。这样，

① 据2008年版《老舍全集》第16卷校订，略有删节。

作者必须有丰富的生活，观察得既广且深。不去生活，不多接触人与事，而只向别人讨教怎么描写，就好像自己不肯入水，而要学会游泳。

至于作品的结构，的确是因形式的不同而有所不同，如电影剧本与话剧本不同，话剧又与小说不同，应当学习。可是，主要的东西还是内容。没有内容，虽有结构也无济于事。八股文章最讲究结构，而没有什么内容，所以空洞无物，没有艺术价值。结构不过为是帮助把内容安排得严整完美，表现得富于故事性与艺术性。我们不能离开内容去考虑结构。有的作品，结构虽欠严谨，而内容极为丰富，便仍不失为好作品或伟大作品。有的作品，专讲结构，而内容贫乏，虽很见功夫，但难以伟大。内容更重要，虽然结构也须注意。话又说回来，生活丰富才能使作品内容丰富。“秀才不出门”，所以只会作空洞的八股。

这样看来，写作技巧原来也离不开生活。

不错，我们的确能够从学习古典文学与当代名著，得到一些技巧上的窍门。可是这些窍门并不能给我们解决一切问题。我们是要“创”作。既要“创”作就不能照猫画虎，只求跟范本差不多。大家若都用同样的技巧去写作，便无创作可言了。

文学修养包括着写作技巧，而写作技巧又离不开生活，所以生活是文学修养的重要部分。离开生活，专谈技巧，文学创作便会僵化，写不出活生生的语言，描绘不出新人新事，也不敢别出心裁，以结构配合内容，有所创造。

有修养的作家必是生活丰富的作家。

所谓生活丰富是不是指眼界宽，看得多呢？是的，看得多有好处。不过，只看别人，做一辈子“视察员”，还不能解决问题。作家得有自己的生活。看别人怎么生活，能够丰富我们对人的了解。可是，只有自己也去生活，对人的了解才会深刻。因此，我们第一须和人民生活在一起，第二要在生活中表现得好，即使写不出好作品，仍不失为好人。文学修养包括怎么做人。这就是说，我们得先做个社会主义的人，而后才能做个社会主义的作家。

有的古人，人品不好，而写出了不坏的作品来。是的，确有此事。可是，要知道，历史并没有饶恕他们。历史上记载下来他们的坏事，遗臭万年。他们的作品并未能抵消他们的罪名。还要知道，并不是因为人品坏，他们才写出好作品来。恐怕倒是有了作品，名利双收之后，他们才腐化了的。再说，我们是生活在社会主义社会里，若没有社会主义的道德品质，我们就好坏不分，香臭不辨，不知英雄之所以为英雄与坏蛋之所以为坏蛋，我们怎能创造出社会主义的人物来呢？

文学修养必须包括思想，要不然便解决不了为什么创作这个问题。前面提到过的秀才举人们，大半是为了升官发财，才下苦工夫学习写作，个人名利就是他们的中心思想。这样的人一旦真做了官，很难不是贪官污吏。

谁都知道，我们今天正在建设社会主义。那么，作家而没有社会主义的思想，还是为个人名利而进行创作，怎能对头呢？我们必须首先看明白，我们的创作是为建设社会主义服务，并不是为自己求得名利。社会主义建设是我们的创作泉源，鼓舞人民建设社会主义的热情是我们创作的首要的作用。

这样看来，生活经验、社会主义思想与道德品质、写作技巧，和文学知识都凑在一处，才能算是文学修养。

有这样的修养，才会有劳动热情，因为热爱劳动是社会主义道德品质的一种表现。它表现在日常生活中，也表现在进行创作的时候。

……

因此我们就要说，文学修养是全面的，复杂的，我们切勿以为得到一些写作窍门便能成为作家。文学修养当然也不是一天半天就能得到的，青年们切勿着急。人都是由年轻慢慢活到中年与老年的，不管怎么着急，我们也不能忽然由二十岁跳到四十岁去。文学修养也是慢慢积累起来的，不经一事，不长一智啊。一着急，就必去找捷径，捷径会使人走迷了路。看吧：有的初中学生放下别的功课，一天到晚抱着两本小说，想成为小说家。这很不对。一个小说家要有极丰富的知识，好，您连该学的地理、历史、算术等等的基本知识都扔在一旁，怎能成为小说家呢？再说，一个小说家必须有丰富的人生经验，那么，一个初中学生的人生经验就还很少，不够写成一部小说的。即使这部小说里只写学校中的人与事，也未见得就能出色，因为生活经验很少是完全孤立，与别的人别的事没有关系的。今天的学校生活必与今天的社会主义建设有千丝万缕的关系，我们若只知其一，不知其二，就不能正确地认识学校生活的意义。我们可以用学校里的事情为题，练习写作，但不该把这种习作就叫作创作。一个十四岁的学生在不耽误功课的条件下练习写作是可以的，但是要知道，到四十岁才开始创作也并不算太晚；世界上有不少优秀的作家是到了中年才开始进行创作的。

在咱们的社会里，有文学修养的都不难成为作家，因为咱们比资本主义国家里有更好的创作环境与条件。可是，咱们必须先要求自己储备文学修养，从思想上、道德品质上、生活上、文学知识上、写作技巧上，以及劳动习惯上各方面装备自己，而不该主观地在一切还都空空如也的时候就决定去做作家。这样主观地下决心很容易放弃一切，轻视一切，而废寝忘食地去找写作窍门，去写稿子。这样死干，既有损于健康，也得不到文学的全面修养。既无全面修养，就认不清创作的崇高目的，而只求发表作品，名利双收。于是，幸而发表了作品，便以天才自诩，更无须注意什么思想与道德品质等等重要问题了。这样的“成功”，十之八九会毁坏了自己。若是作品发表不了呢，便会满腹牢骚，怨天尤人。因此，我看哪，较比合理的办法是先给自己储备下全面的基本文学修养，再去做作家，做了作家之后，再力求全面进步，成为更好的作家。这样的人即使始终做不成作家，仍不失为社会主义社会里有用的人。反之，在生活与思想等等方面毫无准备，或只准备下一点文字技巧，便非做作家不可，是会有危险的。

文学修养，再说一遍，不专指写作技巧而言。文学修养不是一天半天就能得到的，不要着急。记住：功到自然成，欲速则不达！

第十五讲

文艺与木匠[①]

老　舍

一位木匠的态度，据我看：（一）要作个好木匠；（二）虽然自己已成为好木匠，可是绝不轻看皮匠，鞋匠，泥水匠，和一切的匠。

此态度适用于木匠，也适用于文艺写家。我想，一位写家既已成为写家，就该不管怎么苦，工作怎样繁重，还要继续努力，以期成为好的写家，更好的写家，最好的写家。同时，他须认清：一个写家既不能兼作木匠，瓦匠，他便该承认五行八作的地位与价值，不该把自己视为至高无上，而把别人踩在脚底下。

我有三个小孩。除非他们自己愿意，而且极肯努力，作文艺写家，我决不鼓励他们；因为我看他们作木匠，瓦匠，或作写家，是同样有意义的，没有高低贵贱之别。

假若我的一个小孩决定作木匠去，除了劝告他要成为一个好木匠之外，我大概不会絮絮叨叨的再多讲什么，因为我自己并不会木工，无须多说废话。

假若他决定去作文艺写家，我的话必然的要多了一些，因为我自己知道一点此中甘苦。

第一，我要问他：你有了什么准备？假若他回答不出，我便善意的，虽然未必正确的，向他建议：你先要把中文写通顺了。所谓通顺者，即字字妥当，句句清楚。假若你还不能作到通顺，请你先去练习文字吧，不要开口文艺，闭

① 此文发表于1942年，据2008年版《老舍全集》第15卷校订。

口文艺。文字写通顺了，你要“至少”学会一种外国语，给自己多添上一双眼睛。这样，中文能写通顺，外国书能念，你还须去生活。我看，你到三十岁左右再写东西，绝不算晚。

第二，我要问他：你是不是以为作家高贵，木匠卑贱，所以才舍木工而取文艺呢？假若你存着这个心思，我就要毫不客气的说：你的头脑还是科举时代的，根本要不得！况且，去学木工手艺，即使不能成为第一流的木匠，也还可以成为一个平常的木匠，即使不能有所创造，还能不失规矩的仿制；即使供献不多，也还不至于糟踏东西。至于文艺呢，假若你弄不好的话，你便糟践不知多少纸笔，多少时间——你自己的，印刷人的，和读者的；罪莫大焉！你看我，已经写作了快二十年，可有什么成绩？我只感到愧悔，没有给人盖成过一间小屋，作成过一张茶几，而只是浪费了多少纸笔，谁也不曾得到我一点好处？高贵吗？啊，世上还有高贵的废物吗？

第三，我要问他：你是不是以为作写家比作别的更轻而易举呢？比如说，作木匠，须学好几年的徒，出师以后，即使技艺出众，也还不过是个默默无闻的匠人；治文艺呢，你可以用一首诗，一篇小说，而成名呢？我告诉你，你这是有意取巧，避重就轻。你要知道，你心中若没有什么东西，而轻巧的以一诗一文成了名，名适足以害了你！名使你狂傲，狂傲即近于自弃。名使你轻浮、虚伪。文艺不是轻而易举的东西，你若想借它的光得点虚名，它会极厉害的报复，使你不但挨不近它的身，而且会把你一脚踢倒在尘土上！得了虚名，而丢失了自己，最不上算。

第四，我要问他：你若干文艺，是不是要干一辈子呢？假若你只干一年半载，得点虚名便闪躲开，借着虚名去另谋高就，你便根本是骗子！我宁愿你死了，也不忍看你作骗子！你须认定：干文艺并不比作木匠高贵，可是比作木匠还更艰苦。在文艺里找黄金美人，你算是看错了地方！

第五，我要告诉他：你别以为我干这一行，所以你也必须来个“家传”。世上有用的事多得很，你有择取的自由。我并不轻看文艺，正如同我不轻看木匠。我可是也不过于重视文艺，因为只有文艺而没有木匠也成不了世界。我不后悔干了这些年的笔墨生涯，而只恨我没能成为好的写家。作官教书都可以辞职，我可不能向文艺递辞呈，因为除了写作，我不会干别的；已到中年，又极难另学会些别的。这是我的痛苦，我希望你别再来一回。不过，你一定非作写家不可呢，你便须按着前面的话去准备，我也不便绝对不同意，你有你的自由。你可得认真的去准备啊！

第十六讲

论创作[①]

老　舍

要创作当先解除一切旧势力的束缚。文章义法及一切旧说，在创作之光里全没有存在的可能。

对于旧的文艺，应有相当的认识，不错，因为它们自有它们的价值。但是不可由认识古物而走入迷古；事事以古代的为准则，便是因沿，便是消失了自身。即使摹古有所似，究是替古人宣传。即使考古有所获，究是文学以外之物，不是文学的本身。

托尔司太说："每人都有他的特性，和他独有的，个人的，奇异的，复杂的疾病。这点疾病是医学中所不知道的，它不是医书中所载之肺病，肝病，皮肤病，心脏病，神经病；它是由这各种机关的不调和而成的。这个道理是医生所不能晓得的。"这段话很好拿来说明文学的认识：好考证的，好研究文章义

① 此文发表于1930年，据2008年版《老舍全集》第17卷校订。

法的，好研究诗词格律的，好考究作家历史的，好玩弄版本沿革的，都足以著书立论，都足以作研究文学的辅助；但这些东西都不是文学的本身，文学的本身是高于这一切，而不是这些专家所能懂的。

在旧书中讨生活的可以作学者，作好教授；但是往往流于祖古，心灵便滞塞了；往往抱着述而不作的态度，这个态度便是文学衰死的先兆。

抱着“松花”是不会孵出小鸡的。想孵出小鸡，顶好找几个活卵。

读一本伟大的创作，便胜于读一百本关于文学的书。读过几段《红楼梦》，便胜于读十几篇红楼考证的文字。文学是生命的诠解，不是考古家的玩艺儿。

文学的批评不是一字一句的考证，是欣赏，是估定文学的价值。我们“真”读了杜甫，便不再称他为“诗圣”，因为还要拿他与世界上的大诗人比一比，以便看出他到底怎么高明。这样看出短长，我们便不复盲从，不再迷信自家古物。承认杜甫没有莎士比亚伟大，决不是污蔑杜甫，我们要知道的是世界上最好的作品；世界！抱着几本黄纸线装书便不能满足我们了！

孔子说：读诗可以迩之事父，远之事君，多识于鸟兽草木之名。在文学史中，这些话便是好材料。从文学上看，孔子对于诗根本是外行。真要多识鸟兽草木之名，动植物教科书岂不更有用，何必读诗？我们今日还拿孔子的话说诗，便是糊涂。以孔子的话还给孔子，以我们自己的眼光认识文学，才真能有所了解。

不因沿才有活气，志在创作才有生命。

我们的《红楼梦》节翻成英文，我们的《三国志演义》也全部译成外国语，对于外国文学有什么影响？毫无影响！再看看俄国诸大家的作品，一经翻译，便震动了全世界！不要自馁，我们的好著作叫人家比下去，不是还有我们吗？努力创作，只有创作是发扬国光，而利泽施于全世的。

我们自有感情，何必因李白、白乐天酒后牢骚，我们也就牢骚。我们自有观察力，何必拿“盈盈宝靥，红酣春晓之花；浅浅蛾眉，黛画初三之月”等等敷衍。我们自有判断，何须借重古句古书。因袭偷巧是我们的大毛病，这么一个古国，这么多的书籍，真有高超思想，妙美描写的，可有几部？真诚是为文第一要件，借风花雪月写我们的心情，要使读者，读了文字，也读心情，看不出文字与心灵的分歧处。文字是工具，是符号；思想感情是个人的，是内心的。文字通过心灵的锻炼，便成了个人的。风花雪月是外面的，经过心灵的浸洗，便是由心灵吹出来的风花月雪的现象，使读者看见，同时也闻到花的香，听到风的响，还似醉非醉，似梦非梦的迷恋在这诗境之中，这便是文学作品的成功。

批评家可以不会创作，而没有一个创作家不会批评的。在他下笔之前，对于生命自然已有了极详细的视察，极严格的批评，然后才下笔写东西。读文者是由认识而批评而指导，正如作者之由认识而批评而指导。

反之，作者是抄袭摹拟，读者是挑剔字句的毛病，这作者读者便该捆在一处，各打四十大板。

对于生命与自然由认识批评指导，才能言之有物。批评不是专为挑剔毛病，要在指导。胡适先生批评旧文字的弊病，同时他指导出新文字的应用，于是这几年来文学界中才有一些生气。指导是积极的，对于文学的发展，效力最大。

文字的限制是中国文学不伟大的一因。文字呆板，加以因袭的毛病，文学便成了少数人的玩艺，而全无生气。抄袭旧辞，调弄平仄是瓦匠砌墙，不是大建筑家的计划。现在好了，文字的束缚除解了许多，我们可以用活文字写东西了。可是毛病还有：第一，白话的本身是很穷窘的，句的结构太少变化，字的太少伸缩，文法的太简单，用字的简少，都足以妨碍思想发表的自由。但是这文字本身的恶劣，我们既不打算采用某种外国语来代替，也就只好努力利用这不漂亮的国货。第二，白话已是成形的东西，可是白话文学还在萌芽期中，这便是我们的责任来创筑一座新的金塔。我们最大的毛病便是不肯吃苦，每当形容景物，便感觉到白话的简陋不够用，而去偷几个古字来撑门面。有的更聪明一点，便把偷来的辞句添上个“吗”，“呢”，“哟”来冒充自造。这便是二辈铺添女招待，原来卖得还是那些菜。

有思想自是作文最重要的事，但是不要忘了文学是艺术中的一个星球，美也是最要的成分。假如我们只有好思想，而不千锤百炼的写出来，那便是报告，而不是文艺。文学的真实，是真实受了文学炼洗的；文学家怎样利用真实比是不是真实还要紧。在文字上不下一番工夫，作品便不会高贵。我们应有作八股文的态度，字字句句要细心配对，我们的作品，要成为文字的结晶，要使读者不再想引用古句，而引用我们自己的话。我们不能改变过去，但将来的历史是由我们造成的！使将来的人们忘了《离骚》、诸子，而引据我们，是我们应有的野心。有人说：兴会所至，下笔万言，不增删一字。这或者是事实，可是我不敢这样信，更不敢这样办。“他永远是作文章，点，冒号，分号，惊叹号，问号永远在他的眼前。”这是乔治姆耳①称赞沃路特儿拍特儿②的话，也是我们当遵从的。

要看问题：凡是一件事的发生，不会被喊打倒的打倒，也不会因有喊万岁而万岁。文学家的态度是细细看问题，然后去指导。没有问题，文学便渐成了消闲解闷之品；见着问题而乱嚷打倒或万岁，便只有标语而失掉文学的感动力。伟大的创作，由感动渐次的宣传了主义。粗劣的宣传，由标语而毁坏了主义。

创作：抛开旧势力的重负，抱着批评的态度，有了自己的思想，用着活的文字，看着一切问题，我们的国家已经破产，我们还甘于同别人一块儿作梦吗？我们忠诚于生命，便不能不写了。在最近二三十年我们受了多少耻辱，多少变动，多少痛苦，为什么始终没有一本伟大的著作？不是文人只求玩弄文字，而精神上与别人一样麻木吗？我们不许再麻木下去，我们且少掀两回《说文解字》，而去看看社会，看看民间，看看枪炮一天打杀多少你的同胞，看看

---

① 乔治·摩尔（George Moore，1852—1933），爱尔兰作家、批评家。

② 沃尔特·佩特（Walter Pater，1839—1894），英国著名作家，19世纪后期唯美主义代表人物。

贪官污吏在那里要什么害人的把戏。看生命，领略生命，解释生命，你的作品才有生命。看，看便起了心灵的感应，这个感应便是生命的呼声。看，看别人，也看自己；看外面，也用直觉；这样便有了创作的训练。

创作！不要浮浅，不要投机，不计利害。活的文学，以生命为根，真实作干，开着爱美之花。

第十七讲

写作闲谈[1]

郁达夫

一、文体

法国批评家说，文体像人；中国人说，言为心声，不管是如何善于矫揉造作的人，在文章里，自然总会流露一点真性情出来。《钤山堂集》[2]的“清词自媚”，早就流露出挟权误国的将来；咏怀堂[3]的《春灯》《燕子》，便翻破了全卷，也寻不出一根骨子。（从真善美来说，美与善，有时可以一致，有时可以分家；唯既真且美的，则非善不成。）所以说，“文者人也”，“言为心声”的两句话，决不会错。

古人文章里的证据，固已举不胜举，就拿今人的什么前瞻与后顾等文章来

---

① 此文发表于1939年，据1983年版《郁达夫文集》第7卷校订。

② 明朝权臣严嵩的诗文集。1983年版《郁达夫文集》第7卷、1992年版《郁达夫全集》第11卷此处均为《铃山堂集》。

③ 明末文人阮大铖（1587—1646）堂号，阮著有《咏怀堂诗集》和戏曲《春灯谜》《燕子笺》等。

看，结果也决逃不出这一个铁则。前瞻是投机政客时，后顾一定是汉奸头目无疑；前瞻是夸党能手时，后顾也一定是汉奸牛马走狗了。洋洋大文的前瞻与后顾之类的万言书，实际只教两语，就可以道破。

色厉内荏，想以文章来文过，只欺得一时的少数人而已，欺不得后世的多数人。“杀吾君者，是吾仇也；杀吾仇者，是吾君也”，掩得了吴逆的半生罪恶了么？①

二、文章的起头

仿佛记得夏丏尊先生的《文章作法》里，曾经说起头的话，大意是大作家的大作品，开头便好，如托尔斯泰的《战争与和平》的开头，以及岛崎藤村②的《春》《破戒》的开头等等（原作中各引有一段译文在）。这话我当时就觉得他说的很对，（后来才知道日本五十岚及竹友藻风两人，也说过同样的话。）到现在，我也便觉得这话的耐人寻味。

譬如，托尔斯泰的《婀娜小史》③的起头，说：“幸福的家庭，大致都家家相仿佛似的，而不幸的家庭却一家有一家的特异之处。”（原文记不清了，只凭二十余年前读过的记忆，似乎大意是如此的。）

又譬如：斯曲林特白儿希的《地狱》④的开头，说：“在北车站送她上了火车之后，我真如释了重负”云云。（原文亦记不清了，大意如此。）

真多么够人回味。

---

① 此段记载见于清况周颐《眉庐丛话》，所记系洪承畴事，非吴三桂事。

② 岛崎藤村（1872—1943），日本诗人、小说家。

③ 即《安娜·卡列尼娜》。

④ 瑞典作家斯特林堡（August Strindberg，1849—1912）的法文小说 *The Inferno*。这篇小说的英译本第一句是：With a feeling of wild joy I returned from the northern railway station, where I had said good-bye to my wife.

三、结局

浪漫派作品的结局，是以大团圆为主；自然主义派作品的结局大抵都是平淡；唯有古典派作品的悲喜剧，结局悲喜最为分明。实在，天下事决没有这么的巧，或这么的简单和自然，以及这么的悲喜分明。有生必有死，有得必有失，不必佛家，谁也都能看破。所谓悲，所谓喜，也只执着了人生的一面。

以蝼蛄来视人的一生，则蝼蛄微微，以人的人生来视宇宙，则人生尤属渺渺，更何况乎在人生之中仅仅一小小的得失呢？前有塞翁，后有翁子，得失循环，固无一定，所以文章的结局，总是以“曲终人不见”为高一着。

第十八讲

怎样写作[①]

老　舍

怎样写作这个问题不好谈。我常常接到文艺爱好者的信，问我怎样“观察生活”？我的回答是：“自己生活”。——什么事儿都要跑在前面，热爱生活，热爱劳动。因为“观察”生活，“观察”到死也很难体会深刻。谁深入生活谁就能写出东西来，否则就写不出来。整天钻在图书馆，埋在古书堆里的人永远写不出好东西。你要写东西就要多干事，多接触人，生活知识越多越好。

其次，写东西要先练习文字，把文字写通顺虽然不是一天两天的事，但只要你有什么就写什么，说话别绕弯子，慢慢就会写好的。有人总爱把句子写

① 摘自《“厚今薄古”及其他》，原文载于1958年6月3日《北京日报》，据2008年版《老舍全集》第17卷校订。

得洋里洋气，左一个形容词，右一个形容词，写得罗里罗嗦很不好懂，这样不好。应该把自己的生活经验，写得简练，明白，合逻辑，清清楚楚，就是好文章。人人有责任这样做，天天写日记，有几句写几句。看见一些事就思索思索，这就是个锻炼。将来大家文化越来越高，就不愁没有好文章出现。

第十九讲

不应该那么写①

鲁　迅

凡是有志于创作的青年，第一个想到的问题，大概总是“应该怎样写”。现在市场上陈列着的“小说作法”，“小说法程”之类，就是专掏这类青年的腰包的。然而，好像没有效，从“小说作法”学出来的作者，我们至今还没有听到过。有些青年是设法去问已经出名的作者，那些答案，还很少见有什么发表，但结果是不难推想而知的：不得要领。这也难怪，因为创作是并没有什么秘诀，能够交头接耳，一句话就传授给别一个的，倘不然，只要有这秘诀，就真可以登广告，收学费，开一个三天包成文豪学校了。以中国之大，或者也许会有罢，但是，这其实是骗子。

在不难推想而知的种种答案中，大概总该有一个是“多看大作家的作品”。这恐怕也很不能满文学青年的意，因为太宽泛，茫无边际——然而倒是切实的。凡是已有定评的大作家，他的作品，全部就说明着“应该怎样写”。只是读者很不容易看出，也就不能领悟。因为在学习者一方面，是必须知道了“不

① 本文发表于1935年6月《文学》月刊第4卷第6号“文学论坛”栏，据1981年版《鲁迅全集》第4卷校订。

应该那么写”，这才会明白原来“应该这么写”的。这“不应该那么写”，如何知道呢？惠列赛耶夫[①]的《果戈理研究》[②]第六章里，答复着这问题——“应该这么写，必须从大作家们的完成了的作品去领会。那么，不应该那么写这一面，恐怕最好是从那同一作品的未定稿本去学习了。在这里，简直好像艺术家在对我们用实物教授。恰如他指着每一行，直接对我们这样说——‘你看——哪，这是应该删去的。这要缩短，这要改作，因为不自然了。在这里，还得加些渲染，使形象更加显豁些。’”

这确是极有益处的学习法，而我们中国却偏偏缺少这样的教材。近几年来，石印的手稿是有一些了，但大抵是学者的著述或日记。也许是因为向来崇尚“一挥而就”，“文不加点”的缘故罢，又大抵是全本干干净净，看不出苦心删改的痕迹来。取材于外国呢，则即使精通文字，也无法搜罗名作的初版以至改定版的各种本子的。

读书人家的子弟熟悉笔墨，木匠的孩子会玩斧凿，兵家儿早识刀枪，没有这样的环境和遗产，是中国的文学青年的先天的不幸。

在没奈何中，想了一个补救法：新闻上的记事，拙劣的小说，那事件，是也有可以写成一部文艺作品的，不过那记事，那小说，却并非文艺——这就是“不应该这样写”的标本。只是和“应该那样写”，却无从比较了。

① 维肯季·维肯季耶维奇·魏列萨耶夫（1867—1945），苏联作家、文学评论家。

② 现译《果戈理是怎样写作的》。

写作的准备[①]

老　舍

用文字要依照文法与逻辑，我们学习文艺，一定要先把文字弄通，再去尝试写作，这是一件很要紧的事情。但是有好多青年朋友们，似乎都忽视这一点，他们认为文字不过是小道，主要思想和内容表现得好，那就得了。其实这是错误的。要作一个作家，无论如何，起码得把文字弄得清清楚楚，否则尽管你把主题表现得再好，而你把中文写得象俄文一样，那也未免太不象话。其次，是要实地去观察，那就是一件很平凡的小事情，也得仔细留心去看一看，譬如某人聪明，长相也满好，就是有点神经病。因此，大家都叫他“精神堡垒”；我们就得仔细地看一看，想一想，要是能够找出一个所以然来，这便是一篇小说的好题材。同时，我们还得要拿名著来研究，看看那些作品里是不是也是表现得很平凡的事情；著作者是从怎样的角度去刻画出他的人物。这样，一面看名著，一面想着，实在是很有益处的事情，否则，那你就无法着手了！一个好律师，总得先把案子头尾弄得清清楚楚，然后才能够下判断。写东西也是一样的，总之，看见任何一件事情，都不要放松，而且要想出解决的办法来。一面再拿名著来研究，不断地在那观察和思想，这样慢慢便会养成一种写作习惯，走到创作的路上去。

……

① 摘自《关于文艺诸问题——在复旦大学讲演》，原文载于1945年3月重庆北碚兼善中学校刊《突兀文艺》第3期，据2008年版《老舍全集》第17卷校订。

凡是世界各国已有的文学遗产，我们都应该接受，若是你们能请老师选出五十部世界名著来读，保准你得益很多，如果你读了两本托尔斯泰的东西，保准你的眼光就要高远些；你的气息，你的手法，也都要被抬高了些。我不是说你们读了两本托尔斯泰的东西，就会变成托尔斯泰第二。而是说多读名著，就可以多收到一些好的影响罢了。例如《虹》尽管它得了奖，那东西实在还是要不得；要是你把伟大作品看得多了，自然立即就会看得出来的。总之一句话，要多读一些好的东西。

……

第二十一讲

先学习语文[①]

老　舍

常常接到朋友来信，问我：心里有许多话，许多事，可就是写不出来，怎么办呢?

这个问题相当复杂，不易回答。我仅就此刻能想到的答复几句：

凡是能写些文艺作品的人都是先在语文上用过功夫的。文字写不通顺，没有法子写作品，因为诗、戏剧和小说等等都是用文字写成的。给我来信的朋友中，有些位的文字还没写通顺，就一心想写剧本或小说了，这当然有困难。怎么去克服困难呢？我看哪，请不要先在剧本或小说上打主意吧。应当先去进修语文。把文字写明白了，就有了表现能力，会把心中的话写到纸上

① 原载1958年《红岩》6月号，据2008年版《老舍全集》第17卷校订。

去。有了这种能力，再进一步学习剧本与小说的写作，就必定很顺利。反之，还没有把心里的话明明白白地写在纸上的本事，就想去写剧本或小说，必定劳而无功。

我知道：在咱们的许多老作家里，如郭沫若先生、茅盾先生等等，起初都没想去搞文学创作。可是，他们都自幼儿练习过写文章，到了二十来岁的时候，他们的文字已然写得很好。此外，他们还学习了外国语。这样，赶到一个文艺运动来到，他们就想：我心里也有许多话、许多事，为什么不写写呢？他们就拿起笔来，唰唰地那么一写。他们竟自写出了诗、剧本或小说来了。他们的生活经验是这些作品的资料。他们读了不少古典的和现代的好作品，使他们明白了一些剧本是什么样子，小说是什么样子。这样，他们有了内容，也明白了形式，好吧，就去写吧。用什么写呢？文字！哪儿来的文字呢？他们早已预备好，自幼儿就预备起啊。

这么看起来，生活经验是重要的，文艺形式应该知道，可是掌握语言文字还是绝对必要的！不会写就是半个哑巴，只会用嘴说，而不会把话写在纸上。

会写，就有了信心。起初，在形式上也许要摹仿摹仿。可是一来二去，信心越来越高，创造的精神越来越旺，就必力求独创，敢把老套子都扔掉了。怎么想就能怎么写出来，就叫作得心应手。一旦能够在文字上作到得心应手，就会创造了。思想是极要紧的，但是若没有文字配合，什么高超的思想也只能藏在心里，说不出来呀。文字不是文艺创作的一切。只有文字而没有思想，没有生活，文字就失去生命力，像穿着新衣裳的死人那样。但是，有思想，有生活，而表达不出来，问题也极为严重。朋友们，我知道生活要紧，思想重要，但是由练习写作的程序来说，你们必须先把文字写清楚。没有通顺的文字，一句话也说不明白，写作就毫无办法。

语文是随时可以练习的。写日记、写信、纪录报告等等都是练习语文的机会，不可错过。谁知道自己的文字还很差，而非先写剧本或小说不可，谁就近乎自找别扭。一来文字有困难，二来又不知道剧本或小说怎么写，这两重困难实在不易同时克服，于是就终日愁眉苦脸，痛苦得不得了。假若先专向语文进军，困难就减少了许多。等到文字通顺了，再进攻小说或剧本，必然较比顺利。在我接到的来信中，有不少是问创作窍门的，可是他们的文字还很欠通顺。我愿在此对大家说：第一个窍门就是努力进修语文。

第二十二讲

多练基本功[①]

老　舍

我觉得：练习基本功，对初学写作者来说，是很重要的事。（一）先练习写一人一事：有些人往往以写小说、剧本等作为初步练习，我看这不大合适。似乎应该先练习写一个人、一件事。有些人常常说："我有一肚子故事，就是写不出来！"这是怎么回事呢？你若追问他：那些故事中的人都有什么性格？有哪些特点？他就回答不上来了。他告诉你的尽是一些新闻，一些事情，而没有什么人物。我说，他并没有一肚子故事。尽管他生活在工厂里、农村里，身边有许多激动人心的新人新事，可是他没有仔细观察，人与事都从他的身边溜走了；他只记下了一些破碎不全的事实。要想把小说、剧本等写好，要先从练习写一个完完整整的人、一件完完整整的事做起。你要仔细观察身旁的老王或老李是什么性格，有哪些特点，随时注意，随时记录下来。这样的记录很重要，它能锻炼你的文字表达能力。不能熟练地驾驭文字，写作时就不能得心应手。有些书法家年老目昏，也还能写得很整齐漂

① 原名《多练基本功——对石景山钢铁公司初学写作者的讲话摘要》，据2008年版《老舍全集》第16卷校订，略有删节。

亮。他们之所以能够得心应手，就是因为他们天天练习，熟能生巧。如果不随时注意观察，随时记下来，哪怕你走遍天下，还是什么也记不真确、详细，什么东西也写不出来。

……

要天天记，养成一种习惯。刮一阵风，你记下来；下一阵雨，你也记下来，因为不知道哪一天，你的作品里就需要描写一阵风或一阵雨，你如果没有这种积累，就写不丰富。经常生活，经常积累，养成观察研究生活的习惯。习惯养成之后，虽不记，也能抓住要点了。这样，日积月累，你肚子里的东西就多了起来。写作品不仅仗着临时观察，更需要随时留心，随时积累。

不要看轻这个工作，这不是一件容易事。一个人，有他的思想、感情、面貌、行动……，一件事物，有它的秩序、层次、始末……，能把它逼真地记下来并不容易。观察事物必须从头至尾，寻根追底，把它看全，找到它的“底”，因为做文章必须有头有尾，一开头就要想到它的“底”。不知全貌，不会概括。

有些年轻同志不注意这种基本功练习，一开始就写小说、剧本；这种情况好比没练习过骑车的人，就去参加骑车竞赛。（二）把语言练习通顺：下功夫把语言写通顺了，也是基本功，也是很重要的基本功。它和戏曲演员练嗓子、翻跟斗一样。演员不练嗓子，怎么唱戏呢？武生不会翻跟斗，怎么演武戏呢？文学创作也是一样，语言不通顺，不可能写出好文章。有些人，确实有一肚子生动的人物和故事，他向人谈讲时，谈得很热闹；可一写出来，就不那么动人了，这就是因为在语言方面缺乏训练，没有足够的表达能力。

有些人专以写小说、写剧本练习文字，这不妥当，文字要从多方面来练习，记日记，写笔记，写信……都是锻炼文字的机会；哪怕写一个便条，都应该一字不苟。

写文章，用一字、造一句，都要仔细推敲。写完一句，要看看全句站得住否，每个字都用得恰当与否，是不是换上哪一个字，意思就更明显，声音就更响亮，应知一个字要起一个字的作用，就像下棋使棋子那样。一句，一段写完之后，要看看前后呼应吗，联贯吗？字与字之间，句与句之间，段与段之间，都必须前后呼应，互相关联。慢慢地，你就学会更多的技巧，能够若断若续，有波澜，有起伏，读起来通畅而又有曲折。写小说的人，也不妨练习写写诗；写写诗，文字就可以更加精炼，因为诗的语言必须很精炼，一句要表达好几句的意思。文章写完之后，可以念给别人听听。念一念，哪些不恰当的字句，不顺口的地方，就都显露出来了，才可以一一修改。文章叫人念着舒服顺口，要花很多心思和功夫。有人看我的文章明白易解，也许觉得我写时很轻松，其实不然。从哪儿开头，在哪儿收束，我要想多少遍。有时，开了许多头都觉得不合适，费了不少稿纸。

字的本身没有好或坏，要看用在什么地方。用得恰当，就生动有力。

文字要写得简练。什么叫做简练呢？简练就是话说得少，而意思包含得多。举一两句做例：“小楼一夜听春雨，深巷明朝卖杏花。”只不过十四个字，可是包含多少情和景呀！

简练须要概括，须要多知多懂。知道一百个人，而写一个人；知道一百件事，而写一件事，才能写得简练。心有余力，有所选择，才能简练。譬如歌剧演员，他若扯着嗓子喊叫，就不好听；他必须天天练嗓子，练得运用自如，游刃有余，就好听了。

我建议大家多多练习基本功，哪怕再忙，每天也要挤出点时间写几百个字。要知道，练基本功的功夫，应该比创作的功夫多许多许多倍！

第二十三讲

充实我们的学识①

老　舍

为纪念我们的伟大导师鲁迅先生，我觉得我们有省查我们自己的必要，否则纪念容易成为形式，伟人成为偶像，对我们并无多少好处。

鲁迅先生是博学的人。我们怎样？道一声“惭愧”，解决不了我们的问题。据我看，今天的文艺工作有一个相当明显的趋势，即分工已见效，而贯通不足。因为人民政府重视文艺工作，因为人民需要文艺，全国的文艺工作者就都忙起来，搞戏曲改革的搞戏曲改革，编鼓词的编鼓词，搞话剧的歌剧的电影的也都各守岗位，热心地工作，而且都有一些相当好的成绩。这是个令人兴奋的好现象。可是，因为大家对任务的时常努力，和对业务的深入学习，就难免把心思专放在某一件事上，眼界也不知不觉地缩小了好多。比如说：有的搞戏曲改革的就专从某种民间戏剧的形式上技巧上想革新的办法，闭口不再谈话剧歌剧；或者本来是演话剧的，并不很懂民间的戏剧，一旦参加了戏曲改革工作，就苦心的下工夫，一定要教京戏或地方戏的演法照着话剧的道儿走，而忘了京剧或地方戏固有的好处。又好比：某些搞惯了民间曲艺的，就深深的钻入曲艺的形式中，连新诗什么的再也不看一眼；而个别的热心创作新诗的呢，也许就不去看看民间曲艺。这样，虽然大家并没有分宗派闹意见，可是对文艺工作的进展就无意中不能不有所阻碍，在人力财力和时间上不能不有所浪费。

我知道，某些精研古代文学或古代美术的专家，往往借口保存传统的艺术

---

① 原载1951年10月18日《人民日报》，据2008年版《老舍全集》第17卷校订。

技巧，而忽视了新艺术的建设理论，也不肯学习新的技巧。同样的，某些从事新文学或新美术的或者也不关心我们固有的文学美术的传统。这样的两不碰头，就教推陈出新的运动受到损失。

鲁迅先生的渊博，助成了他的伟大。他的对中国古代学术的知识，放在另一个人身上，也许适足以教他成为一个有保守性的学者。可是，他既博古，又通今；既知东方的文学，又注意西方的；既创造，又热心翻译。他的学识使他心中有了一架最准确的天平，公平正确的秤量了一切；成见不能成为他的砝码！

学习鲁迅，我们除了应在更加紧学习思想之外，还要多多的学本领。别教成见阻止了我们去接触古代的或现代的文学艺术。学识越丰富，我们的心里才越宽绰，成见才会越减少。“只知其一，不知其二”是成见的胚胎。

以我自己来说，我不懂音乐，这就教我吃了亏。在我写一篇鼓词或一首歌子的时候，我只能从思想上感情上调动文字，而不知道它们的音乐效果如何；而我所遇到的制谱的人呢，也许恰好不辨平仄，没有多少文学修养，于是作词制谱费了许多时间力气，结果还是“倒字”不少，唱起来难听。同样的，因为我不懂电影剧本的技巧，所以我只能写个故事，由懂电影的人去改编为电影剧本。自然，这种合作原不是坏事；可是，费两道手到底多费了时间与人力。况且，假若给我改编电影剧本的人恰好没有什么文字与文学的修养，他就可能把个生动的故事弄得毫无生气，技巧都对，而没有艺术的味道。哼，白费了两道手！我切盼能去学一点音乐，学一点电影剧本写法。我也希望会制谱的人，去研究研究昆曲的精密制谱法则，会写电影剧本的人多学点别的文艺本领。丰富我们的知识，对自己对事业全有好处。反之，各自死抱一角，不问旁的事情，文艺工作就必定吃很大的亏，人力财力都不免浪费。这点事虽是以我个人为例，可是这个东拼西凑、慢慢腾腾的现象恐怕是普遍存在的。这值得我们反省。要使文艺提高，须先提高文艺工作者的学识、本领。

我们切不可随便的自居为专家。那会教我们自满，封锁起来自己。我们不可能成为无所不知的，但是必须争取多知多懂。我们目前的工作没有一件是为了世外桃源预备起来的，我们不能因专工而孤立。举个例说：假若我们为写了一些鼓词而自满，自称专家，我们便孤立起来。结果呢，我们只是给旧鼓词添上了一些照猫画虎的新段子，跟文艺全面的进展就不大发生关系。日久天长，我们就会在文艺大军里掉了队。反之，我们若是也关心新诗与新音乐的发展，而且把新诗、新音乐，与鼓词结系起来，我们便会有更新的试验，创作出内容与形式全新的东西来。这样，我们便不只是鼓词的侍从，而是它的创作者。同时，一个新诗人而不肯向民间曲艺去学习语言的运用，词汇句法中的音乐性等等，而干脆坐待有朝一日鼓词会变成某一派的新诗，那么新诗就会暂时退休，或且永远不会接近民众。我们今天的工作不是保守昨天的成就，而是争取明天的新胜利。我们不能孤立的看问题，因为几乎没有一个文艺问题是孤立着的。我们的方向是一个，已由毛主席给我们指示出来，我们必须充实自己，多知多懂，才能很快的，不多绕弯子的，走向毛主席指给我们的那条大路上去。在解放以前，我们可以抱着一技之长，用之则行，舍之则藏。今天，人民与人民政府都给了我们很大的鼓励与期望，我们就必须用更多的学识丰富自己，从而创造出足够为人民服务的作品来，不能再用那一技之长，专取守势。我们要用新武器装备起自己来。社会上越需要我们，我们不是越得长本事吗?

我们钦佩鲁迅先生的渊博，好，就跟他学吧，把我们自己也变成个文武昆乱不挡[①]的人才，好担当起更多的更重的文艺任务；愿与文艺界的朋友们共勉之!

① 演员的技艺全面，戏路宽广，昆曲、乱弹、文戏和武戏都能演。

第二十四讲

题材与生活[1]

老　舍

题材问题恐怕就是写什么的问题，产生这个问题是件好事，这反映了人民对作家的要求和领导对作家的关切，以及作家的向上心。在资本主义国家，写作是为了卖钱，不发生这个问题——进步作家是例外。我们今天正在建设社会主义文学，社会上既万象更新，作家们当然都想写教育性政治性较强的作品，不愿写记忆中的陈谷子烂芝麻，而想写些新的题材来歌颂社会主义。这是人同此心的。我在过去的几年中是这样自期的，今后还要这样做。新的题材我不愿放弃，不会因为讨论题材问题就改变这个做法。不过以后我也许要写旧的，如历史题材和反映旧社会生活的作品。新的旧的都写，也是两条腿走路。这样我就更加从容了，不至于因为写不出现代题材的东西而焦急了。

我过去写新题材没有写好，这与生活有关。我从题材本身考虑是否政治性强，而没想到自己对题材的适应程度，因此当自己的生活准备不够，而又想写这个题材的时候，就只好东拼西凑，深受题材与生活不一致之苦。题材如与自己生活经验一致，就能写成好作品；题材与生活经验不一致，就写不好。我写话剧《青年突击队》就因为这个原因写的很差。青年突击队这个题材固然重要，我对它却不熟悉，只到工地去了几次，无法写好。因此，我们应在生活上给作家创造条件，让他们自己去写，自己去选择题目。如赵树理和柳青同志，他们长期在农村中生活，所以写出了好作品。赵树理同志长期“镇守”太行

① 原载1961年《剧本》5、6月号合刊，据2008年版《老舍全集》第16卷校订。

山，我却终年呆在北京，今天到柳树井，明天去东四牌楼，生活不够，而创作欲望很强，写作颇勤，勇敢可嘉，却没有考虑到自己是否能扛得动那些活儿。我觉得领导上提供题材线索是可以的，问题在如何叫作家去深入生活，和给予从容写作的条件。即使老作家，也要有生活才能写作，没有生活便不能点铁成金。所以首要的问题还是解决深入生活的问题。

题材应是自己真正熟悉的材料，作家可以从各种不同的角度来阐明题材的意义，也就形成了不同的主题。相同的一个题材，莎士比亚写过，本生也写过，而主题却不相同。我们有些作者没有充分的创作准备，作品的主题思想并不是自己从生活中反复思索得来的，而是把政策当作主题，却又不知道政策是怎样得来的。这样写成的作品只是拿一些临时找来的材料来拼凑，硬安上一个主题，怎么能够写好呢？我写话剧《义和团》的时候有些体会：本来这个题材可以有各种解释，可以从各方面去选材。因为我父亲是被洋兵所杀，所以北京虽有些人不喜欢义和团，我可是另有感受，因此要写这个剧本。我感到中国的农民很勇敢，不甘做奴隶，如果受压迫，就要揭竿而起，这就是这个剧本的主题。我过去写的几个剧本，也有先定主题，临时找材料的，正如一件“富贵衣”，没有做到天衣无缝。有时要突出主题就喊几句口号，好像告诉读者说，教育意义就在这里！有时就让支部书记出来说几句话，也为了点明主题！因此我看到自己写的剧本中支部书记讲话，就感到特别难受。主题应当是水到渠成的东西，生活丰富是最重要的。

题材与作家的风格也是有关系的，熟悉了题材，才能产生风格。作家总是选择与他的创作风格一致的题材来写。我就写不出斗争比较强烈的戏，因为天性不是爱打架的人，而且又没有参加革命斗争，所以写起逗笑，凑趣的东西就比较方便一些。我喜欢笑，写悲剧就不大合适。题材、体裁、风格都是有关系的，因此，应当是，谁写什么合适就写什么，不要强求一律，顺水推舟才能畅快。同时也与劳逸结合有关，如果要我关起门来写悲剧就很困难，对健康也许有些损失。所以应多写一些对自己适合的、自己愿意写的东西，也预备写一些虽然现在不熟悉但却可以去熟悉的东西。写新事物，也写旧生活。有人老是写一样的题材也无所不可。有一招就拿出一招来，总比一招也没有好一些。大家都拿出自己的一招来，也就百花齐放了。

现在还有一些老作家没动笔，应当动起笔来。有的青年作者写了一部作品而失败了，不要灰心，不可以一部作品论成败。写了作品没成功也可以得到锻炼，这次没写好，下次就可能写好。三个剧本没写好，也可能利用这三个剧本的材料写成一部小说。长篇写不成就写短篇，小说写不了就写散文，写总比长期搁笔不写好。要经常增加本领，有了本领即使是别人出题也能写出好文章。

第二十五讲

储蓄思想①

老　舍

我真不愿把文艺说成什么神秘的东西，可是赶到人家问我怎样写作，我又往往不能痛痛快快的，象二加二等于四那样的，给人家几句简单而有用的话。这使我非常的苦痛。你看，我确是写过了不少东西，可是我没有胆量声明我的成绩有什么了不起之处。我只能说我是在不断地学习。那么，你向一个文艺学徒问长问短，也就难怪我说不出所以然来了。

对，我只好告诉你，你须先学习吧。假若你肯用心学习，我想你不久就能赶过我去。文艺并不是几个天才者的专利品，谁肯学习谁就能生产一些“文货”。

怎样学习呢？这，又是个不好回答的问题。戏法人人会变，各有巧妙不

① 原载1945年1月20日《文艺先锋》第6卷第1期，据2008年版《老舍全集》第17卷校订。

同。有许多不同的路子都可以走到“文艺之家”的门前。现在，我只能就个人的经历作个简单的报告，供作参考而已。

要学习文艺，切勿专在文艺作品上打转儿。你要先有一些思想。真的，文艺作品不专仗着思想支持着，正像一个美人不能专仗脸子好而可以不要骨头不要肉那样。可是，文艺的最大的使命是发扬真理，怎可不先由思想入手呢？想想看，一个没有思想的人，也就不辨是非，不关心人类的生活合理不合理，那么，他怎能有正义感，怎能选择什么值得说，什么是废话呢？因此，你要储蓄思想。用思想作你的眼睛，去看，去分析，去判断，而后你才能找到你以为值得说的话。假若你以为某几句话值得说，非说不可，你必会把你的感情激动起来，设法用最足以动人的形式把它说出来。思想是花朵，感情是色与香。自然，一个富于感情的人，未必有高深的思想；一个有思想的人，又未必有深厚的感情。可是，预备做一个文艺家，你就非由思想上发泄你的感情不可，因为你若糊里糊涂，专凭感情的奔放去写作，你所给人家的也许只是一些伤感或成见；你可以成为一个风流才子，专用感情写出“红是相思绿是愁”，和“不住温柔住何乡”那样的聪明的句子，可是与人生大道理有什么关系呢？你是当代的人，你应当先关切当代人类的苦难与幸福。只有感情而没有思想，你便只会关心你自己，把你的一点小小的折磨与苦痛说到天那么大，而与旁人无关。风流才子，你要知道，是摩登世界人类的渣滓呀！

不过，你可也要记住，储蓄思想便是储蓄炸药，它也会炸死你自己，为安全计，你顶好躲它远些。思想与苦痛永远紧紧相随，因为一般的人不喜欢用他们的脑子，所以看别人一用脑子便吓一跳，而想把那个怪物用砖头打杀。你要准备吃砖头。

是的，文艺不专仗思想支持着，可是你若专从文字或感情上入手，你便很自然的只会制造些小玩意儿，花呀儿呀的哭哭啼啼，而不敢正眼看社会与世界；尽管文学与感情也是文艺中的重要构成分子。

再说，储蓄了思想，虽不能成功一个文艺者，你还不失为一个有头脑的人。若只要弄要弄文字，发泄发泄小小的牢骚，则不但不能成为伟大的文艺家，或者还把你自己毁掉——风流才子不往往是废物么？

有了思想，你该再注意世态。思想是抽象的，空洞的；世态是具体的，实在的。用你的思想去分析世态，而后你才会从浮动的人生中找到了脉络，才会找到病源。这样，你才能明白思想并不是死东西，而是在人们的心理与动态中隐藏着的。你须在若隐若现之中把它找出来，正象医生由病人的脸上发烧而窥见了肺部的隐病。你须描写世态，而描写世态，正所以传播思想。所谓具体的描写并非是照像，而是以态寄意。

有了思想，你才会知道文字不仅是字与字的联缀，而是逻辑的推断。糊涂的句子是糊涂人的声音。你一点也不要忽略了文字的重要，但是你更不应忽略了文字的根源——思想。你一点也不要忽略了感情的重要，但是你须先辨明哪是值得说的，哪是不值得说的，若给不值得一说的加上华美的外饰与感情，你便是骗人，便是变戏法，而不是制作文艺。

关于思想的重要已说了不少，就此打住，等有工夫再说别的吧。

第二十六讲

给初学写作者的意见：别怕动笔[①]

老　舍

有不少初学写作的人感到苦恼：写不出来！

我的看法是：加紧学习，先别苦恼。

① 据2008年版《老舍全集》第16卷校订。

怎么学习呢？我看哪，第一步顶好是心中有什么就写什么，有多少就写多少。

永远不敢动笔，就永远摸不着门儿。不敢下水，还学得会游泳么？自己动了笔，再去读书，或看刊物上登载的作品，就会明白一些写作的方法了。只有自己动过笔，才会更深入地了解别人的作品，学会一些窍门。好吧，就再写吧，还是有什么写什么，有多少写多少。又写完了一篇或半篇，就再去阅读别人的作品，也就得到更大的好处。

千万别着急，别刚一拿笔就想发表不发表。先想发表，不是实事求是的办法。假若有个人告诉我们：他刚下过两次水，可是决定马上去参加国际游泳比赛，我们会相信他能得胜而归吗？不会！我们必定这么鼓舞他：你的志愿很好，可是要拼命练习，不成功不拉倒。这样，你会有朝一日去参加国际比赛的。我看，写作也是这样。谁肯下功夫学习，谁就会成功，可不能希望初次动笔就名扬天下。我说有什么写什么，有多少写多少，正是为了练习，假若我们忽略了这个练习过程，而想马上去发表，那就不好办了。是呀，只写了半篇，再也写不下去，可怎么去发表呢？先不要为发表不发表着急，这么着急会使我们灰心丧气，不肯再学习。若是由学习观点来看呢，写了半篇就很不错啊，在这以前，不是连半篇也写不上来吗？

不知道我说的对不对，我总以为初学写作不宜先决定要写五十万字的一本小说或一部多幕剧。也许有人那么干过，而且的确一箭成功。但这究竟不是常见的事，我们不便自视过高，看不起基本练习。那个一箭成功的人，想必是文字已经写得很通顺，生活经验也丰富，而且懂得一些小说或剧本的写法。他下过苦功，可是山沟里练把式，我们不知道。我们应当知道自己的底。我们的文字的基础若还不十分好，生活经验也还有限，又不晓得小说或剧本的技巧，我们顶好是有什么写什么，有多少写多少，为的是练习，给创作预备条件。

首先是要把文字写通顺了。我说的有什么写什么，有多少写多少，正是为逐渐充实我们的文字表达能力。还是那句话：不是为发表。想想看，我们若是有了想起什么、看见什么，和听见什么就写得下来的能力，那该是多么可喜的事啊！即使我们一辈子不写一篇小说或一部剧本，可是我们的书信、报告、杂感等等，都能写得简练而生动，难道不是值得高兴的事吗？

当然，到了我们的文字能够得心应手的时候，我们就可以试写小说或剧本了。文学的工具是语言文字呀。

这可不是说：文学创作专靠文字，用不着别的东西。不是这样！政治思想、生活经验、文学修养……都是要紧的。我们不应只管文字，不顾其他。我在前面说的有什么写什么，和有多少就写多少，是指文字学习而言。这样能够叫我们敢于拿起笔来，不怕困难。在与动笔杆的同时，我们应当努力于政治学习，热情地参加各种活动，丰富生活经验，还要看戏，看电影，看文学作品。这样双管齐下，既常动笔，又关心政治与生活，我们的文字与思想就会得到进步，生活经验也逐渐丰富起来。我们就会既有值得写的资料，又有会写的本事了。

要学习写作，须先摸摸自己的底。自己的文字若还很差，就请按照我的建议去试试——有什么写什么，有多少写多少。同时，连写封家信或记点日记，都郑重其事地去干，当作练习写作的一种日课。文字的学习应当是随时随地的，不专限于写文章的时候。一个会写小说的当然也会写信，而一封出色的信也是文学作品——好的日记也是！

文字有了点根底，可还是写不出文章来，又怎么办呢？应当去看看，自己想写的是什么，是小说，还是剧本？假若是小说或剧本，那就难怪写不出来。首先是：我们往往觉得自己的某些生活经验足够写一篇小说或一部三幕剧的。事实上，那点经验并不够支持这么一篇作品的。我们的那些生活经验在我们心中的时候仿佛是好大一堆，可以用之不竭。及至把它写在纸上的时候就并不是那么一大堆了，因为写在纸上的必是最值得写下来的，无关重要的都用不上，就好象一个大笋，看起来很粗很长，及至把外边的吃不得的皮子都剥去，就只剩下不大的一块了。我们没法子用这点笋炒出一大盘子菜来！

这样，假若我们一下手就先把那点生活经验记下来，写一千字也好，二千字也好，我们倒能得到好处。一来是，我们会由此体会出来，原来值得写在纸上的并不像我们想象的那么多，我们的生活经验还并不丰富。假若我们要写长篇的东西，就必须去积累更多的经验，以便选择。对了，写下来的事情必是经过选择的；随便把鸡毛蒜皮都写下来，不能成为文学作品。即须经过选择，那么用不着说，我们的生活经验越多，才越便于选择。是呀，手里只有一个苹果，怎么去选择呢？

二来是，用所谓的一大堆生活经验而写成的一千或二千字，可能是很好的一篇文章。这就使我们有了信心，敢再去拿起笔来。反之，我们非用那所谓的一大堆生活经验去写长篇小说或剧本不可，我们就可能始终不能成篇交卷，因而灰心丧气，不敢再写。不要贪大！能把小的写好，才有把大的写好的希望。况且，文章的好坏，不决定于字数的多少。一首千锤百炼的民歌，虽然只有四句或八句，也可以传诵全国。

还有：即使我们的那一段生活经验的确结结实实，只要写下来便是好东西，也还会碰到困难——写得干巴巴的，没有味道。这是怎么一回事呢？我看大概是这样：我们只知道这几个人，这一些事，而不知道更多的人与事，所以没法子运用更多的人与事来丰富那几个人与那一些事。是呀，一本小说或一本戏剧就是一个小世界，只有我们知道的真多，我们才能随时地写人、写事、写景、写对话，都活泼生动，写晴天就使读者感到天朗气清，心情舒畅，写一棵花就使人闻到了香味！我们必须深入生活，不断动笔！我们不妨今天描写一棵花，明天又试验描写一个人，今天记述一段事，明天试写一首抒情诗，去充实表达能力。生活越丰富，心里越宽绰；写得越勤，就会有得心应手的那么一天。是的，得下些功夫，把根底打好。别着急，别先考虑发表不发表。谁肯用功，谁就会写文章。

这么说，不就很难做到写作的跃进吗？不是！写作的跃进也和别种工作的跃进一样，必须下功夫，勤学苦练。不能把勤学苦练放在一边，而去空谈跃进。看吧，原本不敢动笔，现在拿起笔来了，这还不是跃进的劲头吗？然后，写不出大的，就写小的；写不好诗，就写散文；这样高高兴兴地，不图名不图利地往下干，一定会有成功那一天。难道这还不是跃进么？好吧，让咱们都兴高采烈地干吧！放开胆子，先有什么写什么，有多少写多少，咱们就会逐渐提高，写出像样子的东西来。不怕动笔，笔就会听咱们的话，不是吗？

第二十七讲

写透一件事[①]

老　舍

关于这一项，分三段来说吧：

（一）写自己真知道的事，不写自己不十分知道的事。一个学生不写学生的生活，而在报纸上找些婚姻法宣传资料去写，一定写不出什么名堂来。写东西非有生活不可。不管文字多么好，技巧多么高，也写不出自己不知道的事情。我们是工人，就写工人的生活。

这样，写作范围不就太小了么？只要写得深刻，范围小点没有什么关系。一位伟大的作家的确能够写出许多不同的人物，好多不同的事情，可是咱们现在的目的是先写好一件事，还不能希望马上成为伟大的作家。不怕写的少，就怕写不好。写出十几句话的一首好歌，风行全国，到处起很大的鼓舞作用，功劳也不小呵！

（二）抱定一个题目写，不要一会儿一换。初学写作的人往往有这个困难：

① 据2008年版《老舍全集》第17卷校订。

很高兴地看中了一件事，打算用它写成一篇小说或戏剧。可是，一动笔，才写了几句就写不下去了！这是怎么一回事呢？这有许多不同的原因，其中最常遇见的一个是我们只看见了事情的表面，而没有看见它的根儿，所以写了几句就搁下笔，怪扫兴的。我们不应当这么容易动摇，而应当深入地去挖那件事的根儿，养成我们对事事物物要刨根问底的习惯。我们的责任就是遇见事必去刨根问底。假如我们老满足于事情的表面，看见一件热闹的事，不求甚解，动笔就写，写不出就扫兴，一来二去我们就丢了信心，不想再拿笔了。反之，我们若是抱定刨根问底的态度，我们就会慢慢地体会出来，不管事情多么热闹或多么简单，不过都是表面的现象。赶到咱们挖到事情的根儿上，热闹的事也许原来很简单，简单的事儿也许并不那么简单。事情的根儿就是问题所在。

找到问题，咱们心里可就透亮多了。呵，原来这件热闹的事并没有什么了不起，问题很简单哪；原来那件简单的事倒并不应当轻视，问题不小呵。这样，咱们就不再被表面的现象迷惑住，也就容易判断出哪个值得写和哪个值不得写，不再冒冒失失地不管三七二十一拿笔就写，也就减少了因写不出而扫兴灰心的毛病。

一旦找到问题就死不放手，加劲儿挖掘它的根儿，越挖越深，咱们也就越有的写了。呵，昨天老张闹脾气，原来不是因为肝火盛，而是他有个思想问题。什么思想问题呢？他呀不明白“计件工资”的好处。哪一点他不明白呢？他呀不明白工人的利益和国家的利益是一致的。您看，当作一个问题看，咱们就能由老张个人闹脾气看到国家利益上去，这不就有好多话可说了么？抱住这个题目挖吧，别放手！

还有，看到了问题就得解决问题。这么一来呀，咱们的文章可就有头有尾，是个整的了。我们看问题，挖问题，而后解决问题，我们就能写出相当好的作品来。不抱住一个问题挖到底，而随便今天试试这个，明天试试那个，必至一无所成。

（三）能抓住问题就不至于千篇一律了。一个问题怎么来的和怎么解决的，必与别的问题的来龙去脉不同。同一样的问题又因为人物的性格不同，时间不同，而有特点。我们要细心地看，看问题，看人物，看地点，看时间，把有关的事物都看了，自然会写出一篇与众不同的东西来。

工人同志们一写到解放后的生活提高，往往就描写家里吃饺子。不错，吃饺子的确是好现象；可是，千篇一律都说包饺子就不新鲜了。难道不许吃炸酱面么？再说，真要是看出问题，不提包饺子也不要紧。要写透一件事必须钻到事情里边去，可千万别不管是写什么问题老先预备下一个套子——老拿包饺子开始！钻到问题里面去就必定有话可说，用不着套套子。

也许有的同志要问：我们能那么细心，钻到问题里面去吗？我说：能！一定！您多半是有点害怕，以为没有现成的套子，就怕写出的东西不像样子。您不必胆小，那些套子不是给您预备的，只要您肯用心，肯下工夫，您会创作！

第二十八讲

先使白话文成话①

夏丏尊

五四以来的白话文，因为提倡者都是些本来惯写文言文的人们，他们都是知识阶级，所写的文字又都是关于思想学术的，和大众根本就未曾有过关系，名叫白话文，其实只是把原来的“之乎者也”换了“的了吗呢”，硬装入蓝青官话的腔调的东西罢了。凡事先入为主，白话文创造不久就造成了那么的一个

① 本文发表于1934年，据2014年版《夏丏尊精品选》校订。

腔壳，到今日还停滞在这腔壳里。当时提倡白话文的人们有一句标语叫“明白如话”。真的，只是“如话”而已，还不到“就是话”的程度。换句话说，白话文竟是“不成话”的劳什子①。

白话文最大的缺点就是语汇的贫乏。古文有古文的语汇，方言有方言的语汇，白话文既非古文，又不是方言，只是一种蓝青官话。从来古文中所用的辞类大半被删去了，各地方言中特有的辞类也完全被淘汰了，结果，所留存的只是彼此通用的若干辞类。于是写小说时一不小心，农妇也高喊“革命”，婢女也满嘴“恋爱”了。编成戏曲的说白可以使台下人听了莫名其妙。

举一例说，现在白话文里所用的“父亲”“母亲”二语，就很可笑。实际上我们大家都叫“爸爸”，叫“爷”，叫“爹”，叫“娘”，叫“妈”，或叫“姆妈”，决不叫“父亲”“母亲”的。可是白话文里却要用“父亲”“母亲”的称呼，甚至于连给六七岁小孩读的初小教科书里，也用“父亲”“母亲”字样。“爷娘妻子走相送”，唐人诗中已叫“爷娘”了，我们现在倒叫起“父亲”“母亲”来，这不是怪事吗？

要改进白话文，要使白话文与大众发生交涉，第一步先要使它成话。

现在的白话文，简直太不成话了，用词应尽量采取大众所使用的话语，在可能的范围以内尽量吸收方言。凡是大众使用着的话语，不论是方言或是新造语，都自有它的特别情味，往往不能用别的近似语来代替。例如：“揩油”在上海一带已成为大众使用的话语，自有它的特别的情味，我们如果嫌它土俗，用“作弊”“舞弊”等话来张冠李戴，就隔膜了。方言只要有人使用，地方性就会减少。如“象煞有介事”一语，因使用的人多，已有普遍性了。此后的辞典里，应一方面删除古来的死语，一方面多搜列方言。

放弃现成的大众使用着的话语不用，故意要用近似的语言来翻译一次，再写入文中去，这就是从来文言文的毛病。白话文对于这点虽经痛改，可惜

① 指一种无用的，徒劳的，不好看或者使人不愉快的东西或事件。

还没有改革得彻底，结果所表达的情意还不十分亲切有味。我有一个朋友，未曾讨老婆，别人给他做媒的时候，他总要问："那女子是否同乡人？"他不愿和外省的女子结婚。理由是：如果老婆不是同乡人，家庭情话彼此都须用蓝青官话来对付，趣味是很少的。这话很妙。现在的白话文，作者与读者间等于一对方言不通的情侣，彼此用了蓝青官话来作喁喁的情话，多隔膜，多难耐啊！

第二十九讲

三言两语①

老　舍

青年写作协会嘱写文艺创作经验，深感没有什么可说的。详有一部作品写撰的经过，也许相当的有趣，但太琐碎，也未必有任何价值。泛谈经验吧，又怕没有多少话可讲；经验是不容易得到的，作一辈子木匠也许仅获得三言两语经验之谈，作小说戏剧等或亦如是。自己胡乱的已写过二十多本，时间已用过十七八年，但一说到经验，即感空虚无物。所以，这篇文章是不会很长的。短而精到，亦自可贵，可是我这一篇恐怕只有"短"，而不"精到"。那么，假若这篇小文能被收入"文艺写作经验谈"里去，也不过是充数而已。

对写小说，我有较多的经历。经历可不就是经验。譬如钓鱼，虽然终日静坐河畔，未必得鱼，即谈不到经验。我所能说出来的几句，也许只是河边上的话，离鱼尚远啊。

---

① 原载1943年9月中国青年写作协会编《文艺写作经验谈》，据2008年版《老舍全集》第17卷校订。

（一）小说比诗歌戏剧容易一些，所以我最初就练习它。练习过小说，对写诗歌恐怕仍无何助益，但对戏剧的写作则有相当的帮助。

（二）我觉得写小说最难于前后一致，始终不懈。所以，为保险起见，我不敢多用人，不敢过事铺张。看准了三四人，几件事，贯以一个中心思想，毫不放松，较有把握。

（三）事情容易搜集，人物的创造很难。故应以事配人，使事情为人格的试金石；勿贪事情复杂，而强把人物拉入。

以下说诗歌：

（一）我觉得作歌比作诗容易，歌有音乐帮忙，诗则专靠自己。以后，我愿多作歌，少写诗，因自己的诗才太不够。

（二）小说可以从容布置，而诗则须一团情志的纯火。这火力不够，写不成诗；这火力一衰，诗兴即灭。故以诗去锻炼自己的才能，则为有益，求篇篇发表，生挤硬凑，必无好结果。

关于戏剧：

（一）戏剧要有诗一样精炼的言语，及比小说更完善更简洁的结构与穿插。写作的经验尚少，不宜从事写剧本。我之写剧，多半是为练习，成绩很坏。

（二）剧本中的一句话，或一唤一嗽，均是想过若干次的；故一语道出，既能使人格显明，且使剧情有自然的发展。只为故事的发展写出一些话来，则失其人，难获良好效果。

对于通俗文艺：

（一）不宜以通俗文艺为学习文艺的入门。先学习诗歌小说等，而后不妨再治通俗的文艺，则不致吃亏。

（二）宜取通俗文艺之长，而去其短，且须加以改善。此事大不易为，非对通俗文艺与文艺各部门都有研究不办。

乱说了一番，罪过！罪过！

第三十讲

谈叙述与描写①

老　舍

写文章须善于叙述。不论文章大小，在动笔之前，须先决定给人家的总印象是什么。这就是说，一篇文章里以什么为主导，以便妥善安排。定好何者为主，何者为副，便不会东一句西一句，杂乱无章。比如以西山为题，即须先决定，是写西山的地质，还是植物，或是专写风景。写地质即以地质为主导，写植物即以植物为主导，在适当的地方，略道岩石或花木之美，但不使喧宾夺主。这样，既能给人家以清晰的印象，又能显出文笔，不至全篇干巴巴的。这样，也就容易安排资料和陈述的层次了。要不然，西山可写的东西很多，从何落笔呢?

若是写风景，则与前面所说的相反，应以写景为主，写出诗情画意，而不妨于适当的地方写点实物，如岩石与植物，以免过于空洞。

是的，写实物，即以实物为主，而略加抒情的描写，使文章生动空灵一些。写诗情画意呢，要略加实物，以期虚中有实。

作文章有如绘画，要先安排好，以什么为主体，以什么烘托，使它有实有虚，实而不板，虚而不空。叙述必先设计，而如何设计即看要给人家的主要印象是什么。

叙述一事一景，须知其全貌。心中无数，便写不下去。知其全貌，便写几

① 原名《谈叙述与描写——对北京大学中文系学生的讲话摘要》，据2008年版《老舍全集》第16卷校订。

句之后即能总结一下，使人极清楚地看到事物的本质。比如说我们叙述北京春天的大风，在写了几句如何刮法之后，便说出：北京的春风似乎不是把春天送来，而是狂暴地要把春天吹跑。这个小的总结便容易使人记住，知道了北京的春风的特点。这样的句子是知其全貌才能写出来的。若无此种的结论式的句子，则说的很多，而不着边际，使人厌烦。又比如：《赤壁赋》中的“山高月小，水落石出”这八个字，便是完整地画出一幅画来，有许多画家以此为题去作画。有了这八个字，我们便看到某一地方的全景，也正是因为作者对这一地方知其全貌。这才能给人以不可磨灭的印象。这才能够写得简练精采。

“山高月小，水落石出”这八个字，连小学生也认识。可是，它们又是那么了不起的八个字。这是作者真认识了山川全貌的结果。我们在动笔之前，应当全盘想过，到底对我们所要写的知道多少，提得出提不出一些带总结性的句子来。若是知道的太少，心中无数，我们便叙述不好。叙述不是枝枝节节地随便说，而是把事物的本质说出来，使人得到确实的知识。

或问：叙述宜细，还是宜简？细写不算不对，但容易流于冗长。为矫此弊，细写须要命得起，推得开。古人说，写文章要精骛八极①，心游万仞。这是什么意思呢？就是作者观察事物，无微不入，而后在叙述的时候，又善于调配，使小事大事都能联系到一处，一笔写下狂风由沙漠而来，天昏地暗，一笔又写到连屋中熬着的豆汁也当中翻着白浪，而锅边上浮动着一圈黑沫。大开大合，大起大落，便不至于冗细拖拉。这就是说，叙述不怕细致，而怕不生动。在细致处，要显出才华。文笔如放风筝，要飞起来，不可爬伏在地上。要自己有想象，而且使读者的想象也活跃起来。

内容决定形式，但形式亦足左右内容。同一内容，用此形式去写就得此效果，用另一形式去写则效果即异。前几天，我写了一篇《敬悼郝寿臣②老先

① 意谓诗人进行艺术构思、艺术创作时，思想可以纵横驰骋不受时空的限制。精：神。骛：本意飞奔的马，引申为驰。八极：喻极远之处。

② 著名京剧表演艺术家、戏曲教育家。

生》短文。我所用的那点资料，和写郝老先生生平事迹的相同。可是，我是要写一篇悼文，所以我就通过群众的眼睛来看老先生的一生。这便亲切。从群众眼中看出他如何认真严肃地演剧，如何成名之后，还孜孜不息，排演新戏。这就写出了他是人民的演员。因为是写悼文，我就不必用写生平事迹所必用的某些资料，而选用了与群众有关的那一些。这就加强了悼文的效果。形式不同，资料的选取与安排便也不同，而效果亦异。

叙述与描写本不易分开。现在我把它们分开，为了说着方便。下面谈描写。

描写也首先决定于要求什么效果，是喜剧的，还是正面的？假若是要喜剧效果，就应放手描写，夸张一些。比如介绍老张，头一句就说老张的鼻子天下第一。若是正面描写，就不该用此法。我们往往描写得不生动，不明确，原因之一即由于事先没有决定要什么效果，所以选材不合适，安排欠妥当。描写的方法是依效果而定。决定要喜剧效果，则利用夸张等手法，取得此效果。反之，要介绍一位正面人物或严肃的事体，则须取严肃的描写方法。语言文字是要配合文章情调的，使人发笑或肃然起敬。

在一篇小说中，有不少的人，不少的事。都要先想好：哪个人滑稽，哪个人严肃，哪件事可笑，哪件事可悲，而后依此决定，进行描写。还要看主导是什么，是喜剧，则少写悲的；是悲剧，则少写喜的。

一篇作品中若有好几个人，描写他们的方法要各有不同，不要都先介绍履历，而后模样，而后衣冠。有的人可以先介绍模样，有的人可以先介绍他正在作些什么，把他的性格烘托出来——此法在剧本中更适用，在短篇小说中也常见，因为舞台上的人物一出来已打扮停妥，用不着描写，那么叫他先作点什么，便能显露他的性格；短篇小说篇幅有限，不能详细介绍衣冠相貌，那么，就先叫他作点事情，顺手儿简单地描写他的形象，有那么几句就差不多了。

练习描写人物，似应先用写小说的办法，音容衣帽与精神面貌可以双管齐下，都写下来。这么练习了之后，要再学习戏剧中的人物描写方法，即用动作、语言，表现出人物的特点与性格来。这比写小说中人物要难的多了。我们不妨这么练习：先把人物的内心与外貌都详细地写出来，像写小说那样；而后，再写一段对话，要凭着这段对话表现出人物的精神面貌来，像写剧本那样。这么练习，对写小说与剧本都有益处。

这也是知其全貌的办法。我们先知道了这个人的一生，而后在描写时，才能由小见大，用一句话或一个动作，表现出他的性格来。一个老实人，在划火柴点烟而没点燃的时节，便会说："唉！真没用，连根烟也点不着！"一个性情暴躁的人呢，就不是这样，而也许高叫："他妈的！"这样，知其全貌，我们就能用三言五语写出个人物来。

写景的方法很多，可以从古今的诗句散文中学习，描写人物较难，故不多谈写景。

描写人物要注意他的四围，把时间地点等跟人物合在一处。要有人，还有画面。《水浒传》中的林冲去沽酒，既有人物，又有雪景，非常出色。武松打虎也有景阳冈作背景。《红楼梦》中的公子小姐们，连居住的地方，如潇湘馆等，都暗示出人物的性格。一切须为人物服务，使人物突出。

一篇小说中有好多人物，要分别主宾，有的细写，有的简写。虽然是简写，也要活生活现，这须用剧本中塑造人物的方法，三言五语就描画出个人物来。我们平时要经常仔细观察人，且不断地把他们记下来。

在描写时，不能不设喻。但设喻必须精到。不精到，不必设喻。要切忌泛泛的比喻。生活经验不丰富，知识不广博，不易写出精采的比喻来。

以上所说的，都不大具体，因为要具体地说，就很难不讲些修辞学中的道理。而同学们的修辞学知识比我还更丰富，故无须我再说。我所说的这一些，也并不都正确，请批评指正！

第三十一讲

文艺的工具——言语[1]

老 舍

言语是文艺的工具。一个文人须会运用言语，正如一个木匠须会运用斧锯。

言语，虽然人人口中会讲，可不见得照样写下来便能成为文章。能出口成章的人是不多见的。一般地说，在日常讲话的时候，我们往往并不把一句话说完全，而用手式与眼神等将它补足；往往用字遣词都并不恰当，只要听者能听明白大意，就无须再去用力的找合适的字眼儿，往往我们绕着圈子说了许多废话，才把事情说清楚，只要听者不讨厌我们的絮絮叨叨，我们便乐得信口开河；往往我们赞美一个人或一朵花，我们并没有费力去找出最恰当的最生动的，象诗一样的词句，而只顺口搭音的说几个："真好看！""真漂亮！"——这样的词句其实一点也没道出那个人或那朵花到底是怎样好看。

赶到我们一拿起笔来写文章，我们立刻发现了，我们的手式与眼神不再帮忙了，我们须把每一句话都写完全。句子不完整的，永远成不了好文章。一句便是一段里的一思想单位——它自己既须是个独立的整体，同时又与它的前面的和后面的句子有逻辑上的关联。我们的思想和感情必须用句子慢慢的一句一句的说出，如歌唱那样有板有眼似的。我们不能只说出半句，而把下半句咽在肚子里。人家是从纸上读我们的话，我们不能要求人家到咱们肚子里来找那"尽在不言中"的下半截儿。

① 原载1944年7月10日重庆《新华日报》，据2008年版《老舍全集》第17卷校订。

每句都要成句，每句必是个清楚的思想的单位。

说话的时候可以马马虎虎，不必字字恰当。作文章可就必求字字恰当，我们要想，想，想了再想，怎样设法找到恰当的字，好使读者感到“读你一段文，胜谈十日话”！文艺中的言语，是言语的精华。文艺的可贵，就是因为它不单报告了宝贵的人生经验，而且是用了言语的精华报告出来的——它的语言象一个一个发亮的铜钉似的，钉入人们心里。

废话在文艺里是绝对要不得的。在茶馆里摆龙门阵，废话也许是必需的；但是，没人愿意从文艺中去看废话。文艺的价值就是在乎能以最经济的言语道出真理来。我们要想，想了再想，想怎样能够把语言制成小的钥匙，只须一动，便打开人们的心锁。世界上好的诗和好的散文，不都是这样么？请不要说：“文字有什么关系呢，我所关心的是真理呀？”

哼，请问，你从哪里听到过有真理的废话与糊涂话？

在说话时，我们可以用“真好看”或“真漂亮”一类不确切的形容去敷衍；在作文章的时候若仍用此法，我们便是自认无能。一般的人，活了一世，并不一定会看会听，辨不出哪是美哪是丑。他们来在世上，只是作了几十年的“走马观花”。幸而有些人，会看，会听，会看出一朵花的美，听出一只啼鸟或一股流泉的音乐。不但会听会看，他们还有用言语把它们写出来的本事。他能使世人，因为他们的精辟独到的形容，睁开了眼，打开了耳。同样的，他们使世人知道了是非曲直。你看，文人的责任有多么重呀！是的，我们要认真去看，去听，去思想，好把世上那最善，最真，最美的，告诉给那些走马看花的人们。我们的形容与描写是对人对事对物的详尽观察与苦心描绘的结果，而并不是“天气很好”的顺口敷衍！

我们创造人物，故事，我们也创造言语！

第三十二讲

关于文学的语言问题[1]

老　舍

我想谈一谈文学语言的问题。

我觉得在我们的文学创作上相当普遍地存着一个缺点，就是语言不很好。

语言是文学创作的工具，我们应该掌握这个工具。我并不是技术主义者，主张只要语言写好，一切就都不成问题了。要是那么把语言孤立起来看，我们的作品岂不都变成八股文了么？过去的学究们写八股文就是只求文字好，而不大关心别的。我们不是那样。我是说：我们既然搞写作，就必须掌握语言技术。这并非偏重，而是应当的。一个画家而不会用颜色，一个木匠而不会用刨子，都是不可想像的。

我们看一部小说、一个剧本或一部电影片子，我们是把它的语言好坏，算在整个作品的评价中的。就整个作品来讲，它应该有好的，而不是有坏的语言。语言不好，就妨碍了读者接受这个作品。读者会说：罗哩罗嗦的，说些什么呀？这就减少了作品的感染力，作品就吃了亏！

在世界文学名著中，也有语言不大好的，但是不多。一般地来说，我们总是一提到作品，也就想到它的美丽的语言。我们几乎没法子赞美杜甫与莎士比亚而不引用他们的原文为证。所以，语言是我们作品好坏的一个部分，而且是一个重要部分。我们有责任把语言写好！

我们的最好的思想，最深厚的感情，只能被最美妙的语言表达出来。若是表

① 据2008年版《老舍全集》第16卷校订，略有删节。

达不出，谁能知道那思想与感情怎样的好呢？这是无可分离的、统一的东西。

要把语言写好，不只是“说什么”的问题，而也是“怎么说”的问题。创作是个人的工作，“怎么说”就表现了个人的风格与语言创造力。我这么说，说得与众不同，特别好，就表现了我的独特风格与语言创造力。艺术作品都是这样。十个画家给我画像，画出来的都是我，但又各有不同。每一个里都有画家自己的风格与创造。他们各个人从各个不同的风格与创造把我表现出来。写文章也如此，尽管是写同一题材，可也十个人写十个样。从语言上，我们可以看出来作家们的不同的性格，一看就知道是谁写的。莎士比亚是莎士比亚，但丁是但丁。文学作品不能用机器制造，每篇都一样，尺寸相同。翻开《红楼梦》看看，那绝对是《红楼梦》，绝对不能和《儒林外史》调换调换。不像我们，大家的写法都差不多，看来都像报纸上的通讯报导。甚至于写一篇讲演稿子，也不说自己的话，看不出是谁说的。看看爱伦堡的政论是有好处的。他谈论政治问题，还保持着他的独特风格，教人一看就看出那是一位文学家的手笔。他谈什么都有他独特的风格，不“人云亦云”，正像我们所说：“文如其人”。

不幸，有的人写了一辈子东西，而始终没有自己的风格。这就吃了亏。也许他写的事情很重要，但是因为语言不好，没有风格，大家不喜欢看；或者当时大家看他的东西，而不久便被忘掉，不能为文学事业积累财富。传之久远的作品，一方面是因为它有好的思想内容，一方面也因为它有好的风格和语言。

这么说，是不是我们都须标奇立异，放下现成的语言不用，而专找些奇怪的，以便显出自己的风格呢？不是的！我们的本领就在用现成的、普通的语言，写出风格来。不是标奇立异，写的使人不懂。“啊，这文章写的深，没人能懂！”并不是称赞！没人能懂有什么好处呢？那难道不是胡涂文章么？有人把“白日依山尽……更上一层楼”改成“……更上一层板”，因为楼必有楼板。大家都说“楼”，这位先生非说“板”不可，难道就算独特的风格么？

同是用普通的语言，怎么有人写的好，有人写的坏呢？这是因为有的人的普通言语不是泛泛地写出来的，而是用很深的思想、感情写出来的，是从心里掏出来的，所以就写的好。别人说不出，他说出来了，这就显出他的本领。为什么好文章不能改，只改几个字就不像样子了呢？就是因为它是那么有骨有肉，思想、感情、文字三者全分不开，结成了有机的整体；动哪里，哪里就会受伤。所以说，好文章不能增减一字。特别是诗，必须照原样念出来，不能略述大意，（若说：那首诗好极了，说的是木兰从军，原句子我可忘了！这便等于废话！）也不能把“楼”改成“板”。好的散文也是如此。

运用语言不单纯地是语言问题。你要描写一个好人，就须热爱他，钻到他心里去，和他同感受，同呼吸，然后你就能够替他说话了。这样写出的语言，才能是真实的，生动的。普通的话，在适当的时间、地点、情景中说出来，就能变成有文艺性的话了。不要只在语言上打圈子，而忘了与语言血肉相关的东西——生活。字典上有一切的字，但是，只抱着一本字典是写不出东西来的。

我劝大家写东西不要贪多。大家写东西往往喜贪长，没经过很好的思索，没有对人与事发生感情就去写，结果写得又臭又长，自己还觉得挺美——“我又写了八万字！”八万字又怎么样呢？假若都是废话，还远不如写八百个有用的字好。好多古诗，都是十几二十个字，而流传到现在，那不比八万字好么？世界上最好的文字，就是最亲切的文字。所谓亲切，就是普通的话，大家这么说，我也这么说，不是用了一大车大家不了解的词汇字汇。世界上最好的文字，也是最精练的文字，哪怕只几个字，别人可是说不出来。简单、经济、亲切的文字，才是有生命的文字。

下面我谈一些办法，是针对青年同志最爱犯的毛病说的。

第一，写东西，要一句是一句。这个问题看来是很幼稚的，怎么会一句不是一句呢？我们现在写文章，往往一直写下去，半篇还没一个句点。这样一直写下去，连作者自己也不知道写到哪里去了，结果一定是胡涂文章。要先想好了句子，看站得稳否，一句站住了再往下写第二句。必须一句是一句，结结实实的不摇摇摆摆。我自己写文章，总希望七八个字一句，或十个字一句，不要太长的句子。每写一句时，我都想好了，这一句到底说明什么，表现什么感情，我希望每一句话都站得住。当我写了一个较长的句子，我就想法子把它分成几段，断开了就好念了，别人愿意念下去；断开了也好听了，别人也容易懂。读者是很厉害的，你稍微写得难懂，他就不答应你。

同时，一句与一句之间的联系应该是逻辑的、有机的联系，就跟咱们周身的血脉一样，是一贯相通的。我们有些人写东西，不大注意这一点。一句一句不清楚，不知道说到哪里去了，句与句之间没有逻辑的联系，上下不相照应。读者的心里是这样的，你上一句用了这么一个字，他就希望你下一句说什么。例如你说“今天天阴了”，大家看了，就希望你顺着阴天往下说。你的下句要是说“大家都高兴极了”，这就联不上。阴天了还高兴什么呢？你要说“今天阴天了，我心里更难过了。”这就联上了。大家都喜欢晴天，阴天当然就容易不高兴。当然，农民需要雨的时候一定喜欢阴天。我们写文章要一句是一句，上下联贯，切不可错用一个字。每逢用一个字，你就要考虑到它会起什么作用，人家会往哪里想。写文章的难处，就在这里。

我的文章写的那样白，那样俗，好象毫不费力。实际上，那不定改了多少遍！有时候一千多字要写两三天。看有些青年同志们写的东西，往往吓我一跳。他下笔万言，一笔到底，很少句点，不知道到哪里才算完，看起来让人喘不过气来。

第二，写东西时，用字，造句必须先要求清楚明白。用字造句不清楚、不明白、不正确的例子是很多的。例如“那个长得像驴脸的人”，这个句子就不清楚、不明确。这是说那个人的整个身子长得像驴脸呢，还是怎么的？难道那个人没胳膊没腿，全身长得像一张驴脸吗，要是这样，怎么还像人呢？当然，本意是说：那个人的脸长得像驴脸。

所以我的意见是：要老老实实先把话写清楚了，然后再求生动。要少用修辞，非到不用不可的时候才用。在一篇文章里你用了一个“伟大的”，如“伟大的毛主席”，就对了；要是这个也伟大，那个也伟大，那就没有力量，不发生作用了。乱用比喻，那个人的耳朵像什么，眼睛像什么……就使文章单调无力。要知道：不用任何形容，只是清清楚楚写下来的文章，而且写的好，就是最大的本事，真正的工夫。如果你真正明白了你所要写的东西，你就可以不用那些无聊的修辞与形容，而能直截了当、开门见山地写出来。我们拿几句古诗来看看吧。像王维的“隔牖风惊竹”吧，就是说早上起来，听到窗子外面竹子响了。听到竹子响后，当然要打开门看看，嗐！这一看，下一句就惊人了,“开门雪满山”！这没有任何形容，就那么直接说出来了。没有形容雪，可使我们看到了雪的全景。若是写他打开门就“哟！伟大的雪呀！”“多白的雪呀！”便不会惊人。我们再看看韩愈写雪的诗吧。他是一个大文学家，但是他写雪就没有王维写的有气魄。他这么写：“随车翻缟带，逐马散银杯。”他是说车子在雪地里走，雪随着车轮的转动翻起两条白带子；马蹄踏到雪上，留了一个一个的银杯子。这是很用心写的，用心形容的。但是形容的好不好呢？不好！王维是一语把整个的自然景象都写出来，成为名句。而韩愈的这一联，只是琐碎的刻画，没有多少诗意。再如我们常念的诗句“山雨欲来风满楼”，这么说就够了，用不着什么形容。像“满城风雨近重阳”这一句诗，是抄着总根来的，没有枝节琐碎的形容，而把整个“重阳”季节的形色都写了出来。所以我以为：在你写东西的时候，要要求清楚，少用那些乱七八糟的修辞。你要是真看明白了一件事，你就能一针见血地把它写出来，写得简练有力！

我还有个意见：就是要少用“然而”、“所以”、“但是”，不要老用这些字转来转去。你要是一会儿“然而”，一会儿“但是”，一会儿“所以”，老那么绕弯子，不但减弱了文章的力量，读者还要问你：“你到底要怎么样？你能不能直截了当地说话！？”不是有这样一个故事吗？我们的大文学家王勃写了两句最得意的话：“落霞与孤鹜齐飞，秋水共长天一色。”传说，后来他在水里淹死了，死后还不忘这两句，天天在水上闹鬼，反复念着这两句。后来有一个人由此经过，听见了就说：“你这两句话还不算太好。要把‘与’字和‘共’字删去，改成‘落霞孤鹜齐飞，秋水长天一色’，不是更挺拔更好吗？”据说，从此就不闹鬼了。这把鬼说服了。所以文章里的虚字，只要能去的尽量把它去了，要不然死后想闹鬼也闹不成，总有人会指出你的毛病来的。

第三，我们应向人民学习。人民的语言是那样简练、干脆。我们写东西呢，仿佛总是要表现自己：我是知识分子呀，必得用点不常用的修辞，让人吓一跳啊。所以人家说我们写的是学生腔。我劝大家有空的时候找几首古诗念念，学习他们那种简练清楚，很有好处。你别看一首诗只有几句，甚至只有十几个字，说不定作者想了多少天才写成那么一首。我写文章总是改了又改，只要写出一句话不现成，不响亮，不像口头说的那样，我就换一句更明白、更俗的、务期接近人民口语中的话。所以在我的文章中，很少看到“愤怒的葡萄”、“原野”、“熊熊的火光”……这类的东西。而且我还不是仅就着字面改，像把“土”字换成“地”字，把“母亲”改成“娘”，而是要从整个的句子和句与句之间总的意思上来考虑，所以我写一句话要想半天。比方写一个长辈看到自己的一个晚辈有出息，当了干部回家来了，他拍着晚辈的肩说：“小伙子，‘搞’的不错呀！”这地方我就用“搞”，若不相信，你试用“做”，用“干”，准保没有用“搞”字恰当、亲切。假如是一个长辈夸奖他的子侄说：“这小伙子，做事认真。”在这里我就用“做”字，你总不能说，“这小伙子，‘搞’事认真。”要是看见一个小伙子在那里劳动的非常卖力气，我就写：“这小伙子，真认真干。”这就用上了“干”字。像这三个字：“搞”、“干”、“做”都是现成的，并不谁比谁更通俗，只看你把它搁在哪里最恰当、最合适就是了。

第四，我写文章，不仅要考虑每一个字的意义，还要考虑到每个字的声音。不仅写文章是这样，写报告也是这样。我总希望我的报告可以一字不改地拿来念，大家都能听得明白。虽然我的报告作的不好，但是念起来很好听，句子现成。比方我的报告当中，上句末一个字用了一个仄声字，如“他去了”，下句我就要用个平声字，如“你也去吗？”让句子念起来叮当地响。好文章让人家愿意念，也愿意听。

好文章不仅让人愿意念，还要让人念了，觉得口腔是舒服的。随便你拿李白或杜甫的诗来念，你都会觉得口腔是舒服的，因为在用哪一个字时，他们便抓住了那个字的声音之美。以杜甫的“烽火连三月，家书抵万金”来说吧，“连三”两字，舌头不用更换位置就念下去了，很舒服。在“家书抵万金”里，假如你把“抵”字换成“值”字，那就别扭了。字有平仄——也许将来没有了，但那是将来的事，我们是谈现在。像北京话，现在至少有四声，这就有关于我们的语言之美。为什么不该把平仄调配的好一些呢？当然，散文不是诗，但是要能写得让人听、念、看都舒服，不更好吗？有些同志不注意这些，以为既是白话文，一写就是好几万字，用不着细细推敲，他们吃亏也就在这里。

第五，我们写话剧、写电影的同志，要注意这个问题：我们写的语言，往往是干巴巴地交代问题。譬如：惟恐怕台下听不懂，上句是“你走吗？”下句一定是“我走啦！”既然是为交代问题，就可以不用真感情，不用最美的语言。所以我很怕听电影上的对话，不现成，不美。

我们写文章，应当连一个标点也不放松。文学家嘛，写文艺作品怎么能把标点搞错了呢？所以写东西不容易，不是马马虎虎就能写出来的。所以我们写东西第一要要求能念。我写完了，总是先自己念念看，然后再念给朋友听。文章要完全用口语，是不易做到的，但要努力接近口语化。

第六，中国的语言，是最简练的语言。你看我们的诗吧，就用四言、五言、七言，最长的是九言。当然我说的是老诗，新诗不同一些。但是哪怕是新诗，大概一百二十个字一行也不行。为什么中国古诗只发展到九个字一句呢？这就是我们文字的本质决定下来的。我们应该明白我们语言文字的本质。要真掌握了它，我们说话就不会绕弯子了。我们现在似乎爱说绕弯子的话，如“对他这种说法，我不同意！”为什么不说：“我不同意他的话”呢？为什么要白添那么些字？又如“他所说的，那是废话。”咱们一般地都说：“他说的是废话。”为什么不这样说呢？到底是哪一种说法有劲呢？

这种绕弯子说话，当然是受了“五四”以来欧化语法的影响。弄的好嘛，当然可以。像说理的文章，往往是要改换一下中国语法。至于一般的话语为什么不按我们自己的习惯说呢？

第七，说到这里，我就要讲到一个很重要的问题，就是深入浅出的问题。提到深入，我们总以为要用深奥的、不好懂的语言才能说出很深的道理。其实，文艺工作者的本事就是用浅显的话，说出很深的道理来。这就得想办法。必定把一个问题想得透彻了，然后才能用普通的、浅显的话说出很深的道理。我们开国时，毛主席说："中国人民站起来了。"中国经过了多少年艰苦的革命过程，现在人民才真正当家作主。这一句说出了真理，而且说得那么简单、明了、深入浅出。

第八，我们要说明一下，口语不是照抄的，而是从生活中提炼出来的。举一个例子，唐诗有这么两句："大漠孤烟直，长河落日圆。"这都没有一个生字。可是仔细一想，真了不起，它把大沙漠上的景致真实地概括地写出来了。沙漠上的空气干燥，气压高，所以烟一直往上升。住的人家少，所以是孤烟。大河上，落日显得特别大，特别圆。作者用极简单的现成的语言，把沙漠全景都表现出来了。没有看过大沙漠，没有观察力的人，是写不出来的。语言就是这样提炼的。有的人到工厂，每天拿个小本记工人的语言，这是很笨的办法。照抄别人的语言是笨事，我们不要拼凑语言，而是从生活中提炼语言。

语言须配合内容：我们要描写一个个性强的人，就用强烈的文字写，不是写什么都是那一套，没有一点变化，也就不能感动人。《红楼梦》中写到什么情景就用什么文字。文字是工具，要它干什么就干什么，不能老是那一套。《水浒》中武松大闹鸳鸯楼那一场，都用很强烈的短句，使人感到那种英雄气概与敏捷的动作。要像画家那样，用暗淡的颜色表现阴暗的气氛，用鲜明的色彩表现明朗的景色。

其次，谈谈对话。对话很重要，是文学创作中最有艺术性的部分。对话不只是交代情节用的，而要看是什么人说的，为什么说的，在什么环境中说的，怎么说的。这样，对话才能表现人物的性格、思想、感情。想对话时要全面的、"立体"的去想，看见一个人在那儿斗争，就想这人该怎么说话。有时只说一个字就够了，有时要说一大段话。你要深入人物心中去，找到生活中必定如此说的那些话。沉默也有效果，有时比说话更有力量。譬如一个人在办公室接到电话，知道自己的小孩死了，当时是说不出话来的。又譬如一个人老远地回家，看到父亲死了，他只能喊出一声“爹”，就哭起来。他决不会说：“伟大的爸爸，你怎么今天死了！”没有人会这样说，通常是喊一声就哭，说多了就不对。无论写什么，没有彻底了解，就写不出。不同那人共同生活，共同哭笑，共同呼吸，就描写不好那个人。

我们常常谈到民族风格。我认为民族风格主要表现在语言上。除了语言，还有什么别的地方可以表现它呢？你说短文章是我们的民族风格吗？外国也有。你说长文章是我们的民族风格吗？外国也有。主要是表现在语言上，外国人不说中国话。用我们自己的语言表现的东西有民族风格，一本中国书译成外文就变了样，只能把内容翻译出来，语言的神情很难全盘译出。民族风格主要表现在语言文字上，希望大家多用工夫学习语言文字。

……

第三十三讲

人、物、语言①

老　舍

在文学修养中，语言学习是很重要的。没有运用语言的本事，即无从表达思想、感情；即使敷衍成篇，也不会有多少说服力。

语言的学习是从事写作的基本功夫。

① 据2008年版《老舍全集》第17卷校订。

学习语言须连人带话一齐来、连东西带话一齐来。这怎么讲呢？这是说，孤立地去记下来一些名词与话语，语言便是死的，没有多大的用处。鹦鹉学舌就是那样，只会死记，不会灵活运用。孤立地记住些什么“这不结啦”、“说干脆的”、“包了圆儿”……并不就能生动地描绘出一个北京人来。

我们记住语言，还须注意它的思想感情，注意说话人的性格、阶级、文化程度，和说话时的神情与音调等等。这就是说，必须注意一个人为什么说那句话，和他怎么说那句话的。通过一些话，我们可以看出他的生活与性格来。这就叫连人带话一齐来。这样，我们在写作时，才会由人物的生活与性格出发，什么人说什么话，张三与李四的话是不大一样的。即使他俩说同一事件，用同样的字句，也各有各的说法。

语言是与人物的生活、性格等等分不开的。光记住一些话，而不注意说话的人，便摸不到根儿。我们必须摸到那个根儿——为什么这个人说这样的话，那个人说那样的话，这个人这么说，那个人那么说。必须随时留心，仔细观察，并加以揣摩。先由话知人，而后才能用话表现人，使语言性格化。

不仅对人物如此，就是对不会说话的草木泉石等等，我们也要抓住它们的特点特质，精辟地描写出来。它们不会说话，我们用自己的语言替它们说话。杜甫写过这么一句：“塞水不成河”。这确是塞外的水，不是江南的水。塞外荒沙野水，往往流不成河。这是经过诗人仔细观察，提出特点，成为诗句的。

塞水没有自己的语言。“塞水不成河”这几个字是诗人自己的语言。这几个字都很普通，不过，经过诗人这么一运用，便成为一景，非常鲜明。可见只要仔细观察，抓到不说话的东西的特点特质，就可以替它们说话。没有见过塞水的，写不出这句诗来。我们对一草一木，一泉一石，都须下功夫观察。找到了它们的特点特质，我们就可以用普通的话写出诗来。光记住一些“柳暗花明”、“桃红柳绿”等泛泛的话，是没有多大用处的。泛泛的词藻总是人云亦云，见不出创造本领来。用我们自己的话道出东西的特质，便出语惊人，富有诗意。这就是连东西带话一齐来的意思。

杜甫还有这么一句："月是故乡明"。这并不是月的特质。月不会特意照顾诗人的故乡，分外明亮一些。这是诗人见景生情，因怀念故乡，而把这个特点加给了月亮。我们并不因此而反对这句诗。不，我们反倒觉得它颇有些感染力。这是另一种连人带话一齐来。"塞水不成河"是客观的观察，"月是故乡明"是主观的情感。诗人不直接说出思乡之苦，而说故乡的月色更明，更亲切，更可爱。我们若不去揣摩诗人的感情，而专看字面儿，这句诗便有些不通了。

是的，我们学习语言，不要忘了观察人，观察事物。有时候，见景生情，还可以把自己的感情加到东西上去。我们了解了人，才能了解他的话，从而学会以性格化的话去表现人。我们了解了事物，找出特点与本质，便可以一针见血地状物绘景，生动精到。人与话，物与话，须一齐学习，一齐创造。

第三十四讲

我怎样学习语言①

老　舍

二十多年前，我开始学习用白话写文章的时候，我犯了两个错儿：

一、以前用惯了文言，乍一用白话，我就像小孩子刚得到一件新玩艺儿那样，拼命的玩耍。那时候，我以为只要把白话中的俏皮话儿凑在一处，就可以成为好文章，并不考虑：那些俏皮话儿到底有什么作用，也不管它们是否被放在最合适的地方。

我想，在刚刚学习写作的人们里，可能有不少人也会犯我所犯过的毛病。

① 原载1951年8月16日《解放军文艺》第1卷第3期，据2008年版《老舍全集》第17卷校订。

在这儿谈一谈，也许是有好处的。

经过一个相当长的期间，我才慢慢明白过来，原来语言的运用是要看事行事的。我们用什么话语，是决定于我们写什么的。比方说：我们今天要写一篇什么报告，我们就须用简单的，明确的，清楚的语言，不慌不忙，有条有理的去写。光说俏皮话，不会写成一篇好报告。反之，我们要写一篇小说，我们就该当用更活泼，更带情感的语言了。

假若我们是写小说或剧本中的对话，我们的语言便决定于描写的那一个人。我们的人物们有不同的性格，职业，文化水平等等，那么，他们的话语必定不能像由作家包办的，都用一个口气，一个调调儿说出来。作家必须先胸有成竹的知道了人物的一切，而后设身处地的写出人物的话语来。一个作家实在就是个全能的演员，能用一支笔写出王二、张三与李四的语言，而且都写得恰如其人。对话就是人物的性格等等的自我介绍。

在小说中，除了对话，还有描写，叙述等等。这些，也要用适当的语言去配备，而不应信口开河的说下去。一篇作品须有个情调。情调是悲哀的，或是激壮的，我们的语言就须恰好足以配备这悲哀或激壮。比如说，我们若要传达悲情，我们就须选择些色彩不太强烈的字，声音不太响亮的字，造成稍长的句子，使大家读了，因语调的缓慢，文字的暗淡而感到悲哀。反之，我们若要传达慷慨激昂的情感，我们就须用明快强烈的语言。语言像一大堆砖瓦，必须由我们把它们细心地排列组织起来，才能成为一堵墙，或一间屋子。语言不可随便抓来就用上，而是经过我们的组织，使它能与思想感情发生骨肉相连的关系。

二、现在说我曾犯过的第二个错处。这个错儿恰好和第一个相反。第一个错儿，如上文所交代的，是撒开巴掌利用白话，而不知如何组织与如何控制。第二个错儿是赶到弄不转白话的时候，我就求救于文言。在二十多年前，我不单这样做了，而且给自己找出个道理来。我说：这样做，为是提高白话。好几年后，我才放弃了这个主张，因为我慢慢地明白过来：我的责任是用白话写出文艺作品，假若文言与白话搀夹在一道，忽而文，忽而白，便是我没有尽到责任。是的，有时候在白话中去找和文言中相同的字或词，是相当困难的；可是，这困难，只要不怕麻烦，并不是不能克服的。为白话服务，我们不应当怕麻烦。有了这个认识，我才尽力的避免借用文言，而积极的去运用白话。有时候，我找不到恰好相等于文言的白话，我就换一个说法，设法把事情说明白了。这样还不行，我才不得已的用一句文言——可是，在最近几年中，这个办法，在我的文字里，是越来越少了。这就是不单我的剧本和小说可以朗读，连我的报告性质的文字也都可以念出来就能被听懂的原因。

在最近的几年中，我也留神少用专名词。专名词是应该用的，可是，假若我能不用它，而还能够把事情说明白了，我就决定不用它。我是这么想：有些个专名词的含义是还不容易被广大群众完全了解的；那么，我若用了它们，而使大家只听见看见它们的声音与形象，并不明白到底它们是什么意思，岂不就耽误了事？那就不如避免它们，而另用几句普通话，人人能懂的话，说明白了事体。而且，想要这样说明事体，就必须用浅显的，生动的话，说起来自然亲切有味，使人爱听；这就增加了文艺的说服力量。有一次，我到一个中学里作报告。报告完了，学校一位先生对学生们说：“他所讲的，我已经都给你们讲过了。可是，他比我讲得更透彻，更亲切，因为我给你们讲过一套文艺的术语与名词，而他却只说大白话——把术语与名词里的含蕴都很清楚地解释了的大白话！他给你们解决了许多问题，我呢，惭愧，却没能做到这样！”是的，在最近几年中，我无论是写什么，我总希望能够充分的信赖大白话；即使是去说明较比高深一点的道理，我也不接二连三的用术语与名词。名词是死的，话是活的；用活的语言说明了道理，是比死名词的堆砌更多一些文艺性的。况且，要用普通话语代替了专名词，同时还能说出专名词的含义，就必须费许多心思，去想如何把普通话调动得和专名词一样的有用，而且比专名词更活泼，亲切。这么一来，可就把运用白话的本事提高了一步，慢慢的就会明白了什么叫作“深入浅出”——用顶通俗的话语去说很深的道理。

现在，我说一说，我怎样发现了自己的错儿，和怎样慢慢的去矫正它们。还是让我分条来说吧：

一、从读文艺名著，我明白了一些运用语言的原则。头一个是：凡是有名的小说或剧本，其中的语言都是源源本本的，像清鲜的流水似的，一句连着一句，一节跟着一节，没有随便乱扯的地方。这就告诉了我：文艺作品的结构穿插是有机的，像一个美好的生物似的；思想借着语言的表达力量就像血脉似的，贯串到这活东西的全体。因此，当一个作家运用语言的时候，必定非常用心，不使这里多一块，那里缺一块，而是好象用语言画出一幅匀整调谐，处处长短相宜，远近合适的美丽的画儿。这教我学会了：语言须服从作品的结构穿插，而不能乌烟瘴气地乱写。这也使我知道了删改自己的文字是多么要紧的事。我们写作，最容易犯的毛病是写得太多。谁也不能既写得多，而又句句妥当。所以，写完了一篇必须删改。不要溺爱自己的文字！说得多而冗一定不如说得少而精。一个写家的本领就在于能把思想感情和语言结合起来，而后很精炼地说出来。我们须狠心地删，不厌烦地改！改了再改，毫不留情！对自己宽大便是对读者不负责。字要改，句要改，连标点都要改。

阅读文艺名著，也教我明白了：世界上最好的著作差不多也就是文字清浅简练的著作。初学写作的人，往往以为用上许多形容词，新名词，典故，才能成为好文章。其实，真正的好文章是不随便用，甚至于干脆不用形容词和典故的。用些陈腐的形容词和典故是最易流于庸俗的。我们要自己去深思，不要借用偷用滥用一个词汇。真正美丽的人是不多施脂粉，不乱穿衣服的。明白了这个道理以后，我不单不轻易用个形容词，就是“然而”与“所以”什么的也能少用就少用，为是教文字结实有力。

二、为练习运用语言，我不断地学习各种文艺形式的写法。我写小说，也写剧本与快板。我不能把它们都写得很好，但是每一形式都给了我练习怎样运用语言的机会。一种形式有一种形式的语言，像话剧是以对话为主，快板是顺口溜的韵文等等。经过阅读别人的作品，和自己的练习，剧本就教给了我怎样写对话，快板教给我怎样运用口语，写成合辙押韵的通俗的诗。这样知道了不同的技巧，就增加了运用语言的知识与功力。我们写散文，最不容易把句子写得紧凑，总嫌拖泥带水。这，最好是去练习练习通俗韵文，因为通俗韵文的句子有一定的长短，句中有一定的音节，非花费许多时间不能写成个样子。这些时间，可是，并不白费；它会使我们明白如何翻过来掉过去的排列文字，调换文字。有了这番经验，再去写散文，我们就知道了怎么选字炼句，和一句话怎么能有许多的说法。还有：通俗韵文既要通俗，又是韵文，有时候句子里就不能硬放上专名词，以免破坏了通俗；也不能随便用很长的名词，以免破坏了韵文的音节。因此，我们就须躲开专名词与长的名词——像美国帝国主义等——而设法把它们的意思说出来。这是很有益处的。这教给我们怎样不倚赖专名词，而还能把话说明白了。作宣传的文字，似乎须有这点本领；否则满口名词，话既不活，效力就小。思想抓得紧，而话要说得活泼亲切，才是好的宣传文字。

三、这一项虽列在最后，但却是最要紧的。我们须从生活中学习语言。很显然的，假若我要描写农人，我们就须下乡。这并不是说，到了乡村，我只去记几句农民们爱说的话。那是没有多少用处的。我的首要的任务，是去看农人的生活。没有生活，就没有语言。

有人这样问过我："我住在北京，你也住在北京，你能巧妙的运用了北京话，我怎么不行呢？"我的回答是：我能描写大杂院，因为我住过大杂院。我能描写洋车夫，因为我有许多朋友是以拉车为生的。我知道他们怎么活着，所以我会写出他们的语言。北京的一位车夫，也跟别的北京人一样，说着普通的北京话，像"您喝茶啦？""您上哪儿去？"等等。若专从语言上找他的特点，我们便会失望，因为他的"行话"并不很多。假若我们只仗着"泡蘑菇"什么的几个词汇，去支持描写一位车夫，便嫌太单薄了。

明白了车夫的生活，才能发现车夫的品质，思想，与感情。这可就找到了语言的泉源。话是表现感情与传达思想的，所以大学教授的话与洋车夫的话不一样。从生活中找语言，语言就有了根；从字面上找语言，语言便成了点缀，不能一针见血地说到根儿上。话跟生活是分不开的，因此，学习语言也和体验生活是分不开的。

一个文艺作品里面的语言的好坏，不都在乎它是否用了一大堆词汇，和是否用了某一阶级，某一行业的话语，而在乎它的词汇与话语用得是地方不是。这就是说，比如一本描写工人的小说，其中工厂的术语和工人惯说的话都应有尽有，是不是这算一本好小说呢？未必！小说并不是工厂词典与工人语法大全。语言的成功，在一本文艺作品里，是要看在什么情节，时机之下，用了什么词汇与什么言语，而且都用得正确合适。怎能把它们都用得正确合适呢？还是那句话：得明白生活。一位工人发怒的时候，就唱起“怒发冲冠”来，自然不对路了；可是，教他气冲冲的说一大串工厂术语，也不对。我们必须了解这位发怒的工人的生活，我们才会形容他怎样生气，才会写出工人的气话。生活是最伟大的一部活语汇。

上述的一点经验，总起来就是：多念有名的文艺作品，多练习多种形式的文艺的写作，和多体验生活。这三项功夫，都对语言的运用大有帮助。

第三十五讲

谈用字[①]

老　舍

说话要说明白。作文是把话写在纸上，更须把话说明白。一句话是由一些

① 原载1951年10月20日《语文学习》创刊号，据2008年版《老舍全集》第17卷校订。

字和词造成的，所以一字一词都要用得正确；要不然，那一句话就不会明白。这样，我们写一句话，不要随便想起哪个字就用哪个字，必须细细去想，哪个字最合适。作文是费脑筋的事。

比如说，“上学”和“入学”本来是差不多的，可是它们不完全一样，我们就不好随便的用。“小三儿上学去”是说今天早晨小三儿到学校去；“小三儿入了学”是说他考取了学校，现在已经入了学。这样，一个“上”字和一个“入”字就不能乱用；一乱用，话就不明白正确了。

有许多字和词是我们不十分了解的，我们必须小心的去用它们。在用它们以前，我们最好打听明白了，它们到底是什么意思，不能马马虎虎。字面差不多的字眼，须特别留神：“联盟”不是“联合”，虽然都有一个“联”字在内，“联络”也跟“联系”不完全相同。我们不能看见别人用了某个字，我们就也去用，除非我们完全明白了那个字的意思。把字用对了，话才能明白。

有时候，字用对了，可是不现成，这也不好。比如说，“行”跟“走”本是一个意思，我们可不能说：“我行到东安市场”，在这里“走”字现成，“行”字不像话。赶到我们说“行军”的时候，又必说“行”，而不说“走”，因为“行军”现成，“走军”不现成。现成不现成，就是通大路不通大路；大家都那么说，就现成；只有我们自己那么说，就不现成。我们不能独创语言，语言本是大家伙的。

同样的现成字不止一个，我们还须留心选择哪个最恰当。拿“作”“干”“搞”三个字来说，它们都是一个意思，而且都很现成，不是僻字。可是，我们要先选择一番，再决定用哪个，不可摸摸脑袋算一个。在“他作事很好”这一句里，“作”最恰当；我们不能说：“他干事很好”，或“搞事很好”。在“你要好好地干！”里，“干”就比“作”与“搞”都更有力量。“他把事搞垮了”，“搞”又比“作”与“干”都更恰当。现成的字若用错了地方，就失去现成的好处，反倒别扭了。

照上面所说的，我们知道了用字的困难。克服这困难的办法是要字字想好，一点也不随便。想好了以后，还须再想有没有比这个字更好，更恰当的。这是必须有的训练，我们千万不要怕麻烦。现在我们若不肯下这番苦工夫，以后我们就会吃很大的亏。现在我们费点心思，养成谨慎用字选字的好习惯，以后就享受不尽了。

第三十六讲

谈文字简练[①]

老　舍

简练的文字不容易写。

首先，要有思想上的准备：认清楚为什么要写和为谁写。我们今天执笔为文，是为配合社会主义建设与大跃进，是为广大人民写的。因此，我们必须抓住要点，不蔓不枝，不浪费自己的笔墨，也不多耽误读者的宝贵时间。若不认识此理，我们就容易以为写文章完全是自己的事情，对别人概不负责，于是信笔所之，浩浩荡荡，没结没完。这样的文章必是事无大小，一视同仁，不加选择，不分轻重；也许还只顾了琐屑，而忘掉重点，使读者看完，得不到好处，也许只读三五行便读不下去了。这叫作不解决问题的文章，之乎者也一应俱全，可是没有人爱看。我们不应当写这样的文章。

我们现在写文章就是把我们的心交出来，交给人民。所以，第二件要事便是：我们的生活必须和人民的生活打成一片，别老爬在书桌上推敲文字，那推敲不出什么来。文字是说明生活的，没有生活，凭空推来敲去，文字总是

① 原载1958年《语文学习》5月号，据2008年版《老舍全集》第17卷校订。

死的。有人民的感情，才能写出人民爱看的文字，这叫心心相印。专凭咬言咂字，要弄笔调，写来写去还是空空如也。

有了思想上的准备和生活的锻炼，我们第三件要事便是怎么运用语言文字了。

文字简练不等于苟简。所谓简练，是能够一个字当两个字用，一句话当两句话用的。说的少，而概括的多。这很不容易。为做到这样言简意赅，必须心中有数，的确知道自己要说什么。先要多思索。决定了要说什么，还要再思索：先说什么，后说什么。思想明确，思路顺当，就能够说的少，而包含的意思多。反之，想还没想清楚，层次混乱，就只能越说越多，也越胡涂。这样的胡涂文章，虽然字数很多，仍是苟简的，因为光凭手写，而没动脑筋。不动脑筋，即不严肃，必然闲言碎语满篇，没有真话。

真话不仗着无聊的修辞来粉饰。恰相反，下笔之时不先想好要说什么，而只劳心焦思地去搬运修辞，预备东抹西涂，就一定写不出好文章来。生动鲜明的形容比没有形容好，不恰当的形容倒不如干脆不形容。泛泛的人云亦云的形容，只是使读者生厌，不如老老实实地直陈事实。朴实的文字能够独具风格，力求花哨而辞浮意晦是一种文病。真话是说到根儿上的话，从心窝子掏出来的话，它一定不需要无聊的修辞。

每一句要结结实实地立得住，每一个字要多多斟酌。字字妥当，句句结实，就会做到一个字当两个字用，一句话当两句话用。妥当的字，结实的句子，管的事儿多。古代凯萨①征服了某地，向罗马报捷："我来了，看见了，征服了！"这很简单。可是，这也充分地表现了古代的一个能征惯战的大将的得意与威风凛凛。这简单的句子可以当好几句话用，而比好几句话更有劲。假若他这么说："看看我，我是何等伟大，英勇，所向无敌啊！我来到此地，看

① 盖乌斯·尤利乌斯·恺撒（公元前100年—公元前44年），史称恺撒大帝。罗马共和国（今地中海沿岸等地区）末期杰出的军事统帅、政治家，以其优越的才能成为了罗马帝国的奠基者。

清楚一切，就列开阵式，把敌人打得落花流水，征服了敌人！你们欢呼吧，向伟大的凯萨欢呼吧！”恐怕就不大像凯萨的口气了。这吹嘘得太厉害，好像已经沉不住气，反损失了大将的威风。

妥当的字，结实的句子是由事理人情中得来的，光倚赖字典与词源不能解决问题。这就使我们更明白：文字的运用是与生活分不开的。生活中使用语言，创造语言。我们须从生活中学习语言，提炼语言。先求用字造句妥当明确，合乎逻辑，而后再进一步加工，达到生动鲜明。不合逻辑，即根本不能成立，怎能生动鲜明呢？今天有些学习写作的人，往往先求漂亮，拿起笔来不考虑如何说真话，而去找些好听的词汇，不管适用不适用，都勉强用上，以为这样就有文艺性了。这是个错误。他们以为作文章须装腔作势。事实上，好文章绝不虚伪，而是有什么说什么，说得有理，说得明确。明确有理的文章，有法子加工，使之生动鲜明。乌烟瘴气的文字很难加工，因为它本不知所云，定难下手修正。

第三十七讲

谈简练——答友书①

老　舍

多谢来信！

您问文字如何写得简洁有力，这是个相当重要的问题。远古至今，中国文学一向以精约见胜。“韩潮苏海”②是指文章气势而言，二家文字并不泛滥成

① 据2008年版《老舍全集》第16卷校订。

② 指唐朝韩愈和宋朝苏轼的文章气势磅礴，如海如潮。

灾。从汉语本质上看，它也是言短而意长的，每每凌空遣字，求弦外之音。这个特质在汉语诗歌中更为明显。五言与七言诗中的一联，虽只用了十个字或十四个字，却能绘成一段最美丽的图景或道出极其深刻而复杂的感情，既简洁又有力。

从心理上说，一个知识丰富，经验丰富的人，口讲问题或发为文章，总愿意一语道破，说到事物的根儿上，解决问题。反之，一个对事物仅略知一二的人，就很容易屡屡“然而”，时时“所以”，敷衍成篇，以多为胜。是的，心中没有底者往往喜欢多说。胸有成竹者必对竹有全面的认识，故能落墨不多，而雨态风姿，各得其妙。

知道的多才会有所取舍，找到重点。只知道那么一点，便难割爱，只好全盘托出，而且也许故意虚张声势，添上些不必要的闲言废语，以便在字数上显出下笔万言。

这么看来，文字简练与否不完全是文字技巧的问题，言之有物极为重要。毛主席告诉我们：多、快、好、省地建设社会主义。看，“多快好省”有多么现成，多么简单，又多么有力！的确有力：照这四字而行，六亿多人民便能及早地脱离贫困，幸福日增。背这四字而行，那就拖拖拉拉，难以跃进。这四个字是每个人都能懂的，也就成为六亿多人民建设社会主义的共同语言。可是，这四个字不会是毛主席随便想起来的。随便想起来的字恐怕不会有顶天立地的力量。这四个字是毛主席洞察全局，剖析万象的结果。它们不仅是四个字，而是六亿多人民社会主义建设的四条架海金梁。

对了，文字本身没有什么头等二等的分别，全看我们如何调遣它们。我们心里要先有值得说的东西，而后下功夫找到适当的文字，文字便有了力量。反之，只在文字上探宝寻金，而心中空空洞洞，那就容易写出“夫天地者宇宙之乾坤”一类的妙句来，虽然字皆涉及星际，声音也颇响亮，可是什么也没说出，地道废话。

您可以完全放心，我并没有轻看学习文字的意思。我的职业与文字运用是分不得家的呀。我还愿意告诉您点实话，您的诗文似乎只是词汇的堆砌，既乏生活经验，又无深刻的思想。请您不要难堪，我也是那样。在解放前，我总以为文学作品不过是要要字眼的玩艺儿，不必管内容如何，或有无内容。假若必须找出原谅自己的理由，我当然也会说：国民党统治时期，一不兴工，二不奖农，建设全无，国家空虚，所以我的文章也只好空空如也，反映空虚时代。后来，我读到了毛主席《在延安文艺座谈会上的讲话》，同时也看到了革命现实与新的文学作品。我看出来，文风变了。作品差不多都是言之有物，力避空洞的。这是极好的转变。这些结实的作品是与革命现实密切地结合在一起，的确写出了时代的精神面貌。我的以要字眼为创作能事的看法，没法子再站得住了。

可是，那些作品在文字上不一定都纯美无疵。这的确是个缺点。不过，无论怎么说，我们也不该只从文字上挑毛病，而否定了新作品的价值。言之无文，行之不远，是的。可是言之无物，尽管笔墨漂亮，也不过是虚有其表，绣花枕头。两相比较，我倒宁愿写出文笔稍差，而内容结结实实的作品。可惜，我写不出这样的作品！生活经验不是一天就能积累够了的，对革命的认识也不能一觉醒来，豁然贯通。于是，我就力求速成，想找个偏方儿来救急。

这个偏方儿跟您得到的一个样。我们都热爱新社会，时刻想用我们的笔墨去歌颂。可是我们又没有足够的实际体验帮助我们，于是就搜集了一堆流行的词汇，用以表达我们的热情。结果呢，您放了许多热气，我也放了许多热气，可都没能成为气候。这个偏方不灵，因为它的主药还是文字，以我来说，不过是把诗云子曰改上些新字眼而已。

您比我年轻的多。我该多从生活中去学习，您更须如是。假若咱们俩只死死地抓住文字，而不顾其他，咱们就永远戴不上革命文学的桂冠。您看，十年来我不算不辛苦，天天要动动笔。我的文字可能在某些地方比您的稍好，可是我没写出一部杰出的作品来。这难道不值得咱们去深思么？

您也许问：是不是我们的文学作品应该永远是内容丰富而缺乏文字技巧之

美的呢？一定不是！我们的文学是日益发展的，不会停滞不前。我们不要华而不实的作品，也不满足于缺乏词藻的作品。文情并茂，内明外润的作品才足以与我们的时代相映生辉。我们需要杰作，而杰作既不专靠文字支持，也不允许文字拙劣。

谈到这里，我们就可以讲讲文字问题而不至于出毛病了，因为前面已交代清楚：片面地强调文字的重要是有把文学作品变成八股文的危险的。

欲求文字简洁有力必须言之有物，前边已经说过，不再重复。可是，有的人知道的事情很多，而不会说得干净利落，甚至于说不出什么道理来。这是怎么一回事呢？我想，这恐怕是因为他只纪录事实，而没去考虑问题。一个作家应当同时也是思想家。他博闻广见，而且能够提出问题来。即使他不能解决问题，他也会养成思想集中，深思默虑的习惯，从而提出具体的意见来。这可以叫作思想上的言之有物。思想不精辟，无从写出简洁有力的文字。

在这里，您很容易难倒我，假若您问我是个思想家不是。我不是！正因为我不是思想家，所以我说不出格言式的名言至论来。不错，有时候我能够写出相当简洁的文字，可是其中并没有哲理的宝气珠光。请您相信我吧，就是我那缺乏哲理而相当简洁的字句也还是费过一番思索才写出来的。

在思想之外，文学的语言还需要感情。没有感情，语言无从有力。您也许会说：这好办！谁没有感情呢？

事情恰好不那么简单，您看，“鞠躬尽瘁、死而后已”是一种感情；“与世浮沉，吊儿郎当”也是一种感情。前者崇高，照耀千古；后者无聊，轻视一切。我们应有哪种感情呢？我没有研究过心理学，说不清思想和感情从何处分界。照我的粗浅的想法来说，恐忙这二者并不对立，而是紧密相依的。我们对社会主义有了一些认识，所以才会爱它，认识的越多，也就越发爱它。这样看来，我们的感情也似乎应当培养，使它越来越崇高。您应当从精神上，工作上，时时刻刻表现出您是个社会主义建设者。这样，您想的是社会主义，做的是社会主义建设工作，身心一致，不尚空谈，您的革命感情就会愈加深厚，您的文字也就有了真的感情，不再仗着一些好听的字眼儿支持您的创作。生活、思想、感情是文字的养料，没有这些养料，不管在文字上用多少工夫，文字也还要害贫血病。

当然，在文字上我们也要下一番苦工夫。我没有什么窍门与秘方赠献给您，叫您马上做到文字简洁有力，一字千金。我只能提些意见，供您参考。

您的文字，恕我直言，看起来很费力。某些含有深刻思想的文字，的确须用心阅读，甚至读几遍才能明白。您的文字并不属于这一种。您贪用形容字，以至形容得太多了，使人很难得到个完整鲜明的形象。这使人着急。我建议：能够直接说出来的地方，不必去形容；到了非形容不可的地方，要努力找到生动有力的形容字。这样，就有彩有素，简洁有力了。形容得多而不恰当，易令人生厌。形容字一多，句子就会冗长，读起来费力。您试试看，设法把句子中的“的”字多去掉几个，也许有些好处。

文字需要修改。简洁的字句往往不是摇笔即来的。我自已有这么一点经验：已经写了几十句长的一段，我放下笔去想想。嗯，原来这几十句是可以用两三句话就说明白的。于是，我抹去这一大段，而代以刚想好的两三句。这两三句必定比较简洁有力，因为原来那一段是我随想随写下来的，我的思想好象没渗入文字里去；及至重新想过了，我就把几十句的意思凝炼成两三句话，不但字句缩减很多，而且意思也更明确了。不多思索，文字不易简洁。详加思索，我们才知道准要说什么，而且能够说得简洁有力。别嫌麻烦，要多修改——不，要重新写过，写好几遍！有了这个习惯，日久天长，您就会一动笔便对准箭靶子的红圈，不再乱射。您也会逐渐认识文字贵精不贵多的道理了。

欲求文字简洁，须找到最合适的字与词，这是当然的。不过在这之外，您还须注意字与字的关系，句与句的关系。名棋手每出一子必考虑全局，我们运用文字也要如此。这才能用字虽少，而管事甚多。文字互相呼应极为重要。因为“烽火‘连’三月”，所以才“家书‘抵’万金”。这个“连”字说明了紧张的程度，因而“抵”字也就有了根据。“连”与“抵”相互呼应，就不言而喻，人们是多么切盼家信，而家信又是如何不易来到。这就叫简洁有力，字少而管的事很多。作诗用此法，写散文也可以用此法。散文若能写得字与字、句与句前后呼应，就可以言简意赅，也就有了诗意。

信已够长了，请您先在这三项事上留点心吧：不滥用修辞，不随便形容；多想少说，由繁而简；遣字如布棋，互为呼应。改日再谈，今天就不再说别的了。

祝您健康！

第三十八讲

土话与普通话①

老　舍

从前写作，我爱用北京土话。我总以为土话有劲儿。近二三年来，我改了主张，少用土话，多用普通话。

是不是减少了土话，言语就不那么有劲儿了呢？不是的。语言的有力无力，决定于思想是否精辟，感情是否深厚，字句的安排是否得当，而并不专靠一些土话给打气撑腰。

北京的土话可能到天津就不大吃得开，更不用说到更远的地方了。这样，贪用土话本为增加表现力，反而适得其反，别处的人看不懂，还有什么表现力可言呢？

由历史上看，土话的生命力并不怎么强。您看，元曲中的，和更晚的《红

① 原载1959年《中国语文》9月号，据2008年版《老舍全集》第18卷校订。

楼梦》中的一些土话已多死去，给我们增加了困难，非作一番考证功夫不能穷其究竟。就是我幼年时代的北京土话，到而今也有很多打入了冷宫的。交通越方便，教育越普及，土话的势力似乎就越小。土话势力越小，普通话的势力就越大，这是好事，也是非常自然的。

一个生在某地的作家或演员，极其自然地愿意用本地话或一部分本地话去写作或表演，因为容易写的顺手，演的顺口。用普通话去写作或表演须费更多的事，费了事还不见得写得或说得够味儿。可是，这也就是作家与演员更该努力苦学的地方。我知道，割舍摇笔即来的方言而代之以普通话是不无困难的。可是，我也体会到躲避着局限性很大的方言而代之以多数人能懂的普通话，的确是一种崇高的努力，这种努力不仅在于以牛易羊，换换词汇，而也是要求语言负起更重大的责任。负起语言精纯、语言逐渐统一、语言为越来越多的人服务的责任。

第三十九讲

古为今用①

老　舍

我们都愿意学习点古典文学，以便继承民族传统，推陈出新。在学习中，恐怕我们都可能有这样的经验：一接触了古典著作，我们首先就被著作中的文字之美吸引住，颇愿学上一学。那么，这篇短文就专谈谈从古典著作中学习文字的问题，不多说别的。

① 原载1959年9月《文艺报》第18期，据2008年版《老舍全集》第18卷校订。

文字平庸是个毛病。为医治这个毛病，读些古典文学著作是大有好处的。可是，也有的人正因为读了些古典作品，而文字反倒更平庸了。这是怎么一回事呢？大概是这样：阅读了一些古典诗文，不由地就想借用一些词汇，给自己的笔墨添些色彩。于是，词汇较为丰富了，可是文笔反倒更显着平庸，因为说到什么都有个人云亦云的形容词，大雨必是滂沱的，火光必是熊熊的，溪流必是潺潺的……。这样穿戴着借来的衣帽的文章是很难得出色的。

在另一方面，我们今天的文学工具是白话，不是文言。古典诗文呢，大都用文言，不用白话（《水浒》《红楼梦》等是例外）。那么，由文言诗文借来的词汇，怎样天衣无缝地和白话结合在一处，实在不是一件容易的事。二者结合得不好，必会露出生拉硬扯的痕迹，有损于文章气势的通畅。

因此，我想学习古典文学的文字不应只图多识几个字，多会用几个字，更重要的是由学习中看清楚文学是与创造分不开的。尽管我们专谈文字的运用，也须注意及此。我们一想起韩愈与苏轼，马上也就想起“韩潮苏海”来。这说明我们尊重二家，不因他们的笔墨相同，而因他们各有独创的风格。我们对李白与杜甫的尊重，也是因为他们的光芒虽皆万丈，而又各有千秋。

多识几个字和多会用几个字是有好处的。不过，这个好处很有限，它不会使我们深刻地了解如何创造性地运用文字。本来嘛，不管我们怎样精研古典文学，我们自己写作的工具还是白话——写旧体诗词是例外。这样，我们的学习不能不是摸一摸前人运用文字的底，把前人的巧妙用到我们自己的创作里来。这就是说，我们要求自己以古典文字的神髓来创造新的民族风格，使我们的文字既有民族风格，又有时代的特色。我们的责任绝对不限于借用几个古雅的词汇。是的，我们须创造自己的文字风格。

因此，我们不要专看前人用了什么字，而更须留心细看他们怎样用字。让我们看看《文心雕龙》里的这几句吧：“夫神思方运，万涂竞萌；规矩虚位，刻镂无形，登山则情满于山，观海则意溢于海。我才之多少，将与风云而并驱矣！方其搦翰，气倍辞前；暨乎篇成，半折心始。何则？意翻空而易奇，言征实而难巧也。”

写这段话的是个懂得写作甘苦的人。要不然，他不会说得这么透澈。他不但说得透澈，而且把山海风云都调动了来，使文章有气势，有色彩，有形象。这是一段理论文字，可是写的既具体又生动。

我们从这里学习什么呢？是抄袭那些词汇吗？不是的。假若我们不用“拿笔”，而说“搦翰”，便是个笑话。我们应学习这里的怎么字字推敲，怎样以丰富的词汇描绘出我们构思时候的心态，词汇多而不显着堆砌，说道理而并不沉闷。我们应学习这里的句句正确，而又气象万千，风云山海任凭调遣。这使我们看明白：我们是文字的主人，文字不是我们的主人。全部《文心雕龙》的词汇至为丰富，但是专凭词汇，成不了精美的文章。词汇的控制与运用才是本领的所在。我们的词汇比前人的更为丰富，因为我们的词汇既来自口语，又有一部分来自文言，而且还有不少由外国语言移植过来的。可是，我们的笔下往往显着枯窘。这大概是因为我们只着重词汇，而不相信自己。请看这首“诗”吧：

初升的朝暾，

照耀着人间红亮，

虽然梅蕊初放，

人们的心房却热得沸腾！

这是一首习作，并不代表什么流派与倾向。可是这足以说明一个问题，就是有的人的确以为用上“朝暾”、“照耀”、“梅蕊”与“沸腾”，便可以算作诗了。有的人也这样写散文。他们忽略了文字必须通过我们自己的推敲锤炼，而后才能玉润珠圆。我们用文字表达我们的思想、感情；不以文字表达文字。字典里的文字最多，但字典不是文学作品。

据我猜，陶渊明和桐城派的散文家大概都是饱学之士。可是，陶诗与桐城派散文都是那么清浅朴实，不尚华丽。难道这些饱学之士真没有丰富的词汇，供他们驱使吗？不是的。他们有意地避免藻饰，而独辟风格。可见同是一样的文字，在某甲手里就现出七宝莲台，在某乙手里又朴素如瓜棚豆架。一部文学史里，凡是有成就的作家，在文字上都必有独到之处，自成一家。

我们必须学点古典文学，但学习的目的是古为今用。我们要从古典文学中学会怎么一字不苟，言简意赅，学会怎么把普通的字用得飘飘欲仙，见出作者的苦心孤诣。这么下一番功夫，是为了把我们的白话文写出风格来，而不是文言与白话随便乱搀，成为杂拌儿。随便乱搀，文章必定松散无力。这种文章使人一看就看出来，作者的思想、感情，并没有和文字骨肉相关地结合在一起，而是随便凑合起来的。

我们要多学习古典文学，为的是写好自己的文章。我们是文字的使用者。通过学习，我们就要推陈出新，给文字使用开辟一条新路，既得民族传统的奥妙，又有我们自己的创造。继承传统绝对不是将就，不是生搬硬套，不是借用几个词汇。我们要在使用文字上有所创造！

所谓不将就，即是不随便找个词汇敷衍一下。我们要想，想了再想，以便独出心裁地找到最恰当的字。假若找不到，就老老实实地用普通的字，不必勉强雕饰。这比随便拉来一堆泛泛的修辞要更结实一些。更应当记住，我们既用的是白话，就应当先由白话里去找最恰当的字，看看我们能不能用白话描绘出一段美景或一个生龙活虎的人物。反之，若是一遇到形容，我们就放弃了白话，而求救于文言，随便把“朝暾”、“暮色”等搬了来，我们的文章便没法子不平庸无力。

是的，文言中的词汇用的得当，的确足以叫文笔挺拔，可是也必须留意，生搬硬套便达不到这个目的。语言艺术的大师鲁迅最善于把文言与白话精巧地结合在一处。不知他费了多少心思，才做到驰骋古今，综合中外，自成一家。他对白话与文言的词汇都呕尽心血，精选慎择，一语不苟。他不拼凑文字，而是使文言与白话都听从他的指挥，得心应手，令人叫绝。我们都该用心地阅读他的著作，特别是他的杂文。

至于学习古典文学，目的不仅在借用几个词汇，前边已经说过，这里只须指出：减省自己的一番思索，就削弱了一分创造性。要知道，文言作品中也有陈词滥调，不可不去鉴别。即使不是陈词滥调，也不便拿来就用。我们必须多多地思索。继承古典的传统一定不是为图方便，求省事。想要掌握文字技巧必须下一番真功夫，一点也别怕麻烦。

第四十讲

如何接受文学遗产[1]

老　舍

常有友人以如何接受文学遗产的问题相质。我以为要决定这个问题，须先看看我们要成为什么样的文艺作家。假若我们要成为一个古文家，这就很简单了：我们只须以术为主，确定思想，而后博及群书（古书），以判得失，要浸渍古人为文义法，即能成功，倘不能博及群书，亦可精研六经，旁及史汉，汉魏文章，也自能落笔不凡，有古人气象。黄山谷说过：“往年常请问东坡先生作文章之法，东坡云：‘但熟读所记《檀弓》当得之。’既而取《檀弓》二篇，读数日过，然后知后世作文章，不及古人之病，如观日月也。”苏黄为宋代两大文豪，书读得很多，而且在思想上都深受佛教影响，可是他们教人作文之法不过简单如此。我以为，假若我们要立志成为一个古文家，我们便须首先假设头上有一位皇上，不管我们相信什么，我们必须在思想上按照孔孟的道理说话，在方法上按照着贾陆韩苏的技巧行文。明乎此，我们就差不多能一以贯之的明白中国的文学史了。中国文学史中，正统的文学是今古一致，思想与技

① 原载1942年9月15日《文学创作》第1卷1期，据2008年版《老舍全集》第17卷校订。

巧大致相似，即使文体有些变化，也不过是平仄上微微的一些波纹而已。因此，我们没有农司奇拉司，也没有莎士比亚。我们并不是没有成为莎士比亚的人才；象太白，子美，东坡，都是了不起的人物，可是他们都有位皇上，不许他们瞎胡闹。只有一些绝对不管皇上的人，象《水浒》,《红楼梦》的作者，才真写出了一些自由的，象样子的东西来，可是这样的东西实在不多见，因为写了出来，既不能取得功名富贵，碰巧了还要被官府及正人君子所检禁，太不上算。作古诗文，应知："老杜作诗，退之作文，无一字无来处，盖后人读书少，故谓韩杜自作此语耳"。字字有来历，皇上与大家才都放心，于是中国文学中乃如一圆珠滚来滚去，老是那么圆滑，那么大小，那么平平无奇，只要我们能以圣贤之心为心，能无一字无来处，我们便也能点铁成金，成为一个小圆珠子。我们能吸收，能摹仿，就够了。因此，我们论诗文，也差不多是千载一致，所不同者不过略有偏重，甲重音节，乙重气势，只在枝节上求技巧的不同，其用心立论则一也。

那么，假若我们要成为一个新文艺家呢，我想我们一定不能只以摹仿为满足。我们似乎第一就该开拓我们的思想，把世界上那些最善最美最真的都须略略知道一点，使我们成为一个会为全人类思想的中国人。我们自然不必放下自己，而去描写别人；但是我们必须在描写自己的时候，也关切到我们的世界。我们的一位抗战士兵，也就是全世界反法西斯蒂[①]战线上的一个弟兄。他的生命即使是特殊的，可是他的苦痛，责任，与问题，都是世界的。我们应以世界文艺作为我们的遗产，而后以我们的文学、材料，写出我们自己的，同时也是世界的作品来。因此，欲治新文艺，就必先预备至少一两种外国语言，使我们多长出一两对眼睛来。假使我们只有一对眼，只能看中国的作品，即使我们专找那些伟大的著作去读，也得不到多少好处。以《红楼梦》来说吧，它的确是一部伟大的作品。但是它并不能启发我们，象《战争与和平》那样。一本书必

① 指法西斯主义的组织或成员。

有它所预期的效果，就是哥哥妹妹的那一点，在这一点上它有极大的成功。我们不能责备它没有《战争与和平》那样的效果。可是，为我们学习起见呢，我们便不应只抱着《红楼梦》，而不去多学几招。无论是但丁，歌德，还是托尔斯泰，他们总把眼睛放开，看到他们所能看到的世界，尽管你一点也不信天堂地狱，但是你没法不承认但丁的伟大。他把天堂地狱与人间合到一处去指导人生。他到今天也使我们崇拜，因为世界文学史中还没有第二个但丁。假若我们只学了汉文，唐诗，宋词，元曲，而不去涉及别国的文艺，我们便永远不会知道文艺的使命与效果会有多么崇高，多么远大，也不会知道表现的方法会有那么多的变化。很明显的，假若“五四”新文艺运动者，都是完全不晓得西洋文艺的人，这二十年来就绝对不会有一篇东西比得上茅盾，曹禺，徐志摩等的作品的。

自然，中国老的作品，并不是与我们毫无关系。我们现在既还用方块字作我们表现的工具，我们就该知道以前的人曾经怎样运用这个工具来着。而且，从前的人们，在思想上既不敢冒险去乱说，他们只好在文字上想办法。所以，文字在前人的手里真讲得起千锤百炼，值得我们去学习。我觉得，能练习练习旧体文，与旧体诗词，对我们并不是件白费功夫的事。

用世界文艺名著来启发，用中国文字去练习，这是我的意见。

其次，我们于上述两点之外，还该扩大“遗产”二字的意思，把社会情形也放在里边。因为，假若我们已读过希腊，罗马，中古文艺复兴，以及近代的西洋文艺名著了，也已从李杜苏韩学过诗文了，可是我们不明白目前的社会是什么，我们便势必写出有伟大的企图，而内容空洞的东西，那才冤枉！社会上的一切自有根源，书是世代相传下来的，我们应把这文化视作遗产，而后下笔乃能有物。我们应当批评，但先须“知道”。《红楼梦》虽不能启发我们什么，但它描写的那一部分的人生的确是中国样子，使人相信。假若我们只闭户读文艺遗产，而不睁眼去看社会，便只认识了死的灵魂，而忘了活的世界，恐怕便要变成唐吉珂德式的写家，而到处闹笑话了。

第四十一讲

文　病①

老　舍

有些人本来很会说话，而且认识不少的字，可是一拿起笔来写点什么就感到困难，好大半天写不出一个字。这是怎么一回事呢？这里面大概有许多原因，而且人各不同，不能一概而论。现在，我只提一个较比普遍的原因。这个原因是与文风有关系的。

近年来，似乎有那么一股文风：不痛痛快快地有什么说什么，该怎说就怎说，而力求语法别扭，语言生硬，说了许许多多，可是使人莫名其妙。久而久之，成了一种风气，以为只有这些似通不通，难念难懂的东西才是文章正宗。这可就害了不少人。有不少人受了传染，一拿起笔来就把现成的语言与通用的语法全放在一边，而苦心焦思地去找不现成的怪字，“创造”非驴非马的语法，以便写出废话大全。这样，写文章就非常困难了。本来嘛，有现成的字不用，而钻天觅缝去找不现成的，有通用的语法不用，而费尽心机去“创造”，怎能不困难呢？于是，大家一拿笔就害起怕来，哎呀，怎么办呢？怎么能够写得高深莫测，使人不懂呢？有的人因为害怕就不敢拿笔，有的人硬着头皮死干，可是写完了连自己也看不懂了。大家相对叹气，齐说文章不好写呀。这种文风就这么束缚住了写作能力。

我说的是实话，并不太夸张。我看见过一些文稿，在这些文稿中，躲开现成的字与通用的语法，而去硬造怪字怪句，是相当普遍的现象。可见这种文风

① 据2008年版《老舍全集》第16卷校订。

已经成为文病。此病不除，写作能力即不易得到解放。所以，改变文风是今天的一件要事。

写文章和日常说话确是有个距离，因为文章须比日常说话更明确、简练、生动。所以写文章必须动脑筋。可是，这样动脑筋是为给日常语言加工，而不是要和日常语言脱节。跟日常语言脱了节，文章就慢慢变成天书，不好懂了。比如说：大家都说“消灭”，而我偏说“消没”，便是脱离群众，自讨无趣，一个写作者的本领是在于把现成的“消灭”用得恰当，正确，而不在于硬造一个“消没”。硬造词，别人不懂。我们说“消灭四害”就恰当。我们若说：“晓雾消灭了”就不恰当，因为我们通常都说“雾散了”不说“消灭了”——事实上，我们今天还没有消灭雾的办法。今天的雾散了，明天保不住还下雾。

对语法也是如此：我们虽用的是通用的语法，可是因动过脑筋，所以说得非常生动有力，这就是本领。假若不这么看问题，而想别开生面，硬造奇句，是会出毛病的。请看这一句吧：“一瓢水泼出你山沟”。这说的是什么呢？我问过好几个朋友，大家都不懂。这一句的确出奇，突破了语法的成规。可是谁也不懂，怎么办呢？要是看不懂的就是好文章，那么要文章干吗呢？我们应当鄙视看不懂的文章，因为它不能为人民服务。“把一瓢水泼在山沟里”，或是“你把山沟里的水泼出一瓢来”，都像话，大家都能说得出，认识些字的也都能写得出。就这么写吧，这是我们的话，很清楚，人人懂，有什么不好呢？实话实说是个好办法。虽然头一两次也许说得不太好，可是一次生，两次熟，只要知道写文章原来不必绕出十万八千里去找怪物，就会有了胆子。然后，继续努力练习，由说明白话进一步说生动而深刻的话，就摸到门儿了。即使始终不能写精采了，可是明白话就有用处，就不丢人。反之，我们若是每逢一拿笔，就装腔作势，高叫一声：现成的话，都闪开，我要出奇制胜，作文章啦，恐怕就会写出“一瓢水泼出你山沟”了！这一句实在不易写出，因为胡涂得出奇。别人一看，也就惊心：可了不得，得用多少工夫，才会写出这么“奇妙”的句子啊！大家都胆小起来，不敢轻易动笔，怕写出来的不这么“高深”啊。这都不对！

我们说话，是为叫别人明白我们的意思。我们写文章，是为叫别人更好地明白我们的意思。话必须说明白，文章必须写得更明白。这么认清问题，我们就不害怕了，就敢拿笔了；有什么说什么，有多少说多少，不装腔作势，不乌烟瘴气。这么一来，我们就不会再把作文章看成神秘的事，而一种健康爽朗的新文风也就会慢慢地建树起来。

第四十二讲

文章别怕改[①]

老　舍

文章别怕改。改亦有道：谨据个人经验，说点不一定是窍门的窍门儿。

改有大小，先说小改：写成一篇或一段须检查：有无不必要的“然而”、“所以”等等，设法删减。这种词儿用得太多，文笔即缺乏简劲，宜加控制。

往往因一字一词欠妥，屡屡改动，总难满意，感到苦闷。对此，应勿老在一两个字上打转转，改改句子吧。改句子，可能躲过那一两个字去。故曰：字改不好，试去改句。同样地，句改不好，则试改那一段。此法用于韵文，更为有利。写韵文，往往因押韵困难，而把“光荣”改为“荣光”，或“雄壮”改为“壮雄”，甚至用“把话云”，“马走战”来敷衍。其实，改一改全句，颇可以避免此病。

泛泛的形容使文章无力，不如不用。文字有色彩，不仗着多用一些人云亦云的形容，那反叫人家看出作者的想像贫乏。要形容就应力求出色，否则宁可

① 原载1961年《上海文学》7月号，据2008年版《老舍全集》第16卷校订。

不形容，反觉朴实。

有时候，字句都没有大毛病，而读起来不够味儿。应把全文细读一遍，找出原因。文章正如一件衣服，非处处合适，不能显出风格。一篇文章有个情调，若用字造句不能尽与此情调一致，即难美好。一篇说理的文章，须简洁明确，一篇抒情的文章，须秀丽委婉。我们须朝着文章情调去选字造句，从头至尾韵味一致，不能忽此忽彼。尽管有很好的句子，若与全篇情调不谐，也须狠心割爱，毫不敷衍。是呀，假若在咱们的蓝布制服上，绣上两朵大花，恐怕适足招笑，不如不绣。

以言大改，则通篇写完，须看看可否由三千字缩减到二千字左右。若可能，即当重新另写一遍，务去枝冗，以期精炼。若只东改一字，西删一句，无此效也。初稿写得长，不算毛病。但别舍不得删改。

还须看看文体合适与否。本是一篇短文，但乏亲切之感，若改用书札体，效果也许更好，即应另写。再往大些说：有的人写了几部剧本，都不出色。后来，改写小说，倒成功了。同一题材，颇可试用不同的文体去试试。个人的长处往往由勤学苦练，多方面试验，才能发现，不要一棵树吊死人。

第四十三讲

回答《文艺学习》编辑部的问题①

老　舍

一、请回忆一下，你的创作冲动是由什么引起的？是由一件事，一个人，

① 原载1954年8月27日《文艺学习》第5期，据2008年版《老舍全集》第17卷校订。

或者由于其他？

二、在日常生活或工作中，你是否观察人的活动？特别注意些什么？

三、当你深入群众生活时，你是否每天记笔记？记些什么？写作时你怎样利用这些笔记？用得多不多？

四、你在深入生活时，是如何借助党的政策与马克思列宁主义理论的指导才深一步理解生活的？请举具体事实说明。

五、当你经过长期生活，积累了许多印象之后，你如何概括这些印象，创造人物的？

六、你开始写作时，是不是根据真人真事？如果不是，又是怎样塑造人物的？

七、你作品中的人物是否都有模特儿[①]？说明你如何根据模特儿塑造人物？

八、在你的作品中有没有完全靠听来的故事写成的？

九、你在写作之前，是否先有写作提纲？这个提纲在写作过程中有无改变？为什么？

十、你每次写作，感觉最困难的是在什么地方？有无中途写不下去的时候？后来又怎样继续写下去的？

答：一、有时候是由于一件事，有时候是由于一个人，也有时候是由于一点思想或感情。

答：二、不故意观察人，但对行动特别惹我注意的人，我就记在心里，不定什么时候会有用处。

答：三、平日记笔记，只记一天做了什么，以备日后考察，这对我的写作无何帮助。

答：四、去体验生活时，最好得到明白政策的人的指示，以便易于找到问

---

① 英语Model的音译。原意是“模型”，这里指文学作品中人物的原型。

题，不致盲目乱寻，只顾观察细节，而遗其大者。

答：五、生活经验多了，写作时即可从容选择，把类似的印象放在一处，加以调动，乃能塑造人物性格与形象。

答：六、根据真人真事，但不完全倚赖真人真事；随时添减变动，给太简单的加上些东西，给太繁冗的减去些。

答：七、都有“模特儿”，但写出来的已与“模特儿”相离很远。“模特儿”只是个种子而已，我须使之开花结果。

答：八、很少。

答：九、要写提纲。有时候中途改动提纲，多半因受了眼前事物的刺激。

答：十、生活不够就不易完卷——也很难又继续下去，多半是扔掉。

第四十四讲

什么是幽默[1]

老　舍

幽默是一个外国字的译音，正像“摩托”和“德谟克拉西”等等都是外国字的译音那样。

为什么只译音，不译意呢？因为不好译——我们不易找到一个非常合适的字，完全能够表现原意。假若我们一定要去找，大概只有“滑稽”还相当接近原字。但是，“滑稽”不完全相等于“幽默”。“幽默”比“滑稽”的含意更广一些，也更高超一些。“滑稽”可以只是开玩笑，而“幽默”有更高的企图。

[1] 原载1956年《北京文艺》3月号，据2008年版《老舍全集》第17卷校订。

凡是只为逗人哈哈一笑，没有更深的意义的，都可以算作“滑稽”，而“幽默”则须有思想性与艺术性。

原来的那个外国字有好几个不同的意思，不必在这一一介绍。我们只说一说现在我们怎么用这个字。

英国的狄更斯、美国的马克・吐温，和俄罗斯的果戈里等伟大作家都一向被称为幽默作家。他们的作品和别的伟大作品一样地憎恶虚伪、狡诈等等恶德，同情弱者，被压迫者，和受苦的人。但是，他们的爱与憎都是用幽默的笔墨写出来的——这就是说，他们写得招笑，有风趣。

我们的相声就是幽默文章的一种。它讽刺，讽刺是与幽默分不开的，因为假若正颜厉色地教训人便失去了讽刺的意味，它必须幽默地去奇袭侧击，使人先笑几声，而后细一咂摸，脸就红起来。解放前通行的相声段子，有许多只是打趣逗哏的“滑稽”，语言很庸俗，内容很空洞，只图招人一笑，没有多少教育意义和文艺味道。解放后新编的段子就不同了，它在语言上有了含蓄，在思想上多少尽到讽刺的责任，使人听了要发笑，也要去反省。这大致地也可以说明“滑稽”和“幽默”的不同。

幽默文字不是老老实实的文字，它运用智慧，聪明，与种种招笑的技巧，使人读了发笑，惊异，或啼笑皆非，受到教育。我们读一读狄更斯的，马克・吐温的，和果戈里的作品，便能够明白这个道理。听一段好的相声，也能明白些这个道理。

幽默的作家必是极会掌握语言文学的作家，他必须写得俏皮，泼辣，警辟。幽默的作家也必须有极强的观察力与想象力。因为观察力极强，所以他能把生活中一切可笑的事，互相矛盾的事，都看出来，具体地加以描画和批评。因为想象力极强，所以他能把观察到的加以夸张，使人一看就笑起来，而且永远不忘。

不论是作家与否，都可以有幽默感。所谓幽默感就是看出事物的可笑之处，而用可笑的话来解释它，或用幽默的办法解决问题。比如说，一个小孩见到一个生人，长着很大的鼻子；小孩子是不会客气的，马上叫出来："大鼻子！"假若这位生人没有幽默感呢，也许就会不高兴，而孩子的父母也许感到难以为情。假若他有幽默感呢，他会笑着对小孩说："就叫鼻子叔叔吧！"这不就大家一笑而解决了问题么？

幽默的作家当然会有幽默感，这倒不是说他永远以"一笑了之"的态度应付一切。不是，他是有极强的正义感的，决不饶恕坏人坏事。不过，他也看出社会上有些心地狭隘的人，动不动就发脾气，闹情绪，其实那都是三言两语就可以解决的，用不着闹得天翻地覆。所以，幽默作家的幽默感使他既不饶恕坏人坏事，同时他的心地是宽大爽朗，会体谅人的。假若他自己有短处，他也会幽默地说出来，决不偏袒自己。

人的才能不一样，有的人会幽默，有的人不会。不会幽默的人最好不必勉强要俏，去写幽默文章。清清楚楚、老老实实的文章也能是好文章。勉强要几个字眼，企图取笑，反倒会弄巧成拙。更须注意：我们讥笑坏的品质和坏的行为，我们可绝对不许讥笑本该同情的某些缺陷。我们应该同情盲人，同情聋子或哑巴，绝对不许讥笑他们。

第四十五讲

谈翻译①

老　舍

拿我这个读书不多的人来说，假若没有外国书的一些译本，我读的书就更

① 原载1957年5月《文艺报》第8号，据2008年版《老舍全集》第16卷校订。

少了。感谢翻译工作者们！在我所阅读过的书中，起码有三分之一是译本！你们的劳动给我和多少多少人带来最贵重的礼物：智慧与知识。

可是，说老实话，我并不太喜欢阅读译文。古代的佛经，我念不懂，只好不读。近年的白话译笔又往往犯两个毛病：一个是语言累赘，读起来颇为费力；一个是文学作品的译文往往缺乏风格。因此，阅读译文，即使是文学作品，也使我得到的不都是欢快；所以，非到不读不行的时候我才皱上眉头，拿起书来。

这样挑剔，并非轻视翻译工作者。翻译是极其重要，又极其艰苦的工作。搞创作的精通一种语言即能尽职，搞翻译的却须至少精通两种语言。搞创作的有遣字选词的自由，搞翻译的却没有；翻译工作者须随着原文走，不能望文生意，随便添减。翻译工作实在不容易做好，我虽然挑剔别人的毛病，可是若叫我去做呀，准保更糟！

翻译工作既然既重要又艰苦，就理应加以鼓励。我建议，文化机关既奖励了剧本和电影剧本什么的，就也该奖励翻译。要知道，一本外国杰作，若译得好，也就成为我们自己的珍宝，世世代代相继享受，为什么不该得奖呢？

现在，翻译工作者似乎也须加强组织，作出规则，集体的规划与个人的规划。科学的与哲学的名著，我认为，应当进行集体翻译，个人不便独立地工作。集思广益，能够保证精确。集体工作对于规定译名也有好处，事前既便讨论，定名之后还可以用集体的名义公布，征求大家的意见。我们的译名（人名、地名和科学哲学的词汇）相当混乱，应该及早调整，划一。还有：每逢看见“背景”、“远景”、“典型”等词，我就感谢翻译工作者给了我们这么精确而又自然的新词汇。所谓“自然”者，因为它们虽然原是洋字，而看起来并不眼生，好像是土生土长的。赶到遇上“范畴”、“憧憬”、“幽默”等，我就没有这种感觉了，好像穿洋服似的，虽然挺神气，可是不像穿小棉袄那么舒服自然。正确而且亲切，似乎才是译名的上乘。不在我们的普通话里去搜索宝贝，我们的译名就也许很正确，而不能一目了然地使人见文知义。据我的也许不大科学的看法，我以为连翻译科学、哲学的名词，也应顾到普及，不摆什么科学与哲学的架子。要知道一个生硬难解的译名，就给学习的人带来许多困难。为达到既信且俗，也需要集体工作。

翻译文学作品似乎应当个人单干。即使二、三人合作，也应最后由一人执笔行文，以便风格统一。尽管林纾译书，有人帮助，可是文笔的确是他一个人的。

谈到风格，最好是译者能够保持原著者的风格。这极不易做到。可是大概地说，一个作家的文章总有他的特点：有的喜造长句，有的喜为短句；有的喜用僻字，有的文字通俗；有的文笔豪放，有的力求简练。我们看出特点所在，就应下苦工夫，争取保持。文学作品的妙处不仅在乎它说了什么，而且在乎它是怎么说的。假若文学译本仅顾到原著说了什么，而不管怎么说的，读起来便索然寡味。世界文学名著不妨有几个译本。像荷马的史诗、但丁的《神曲》与莎士比亚的剧本，都可以译为浅显的散文，供文化不太高的读者阅读，使他们知道这些伟大作品里都说了些什么。有诗才的译者便应以诗译诗地去译这些作品，使读者不但知道书中说了什么，而且知道怎么说的。以诗译诗是极不容易的，所以不妨各译各的，同一著作有好几个不同的译本也不嫌多。

保持原著者的风格若做不到，起码译笔应有译者自己的风格，读起来有文学味道，使人欣喜。世界上有一些著名的译本，比原著还更美，是翻译中的创作。严格地说，这个办法也许已经不能叫作翻译，因为两种不同的语言的创作是不会天衣无缝，恰好一致的。这种译法不能够一字不差地追随原文，而是把原文消化了之后，再进行创作。不过，这种译法的确能使译文美妙，独具风格。林纾的译笔便多少有此特点。他虽没有保持了自己的风格，也不比原著更美，可是他的确表现了自己的风格。这种译法，用于文学作品，还是说得下去的。这总比逐字逐句地硬译，既像汉文，又像洋文，既像语言，又像念咒，要强一些。我不希望人人效法林纾，但于尽量忠于原文的原则下，能够译得有风格，还是好办法。过去，我们有些译文，使我感到外国大作家的创作不过是把语言罗里罗嗦地堆砌起来而已。这个影响不好。

以上所谈，颇为拉杂，希望所在，总起来说，是在百花齐放的春天里，翻译界应当，而且不是没有能力，开放些漂亮的花儿！

第三章

小说创作

第四十六讲

怎样写小说[①]

老　舍

小说并没有一定的写法。我的话至多不过是供参考而已。

大多数的小说里都有一个故事，所以我们想要写小说，似乎也该先找个故事。找什么样子的故事呢？从我们读过的小说来看，什么故事都可以用。恋爱的故事，冒险的故事固然可以利用，就是说鬼说狐也可以。故事多得很，我们无须发愁。不过，在说鬼狐的故事里，自古至今都是把鬼狐处理得象活人；即使专以恐怖为目的，作者所想要恐吓的也还是人。假若有人写一本书，专说狐的生长与习惯，而与人无关，那便成为狐的研究报告，而成不了说狐的故事了。由此可见，小说是人类对自己的关心，是人类社会的自觉，是人类生活经验的纪录。那么，当我们选择故事的时候，就应当估计这故事在人生上有什么价值，有什么启示；也就很显然的应把说鬼说狐先放在一边——即使要利用鬼狐，发为寓言，也须晓得寓言与现实是很难得谐调的，不如由正面去写人生才更恳切动人。

依着上述的原则去选择故事，我们应该选择复杂惊奇的故事呢，还是简单平凡的呢？据我看，应当先选取简单平凡的。故事简单，人物自然不会很多，把一两个人物写好，当然是比写二三十个人而没有一个成功的强多了。写一篇小说，假如写者不善描写风景，就满可以不写风景，不长于写对话，就满可以少写对话；可是人物是必不可缺少的，没有人便没有事，也就没有了小说。创

① 原载1941年8月15日《文史杂志》第1卷第8期，据2008年版《老舍全集》第17卷校订。

造人物是小说家的第一项任务。把一件复杂热闹的事写得很清楚，而没有创造出人来，那至多也不过是一篇优秀的报告，并不能成为小说。因此，我说，应当先写简单的故事，好多注意到人物的创造。试看，世界上要属英国狄更司的小说的穿插最复杂了吧，可是有谁读过之后能记得那些勾心斗角的故事呢？狄更司到今天还有很多的读者，还被推崇为伟大的作家，难道是因为他的故事复杂吗？不！他创造出许多的人哪！他的人物正如同我们的李逵、武松、黛玉、宝钗，都成为永远不朽的了。注意到人物的创造是件最上算的事。

为什么要选取平凡的故事呢？故事的惊奇是一种炫弄，往往使人专注意故事本身的刺激性，而忽略了故事与人生有关系。这样的故事在一时也许很好玩，可是过一会儿便索然无味了。试看，在英美一年要出多少本侦探小说，哪一本里没有个惊心动魄的故事呢？可是有几本这样的小说成为真正的文艺的作品呢？这种惊心动魄是大锣大鼓的刺激，而不是使人三月不知肉味的感动。小说是要感动，不要虚浮的刺激。因此，第一：故事的惊奇，不如人与事的亲切；第二：故事的出奇，不如有深长的意味。假若我们能由一件平凡的故事中，看出它特有的意义，则人同此心，心同此理，它便具有很大的感动力，能引起普遍的同情心。

小说是对人生的解释，只有这解释才能使小说成为社会的指导者。也只有这解释才能把小说从低级趣味中解救出来。所谓《黑幕大观》一类的东西，其目的只在揭发丑恶，而并没有抓住丑恶的成因，虽能使读者快意一时，但未必不发生世事原来如此，大可一笑置之的犬儒[①]态度。更要不得的是那类嫖经赌术的东西，作者只在嫖赌中有些经验，并没有从这些经验中去追求更深的意义，所以他们的文字只导淫劝赌，而绝对不会使人崇高。所以我说，我们应先选取平凡的故事，因为这足以使我们对事事注意，而养成对事事都探求其隐藏着的真理的习惯。有了这个习惯，我们既可以不愁没有东西好写，而且可以

① 原指古希腊抱有玩世不恭思想的一派哲学家，后来泛指玩世不恭的人，尤指知识分子。

免除了低级趣味。客观事实只是事实，其本身并不就是小说，详密的观察了那些事实，而后加以主观的判断，才是我们对人生的解释，才是我们对社会的指导，才是小说。对复杂与惊奇的故事应取保留的态度，假若我们在复杂之中找不出必然的一贯的道理，于惊奇中找不出近情合理的解释，我们最好不要动手，因为一存以热闹惊奇见胜的心，我们的趣味便低级了。再说，就是老手名家也往往吃亏在故事的穿插太乱、人物太多；即使部分上有极成功的地方，可是全体的不匀调，顾此失彼，还是劳而无功。

在前面，我说写小说应先选择个故事。这也许小小的有点语病，因为在事实上，我们写小说的动机，有时候不是源于有个故事，而是有一个或几个人。我们倘然遇到一个有趣的人，很可能的便想以此人为主而写一篇小说。不过，不论是先有故事，还是先有人物，人与事总是分不开的。世界上大概很少没有人的事，和没有事的人。我们一想到故事，恐怕也就想到了人，一想到人，也就想到了事。我看，问题倒似乎不在于人与事来到的先后，而在于怎样以事配人，和以人配事。换句话说，人与事都不过是我们的参考资料，须由我们调动运用之后才成为小说。比方说，我们今天听到了一个故事，其中的主人翁是一个青年人。可是经我们考虑过后，我们觉得设若主人翁是个老年人，或者就能给这故事以更大的感动力；那么，我们就不妨替它改动一番。以此类推，我们可以任意改变故事或人物的一切。这就仿佛是说，那足以引起我们注意，以至想去写小说的故事或人物，不过是我们主要的参考材料。有了这点参考之后，我们须把毕生的经验都拿出来作为参考，千方百计的来使那主要的参考丰富起来，象培植一粒种子似的，我们要把水份、温度、阳光……都极细心的调处得适当，使他发芽，长叶开花。总而言之，我们须以艺术家自居，一切的资料是由我们支配的；我们要写的东西不是报告，而是艺术品——艺术品是用我们整个的生命、生活写出来的，不是随便的给某事某物照了个四寸或八寸的相片。我们的责任是在创作：假借一件事或一个人所要传达的思想，所要发生的情感与情调，都由我们自己决定，自己执行，自己作到。我们并不是任何事任何人的奴隶，而是一切的主人。

遇到一个故事，我们须亲自在那件事里旅行一次，不要急着忙着去写。旅行过了，我们就能发现它有许多不圆满的地方，须由我们补充。同时，我们也感觉到其中有许多事情是我们不熟悉或不知道的。我们要述说一个英雄，却未必不教英雄的一把手枪给难住。那就该赶紧去设法明白手枪，别无办法。一个小说家是人生经验的百货店，货越充实，生意才越兴旺。

旅行之后，看出哪里该添补，哪里该打听，我们还要再进一步，去认真的扮作故事中的人，设身处地的去想象每个人的一切。是的，我们所要写的也许是短短的一段事实。但是假若我们不能详知一切，我们要写的这一段便不能真切生动。在我们心中，已经替某人说过一千句话了，或者落笔时才能正确地用他的一句话代表出他来。有了极丰富的资料，深刻的认识，才能说到剪裁。我们知道十分，才能写出相当好的一分。小说是酒精，不是搀了水的酒。大至历史、民族、社会、文化，小至职业、相貌、习惯，都须想过，我们对一个人的描画才能简单而精确地写出，我们写的事必然是我们要写的人所能担负得起的，我们要写的人正是我们要写的事的必然的当事人。这样，我们的小说才能皮裹着肉，肉撑着皮，自然的相联，看不出虚构的痕迹。小说要完美如一朵鲜花，不要象二簧行头戏里的“富贵衣”。

对于说话、风景，也都是如此。小说中人物的话语要一方面负着故事发展的责任，另一方面也是人格的表现——某个人遇到某种事必说某种话。这样，我们不必要什么惊奇的言语，而自然能动人。因为故事中的对话是本着我们自己的及我们对人的精密观察的，再加上我们对这故事中人物的多方面想象的结晶。我们替他说一句话，正象社会上某种人遇到某种事必然说的那一句。这样的一句话，有时候是极平凡的，而永远是动人的。

我们写风景也并不是专为了美，而是为加重故事的情调，风景是故事的衣装，正好似寡妇穿青衣，少女穿红裤，我们的风景要与故事人物相配备——使悲欢离合各得其动心的场所。小说中一草一木一虫一鸟都须有它的存在的意义。一个迷信神鬼的人，听了一声鸦啼，便要不快。一个多感的人看见一片落叶，便要落泪。明乎此，我们才能随时随地的搜取材料，准备应用。当描写的时候，才能大至人生的意义，小至一虫一蝶，随手拾来，皆成妙趣。

以上所言，系对小说中故事、人物、风景等作个笼统的报告，以时间的限制不能分项详陈。设若有人问我，照你所讲，小说似乎很难写了？我要回答也许不是件极难的事，但是总不大容易吧！

第四十七讲

谈小说创作[①]

莫泊桑

我想谈谈小说的创作。

……

在七年中，我写过诗歌、短篇小说、中篇小说，甚至还写过一本烂得不能要的剧本。这些，我的老师福楼拜都读了，接着，他在一个星期日吃午饭的时候，展开了他的批评，并且他渐渐在我脑子里灌输了几个原则，他说：

“如果一个作家有他的独创性，首先就应该把这种独创性表现出来；如果没有，就要想方设法去获得。

“创作才能其实就是持久的耐性。对你所要表现的东西，要长时间用心去观察它，这样才能发现它身上别人没有发现和没有写过的特点。任何一个事物身上，都有未曾被发现的东西，因为人们用眼睛观察事物的时候，只习惯于回忆起

① 原文发表于1887年，由编者编译，有删节。

前人对该事物的想法。即使是最细微的事物里，也会有一点点未被发现的东西，让我们用心去发掘它！比如我们要描写一堆篝火和一棵树，我们就要面对着这堆篝火和这棵树，一直到我们发现它们和其它的树其它的火不同的特点为止。”

这就是作家获得独创性的方法。

并且他还告诉我：在这个世界上，没有两粒沙子、两只苍蝇、两只手、两个鼻子是绝对相同的，所以在我创作的时候，他要求我用几句话就把一个人或一件事表现得特别清楚、分明，并和同种其他的人同类其它的事区别开来。

无论一个作家要描写什么东西，只有一个词可供他使用，用一个动词要使描写对象生动，用一个形容词要使描写对象性质鲜明。这就需要作家用心去寻找，直到找到这个动词和形容词为止，而决不能满足于“差不多”，更不要企图使用蒙混的手法，要知道，即使是最高明的蒙混手法，也可能让读者看出破绽。

作家在写作时，不能为了表现思想中细微的差异，就假托艺术语言的名义而强迫读者接受那些奇怪、芜杂、神秘的词汇；而应该以一种高度的敏锐性去区别因为一个词汇在文句中位置不同其价值所发生的一切变化。少用甚至不用意思难懂的名词、动词和形容词，多用结构迥异、结尾巧妙、音调响亮、韵律优美的各式文句，才能称得上一个杰出的文体家。

事实上，要想自如地驾驭文句，使得它什么都能说明，甚至说明它没有表现出来的一些画外意、弦外音，这要比发明一些稀奇古怪的辞句，比在鲜为人知的古书中搜集一些过时的、不适用的、无意义的、对大众来说只是一些僵死文字的辞句更加困难。

第四十八讲

小说写作法——写小说的方法[①]

小林多喜二

说实话，世界上根本不存在所谓的“小说写作法”。

一个人就算读再多的“小说写作法”，也绝不会当场就学会了写小说，而且每个人都有他自己独特的写作方法（不管是有意识的还是无意识的）。

我在这里所要谈的“小说写作法”，不过是向大家汇报一下，每次我自己写小说，都是在什么基础上作了哪些准备罢了。

所以，我的“报告”对于初学写作的人来说，仅仅是个极小范围内的“参考”而已。

一个新生作家，应该有他自己全新的写作方法。

一、感受和写作

在日常生活中，我们会接触到各种各样的事物，产生各种各样的“感受”。在短短的一天中，我们就要感受无数的事物。而这些“感受”就是我们写小说的基础。但是我们必须要注意，“感受”虽然是“写”小说的基础，但“感受”和“写作”究竟是两回事，不可混为一谈。我们不妨以初学写作的人的作品为例——尽管这些作品有着绝好的题材，但是它们看上去就好像被人扔进垃圾桶的垃圾一样，乱七八糟。究其原因，就是作者把“感受”与“写作”混同了。

我们在生活中或深或浅、或迟钝或尖锐的感受，其本身只是无数零散的经

① 原文发表于1931年，由编者编译，有删节。

验，并非把这些感受和经验罗列起来，就能成为一部小说，而需要对它们作一番整理、组织工作。

从另一方面说，我们在生活中看到的、听到的、感受到的各种经验，仅仅是停留在个人界限里的主观的东西。但是当它作为一篇作品而存在的时候，就不能再是个人的、主观的东西了，在它里面所描写的任何一个感情、经验，必须能够引起读者心灵的共鸣。也就是说，原来属于个人的、主观的东西，必须把它们转变为客观的事物才行。

我所要谈的“小说写作法”，其实就是围绕这个主题，从各方面提出一些具体的问题而已。

二、写“什么”？“怎样”写？

如上所述，随便拿一天经验的事物来说，我们该如何对它们选择取舍，来进行整理和组织工作呢？

我认为，应该根据写“什么”来决定。

只要确定了写“什么”，然后根据这个标准选择取舍就可以了。在这里，大家需要注意两点：第一，写“什么”这件事必须十分明确、一丝不苟地作出决定；第二，在一篇作品里，写“什么”必须是独一无二、高度集中的。经常有一些文章，我们读了以后觉得如坠五里雾中，不知作者究竟想说些什么，要点在哪里。究其原因，就是作者对上述两点没有搞清楚。

写“什么”——作品的主题确定以后，下一步就是给主题添枝加叶，将它具体化。也就是说，作品的主题“怎样”写出来，才能最栩栩如生、有血有肉，打动读者的心。

第一个问题，是“题材”的问题。什么样的题材好，首先是由主题如何决定的；其次，题材必须是从作者丰富的生活经验中汲取来的。简言之，题材是处于主题的下位的，它不应该冒出主题所必要的范围。然而，初学写作的人对自己手里的题材常常不忍割舍，喜欢一股脑儿把什么都写上去，其结果就是削弱整个作品的效果。所以，初学写作者，应时刻牢记“题材”从属于“主题”的道理。

第二个问题，是“结构”的问题。

我们从生活中汲取来的题材，通常是一堆没有顺序、杂乱无章的材料。为了使小说的主题变得更生动，我们必须认真地考虑：以怎样的顺序，怎样的高度，怎样的角度来摆放这些材料，才能使我们的主题更能大放异彩。

关于这一点，我们不妨以电影作例子：随着电影的情节逐步走向高潮，观众的感情越来越高涨，越来越紧张，临近影片终结的时候，观众对影片拍手称道。这通常说明，影片的结构是成功的。

可是，假如正当情节将要出现高潮的当口，忽然半道插进来一段插话或故事把它割断的话，那将会怎样？不用说，这样的影片会让观众非常扫兴——这样的结构安排是失败的。

可见，缺乏“结构力”，是小说作品的致命伤。正如盖房子一样，不管你的材料多好，目的多高尚，如果盖得摇摇晃晃，房子就很有可能坍塌，无法派上用场。

写小说的时候，最好作一个绵密的设计图，并把它有秩序地写在纸上，然后以它为根据，进行小说的写作——这对初学写作的人来说，是个很不错的参考方法。

最后，我想谈谈技术和技巧方面的问题。

即使主题一样，题材一样，结构一样，但在叙述和描写时，由于技术和技巧不同，写出来的东西，给人的感受也是大不一样的。——技术和技巧在作品里所占的地位，由此可见一斑。

那么，我们究竟该如何写文章呢？我们必须以所要写的内容为主线来考虑问题，安排材料，把自己所想的内容极正确、易懂，并以尽量少的语言单纯地表达出来，这样的文章，才算得上一篇杰出的文章。

初学写作的人，最容易犯的毛病，就是急功近利、急于求成，于是矫揉造作，大量地使用形容词。其实真正的好文章，决不是用华美的形容词堆砌出来的，相反，它应该是最“容易使人理解的”文章，最简练“单纯”的文章，而又是最“正确”的文章。这一点，初学写作的人必须牢牢记在心头。

关于文章的技术和技巧，除了上述要点外，剩下的就是靠个人的勤学苦练了。多读名家名作，并把它们拿来逐一比较研究，是个很不错的办法。

第四十九讲

论小说创作①

富尔曼诺夫

一、每一个出场人物的基本性格都应该事先确定，而事实——言谈、举止、反应形式、反驳的词句、心情的变换等——都应该是一定性格实质的自然表现，任何东西都不应和人物的性格实质发生矛盾，哪怕这件事第一眼看上去是最自然不过的。

二、出场的人物应该是情节发展中所必需的，迫切需要的，而且要时时刻刻都有心理活动，否则人物就缺乏生气，没有生命力。要少用偶尔出现一下的人物，最好让人物参加事件的全程，并且尽量参加到底，这样会好得多。

三、出场的人物应该彼此有交集、有来往，而且还得不止一次，这样才能表现出人物性格在不同情境中的不同特征。

四、主题应该充满有趣的矛盾和纠葛，尽量不写预先猜得到的东西，允许有意外，但不能过于频繁，以免流为惊险、紧张、被动、雕琢。

① 原名《论创作——结构问题》，由编者编译，有删节。

五、尽量把人物性格的每一个特征都刻画得鲜明、突出，在某些场合可以表现得很集中，而在另一些场合则可以轻轻地一笔带过。而且最好为每一个特征，写一段最适合于这个特征的鲜明的情节。

六、尽量避免杜撰，多用现实生活中的事实作为基础（解释、发展和艺术形式当然不在杜撰之列）。

七、人物性格要一点一滴、渐次加深地表现出来，不要一下子全部揭露出来。

八、要准确地描写心理状态的外在表现，比如手臂的活动、头部的活动、面色的变化，生理上的反应等。

九、要引用信件，摘录日记，引用报纸上的消息片断等。

十、要尽量清楚、鲜明地描写出人物所想的、所说的和所做的之间的差异。

十一、在写行动之前，要先经过透彻的揣摩，把它的细节搞清楚、弄明白，不要随便从一件事情跳到另一件事情。

十二、每个行动、每个词句都应该是合乎需要的，不可或缺的。多余的，要尽量避免。

十三、形容语要用得恰当、准确，既合适，又新颖，甚至令人想象不到。

十四、不要对一切都一视同仁：重要的要多加注意，写详尽一些，仔细一些；次要的要少加注意，写简单一些，几笔带过。

十五、不要逃避错综复杂的情节纠葛，但解开这些纠葛时，要周密慎重、一丝不苟。

十六、作品的每个组成部分，在最初就要拟定粗略的草稿。

十七、无论何时都不要迷恋于描写反面人物的反面特征，而要致力于描写正面人物的正面特征，并且要写到位。

十八、描写环境、服装等，应以有助于说明人物性格的特点为限。

十九、谈话就要像谈话，要生动、自然，不要用过于复杂的句子。

二十、人物的描写要尽量简短——要快一些使他们行动起来，主要的是要有举动，而不是谈论别人的闲事。

二十一、要用台词——答话来表明讲话者或在场人物的性格。

二十二、要了解历史环境：政治的、经济的、军事的、社会的、日常生活的；尤其要了解问题的中心点和远景，因为这是各种意图、争论的对象。

二十三、要拟出总的计划，定出章节和每一章的中心内容。

二十四、写一部短篇小说要快，而送出去付印要慢。短篇小说就像酒一样：收藏得越久越好。只是有一点区别：酒不能总是打开，而短篇小说却要时常翻开来抚弄：看一看，摸一摸——相信吧，每一回翻开你都会发现缺点……等到你问心无愧的时候，再将它送出去付印。

二十五、无论何时，都不要交给别人“誊清”，要自己抄写，因为最后一遍抄写，绝不是件纯技术性的工作，而是最后的润色。

第五十讲

形式、内容、文字[①]

老　舍

假若我有个弟弟，他一时高兴起来要练习写写小说。我想，很自然的，他必来问我应该怎样写，因为我曾经发表过几篇小说。我虽没有以小说家自居过，可是在他的心目中大概我总是个有些本领的人物。既是他的哥哥，我一定不肯扫他的兴，尽管我心里并没有什么宝贝，似乎也得回答他几句——对不

① 原载1942年6月20日《文学修养》第1期，据2008年版《老舍全集》第17卷校订。

对，不敢保险，不过我决不会欺骗他，他是我的老弟呀！

我要告诉他：

一、形式。小说没有什么一定的图样，但必须有个相当完整的形式，好教故事有秩序的、有计划的去发展。社会上的真事体，有许多是无结果而散的，有许多是千头万绪乱七八糟的；我们要照样去写，就恐怕是白费力而毫无效果。因此，我们须决定一个形式，把真事体加以剪裁和补充，以便使人看到一个相当完整的片段。真事体不过是我们的材料，盖起什么样的房子却由我们自己决定。我们不要随着真事体跑，而须教事体随着我们走。这样，我们才不至于把人物写丢了，或把事体写乱了。一开头写张三，而忽然张三失踪，来了个李四；李四又忽然不见，再出来个王五，一定不是好办法。事情也是如此，不能正谈着抗战，忽然又出来了《红楼梦》。人物要固定，事情要有范围。把人物与事情配备起来，象一棵花草似的那么有根、有枝、有叶、有花，才是小说。

二、内容。小说的内容比形式更自由。山崩地裂可以写，油盐酱醋也可以写。不过，无论写什么，我们必须给事情找出个意义来，作为对人们的某一现象的解释。我们不仅报告，也解释，好使读者了解人生。这种解释可不是滔滔不绝的发议论，不是一大篇演说，而是借着某件事暗示出来的，教人家看了这段具体的事，也就顺手儿看出其中的含意。因此，我们要写某件事，必须真明白某件事，好去说得真龙活现，使人信服，使人喜悦，使人在接受我们的故事时，也就不知不觉的接受了我们的教训。假若我们说打仗而不象打仗，说医生而象种田的，便只足使人笑我们愚蠢，而绝难相信我们的话了。我们须找自己真懂得的事去写。每写一件事必须费许多预备的工夫，去调查，去访问；绝对不可随便说说，而名之为小说。

单是事情详密还不算尽职。我们还得写出人来。小说既是给人生以解释，它的趣味当然是在“人”了。若是没有人物，虽然我们写出山崩地裂，或者天上掉下五条猛虎来，又有什么好处呢？人物才是小说的心灵，事实不过是四肢百体。

小说中最要紧的是人物，最难写的也是人物。我们日常对人们的举止动作要极用心的去观察，对人情世故要极细心的去揣摩，对自己的感情脾气要极客观的去分析，要多与社会接触，要多读有名的作品。我们免不了写自己，可是万不可老写自己；我们必须象戏剧演员似的，运用我们的想象，去装甲是甲，装乙是乙。我们一个人须有好多份儿心灵、身体。

三、文字。小说是用文字写成的，没有好的文字便什么也写不出。文字是什么东西呢？用不着说，它就是写在纸上的言语。我们都会说话，我们便应当会用文字。不过，平日我们说话往往信口开河，而写下来的文字必须有条有理，虽然还是说话，可是比说话简单精确。因此我们也须在文字上花一番琢磨的工夫。我们要想：这个感情，这个风景，这个举动，要用什么字才能表示得最简单，最精确呢？想了一回，再想一回，再想一回！这样，我们虽然还是用了现成的言语，可是它恰好能传达我们所要描写的，不多绕弯，不犹疑，不含混，教人一看便能得到个明确的图象。我们必须记得，我们是在替某人说话，替某事说话，替某一风景说话，而不是自己在讲书，或乱说。我们的心中应先有了某人某事某景，而后设法用文字恰当的写出；把“怒吼吧”、“祖国”、“原野”、“咆哮”……凑到一块儿，并不算尽了职责！我们的文字是心中制炼出来的言语，不是随便东拾一字，西抄一词的“富贵衣”。小说注重描写，描写仗着文字，那么，我们的文字就须是以我们的心钻入某人某事某景的心中而掏出来的东西。这样，每个字都有它的灵魂，都有它必定应当存在的地方；哪个字都有用，只看我们怎样去用。若是以为只有“怒吼吧”、“祖国”……才是“文艺字”，那我们只好终日怒吼，而写不成小说了！文字是我们的工具，不是我们的主人。假若我们不下一番工夫，不去想而信笔一挥，我们就只好拾些破铜烂铁而以为都是金子了。

第五十一讲

人物、语言及其他[①]

老　舍

短篇小说很容易同通讯报道混淆。写短篇小说时，就像画画一样，要色彩鲜明，要刻划出人物形象。所谓刻划，并非指花红柳绿地作冗长的描写，而是说，要三言两语勾画出人物的性格，树立起鲜明的人物形象来。

一般的说，作品最容易犯的毛病是：人物太多，故事性不强。《林海雪原》之所以吸引人，就是故事性极强烈。当然，短篇小说不可能有许多故事情节，因此，必须选择了又选择，选出最激动人心的事件，把精华写出来。写人更要这样，作者可以虚构、想象，把很多人物事件集中写到一两个人物身上，塑造典型的人物。短篇中的人物一定要集中，集中力量写好一两个主要人物，以一当十，其他人物是围绕主人公的配角，适当描画几笔就行了。无论人物和事件都要集中，因为短篇短，容量小。

有些作品为什么见物不见人呢？这原因在于作者。不少作者常常有一肚子故事，他急于把这些动人的故事写出来，直到动笔的时候，才想到与事件有关的人物，于是，人物只好随着事件走，而人物形象往往模糊、不完整、不够鲜明。世界上的著名的作品大都是这样：反映了这个时代人物的面貌，不是写事件的过程，不是按事件的发展来写人，而是让事件为人物服务。还有一些名著，情节很多，读过后往往记不得，记不全，但是，人物却都被记住，所以成为名著。

① 据2008年版《老舍全集》第16卷校订。

我们写作时，首先要想到人物，然后再安排故事，想想让主人公代表什么，反映什么，用谁来陪衬，以便突出这个人物。这里，首先遇到的问题：是写人呢？还是写事？我觉得，应该是表现足以代表时代精神的人物，而不是为了别的。一定要根据人物的需要来安排事件，事随着人走；不要叫事件控制着人物。譬如，关于洋车夫的生活，我很熟悉，因为我小时候很穷，接触过不少车夫，知道不少车夫的故事，但那时我并没有写《骆驼祥子》的意图。有一天，一个朋友和我聊天，说有一个车夫买了三次车，丢了三次车，以至悲惨地死去。这给我不少启发，使我联想起我所见到的车夫，于是，我决定写旧社会里一个车夫的命运和遭遇，把事件打乱，根据人物发展的需要来写，写成了《骆驼祥子》。

写作时一定要多想人物，常想人物。选定一个特点去描画人物，如说话结巴，这是肤浅的表现方法，主要的是应赋予人物性格特征。先想他会干出什么来，怎么个干法，有什么样胆识，而后用突出的事件来表现人物，展示人物性格。要始终看定一两个主要人物，不要使他们写着写着走了样子。贪多，往往会叫人物走样子的。《三国演义》看上去情节很多，但事事都从人物出发。诸葛亮死了还吓了司马懿一大跳，这当然是作者有意安排上去的，目的就是为了丰富诸葛亮这个人物。《红日》中大多数人物写得好，但有些人就没有写好，这原因是人物太多了，有些人物作者不够熟悉，掌握不住。《林海雪原》里的白茹也没写得十分好，这恐怕是曲波同志对女同志还了解得不多的缘故。因此不必要的、不熟悉的就不写，不足以表现人物性格的不写。贪图表现自己知识丰富，力求故事多，那就容易坏事。

写小说和写戏一样，要善于支配人物，支配环境（写出典型环境、典型人物），如要表现炊事员，光把他放在厨房里烧锅煮饭，就不易出戏，很难写出吸引人的场面；如果写部队在大沙漠里铺轨，或者在激战中同志们正需要喝水吃饭、非常困难的时候，把炊事员安排进去，作用就大了。

无论什么文学形式，一写事情的或运动的过程就不易写好，如有个作品写高射炮兵作战，又是讲炮的性能、炮的口径，又是红绿信号灯如何调炮……就很难使人家爱看。文学作品主要是写人，写人的思想活动，遇到什么困难，怎样克服，怎样斗争……写写技术也可以，但不能贪多，因为这不是文学主要的任务。学技术，那有技术教科书嘛!

刻划人物要注意从多方面来写人物性格。如写地主，不要光写他凶残的一面，把他写得像个野兽，也要写他伪善的一面，写他的生活、嗜好、习惯、对不同的人不同的态度……多方面写人物的性格，不要小胡同里赶猪——直来直去。

当你写到戏剧性强的地方，最好不要写他的心理活动，而叫他用行动说话，来表现他的精神面貌。如果在这时候加上心理描写，故事的紧张就马上弛缓下来。《水浒》上的鲁智深、石秀、李逵、武松等人物的形象，往往用行动说话来表现他们的性格和精神面貌，这个写法是很高明的。《水浒》上武松打虎的一段，写武松见虎时心里是怕的，但王少堂先生说评书又作了一番加工：武松看见了老虎，便说："啊！我不打死它，它会伤人哟！好！打！"这样一说，把武松这个英雄人物的性格表现得更有声色了。这种艺术的夸张，是有助于塑造英雄人物的形象的！我们写新英雄人物，要大胆些，对英雄人物的行动，为什么不可以作适当的艺术夸张呢？

为了写好人物，可以把五十万字的材料只写二十万字；心要狠一些。过去日本鬼子烧了商务印书馆的图书馆，把我一部十万多字的小说原稿也烧掉了。后来，我把这十万字的材料写成了一个中篇《月牙儿》。当然，这是其中的精华。这好比割肉一样，肉皮肉膘全不要，光要肉核（最好的肉）。鲁迅的作品，文字十分精炼，人物都非常成功，而有些作家就不然，写到事往往就无节制地大写特写，把人盖住了。最近，我看到一幅描绘密云水库上的人们干劲冲天的画，画中把山画得很高很大很雄伟，人呢？却小得很，这怎能表现出人们的干劲呢？看都看不到啊！事件的详细描写总在其次；人，才是主要的。因为有永存价值的是人，而不是事。

语言的运用对文学是非常重要的。有的作品文字色彩不浓，首先是逻辑性的问题。我写作中有一个窍门，一个东西写完了，一定要再念再念再念，念给别人听（听不听在他），看念得顺不顺？准确不？别扭不？逻辑性强不？……看看句子是否有不够妥当之处。我们不能为了文字简练而简略。简练不是简略、意思含糊，而是看逻辑性强不强，准确不准确。只有逻辑性强而又简单的语言才是真正的简练。

运用文字，首先是准确，然后才是出奇。文字修辞、比喻、联想假如并不出奇，用了反而使人感到庸俗。讲究修辞并不是滥用形容词，而是要求语言准确而生动。文字鲜明不鲜明，不在于用一些有颜色的字句。一千字的文章，我往往写三天，第一天可能就写成，第二天、第三天加工修改，把那些陈词滥调和废话都删掉。这样做是否会使色彩不鲜明呢？不，可能更鲜明些。文字不怕朴实，朴实也会生动，也会有色彩。齐白石先生画的小鸡，虽只那么几笔，但墨分五彩，能使人看出来许多颜色。写作时堆砌形容词不好。语言的创造，是用普通的文字巧妙地安排起来的，不要硬造字句，如“他们在思谋……”，“思谋”不常用，不如用“思索”倒好些，既现成也易懂。宁可写得老实些，也别生造。

文学是语言的艺术，我们是语言的运用者，要想办法把“话”说好，不光是要注意“说什么”，而且要注意“怎么说”。注意“怎么说”才能表现出自己的语言风格。各人的“说法”不同，各人的风格也就不一样。“怎么说”是思考的结果，侯宝林的相声之所以逗人笑，并不只因他的嘴有功夫，而是因为他的想法合乎笑的规律。写东西一定要善于运用文字，苦苦思索，要让人家看见你的思想风貌。

用什么语言好呢？过去我很喜欢用方言，《龙须沟》里就有许多北京方言。在北京演出还好，观众能懂，但到了广州就不行了，广州没有这种方言，连翻译也没法翻译。这次写《女店员》我就注意用普遍话。推广普遍话，文学工作者都有责任。用一些富有表现力的方言，加强乡土气息，不是不可以，但不要贪多；没多少意义的，不易看懂的方言，干脆去掉为是。

小说中人物对话很重要。对话是人物性格的索隐，也就是什么样的人说什么样的话。一个人物的性格掌握住了，再看他在什么时间、什么地点，就可以琢磨出他将会说什么与怎么说。写对话的目的是为了使人物性格更鲜明，而不只是为了交代情节。《红楼梦》的对话写得很好，通过对话可以使人看见活生生的人物。

关于文字表现技巧，不要光从一方面来练习，一棵树吊死人，要多方面练习。一篇小说写完后，可试着再把它写成话剧（当然不一定发表），这会有好处的。话剧主要是以对话来表达故事情节，展示人物性格，每句话都要求很精炼，很有作用。我们也应当学学写诗，旧体诗也可以学学，不摸摸旧体诗，就没法摸到中国语言的特点和奥妙。这当然不是要大家去写旧体诗词，而是说要学习我们民族语言的特色，学会表现、运用语言的本领，使作品中的文字千锤百炼。这是要下一番苦功夫的。

写东西一定要求精炼，含蓄。俗语说："宁吃鲜桃一口，不吃烂杏一筐"，这话是很值得深思的。不要使人家读了作品以后，有"吃腻了"的感觉，要给人留出回味的余地，让人看了觉得：这两口还不错呀！我们现在有不少作品不太含蓄，直来直去，什么都说尽了，没有余味可嚼。过去我接触过很多拳师，也曾跟他们学过两手，材料很多，可是不能把这些都写上。我就捡最精彩的一段来写：有一个老先生枪法很好，最拿手的是"断魂枪"，这是几辈祖传的。外地有个老人学的枪法不少，就不会他这一套，于是千里迢迢来求教枪法，可是他不教，说了很多好话，还是不行。老人就走了，他见那老人走后，就把门锁起来，把自己关在院内，一个人练他那套枪法。写到这里，我只写了两个字："不传"，就结束了。还有很多东西没说，让读者去想。想什么呢？就让他们想想小说的"底"——许多好技术，就因个人的保守，而失传了。

小说的"底"，在写之前你就要找到。有些作者还没想好了"底"就写，往往写到一半就写不下去，结果只好放弃了。光想开头，不想结尾，不知道"底"落在哪里，是很难写好的。"底"往往在结尾时才表现出来，"底"也可以说是你写这小说的目的。如果你一上来把什么都讲了，那就是漏了“底”。比如，前面所说的学枪法的故事，就是叫你想想由于这类的“不传”，我们祖国从古到今有多少宝贵的遗产都被埋葬掉啦！写相声最怕没有“底”，没有“底”就下不了台，有了“底”，就知道前面怎么安排了。

小说所要表达的东西是多种多样的。由于我国社会主义建设的需要，当前着重于写建设，这是正确的。当然，也可以写其他方面的生活。在写作时，若只凭有过这么回事，凑合着写下来，就不容易写好；光知道一个故事，而不知道与这故事有关的社会生活，也很难写好。

小说的形式也是多种多样的，有书信体，日记体，还有……资本主义国家有些作品，思想性并不强，可是写得那么抒情，那么有色彩，能给人以艺术上的欣赏。这种作品虽然没有什么教育意义，我们不一定去学，但多看一看，也有好处。现在我们讲百花齐放，我看放得不够的原因之一，就是知道得不多，特别是世界名著和我国的优秀传统知道得不多。

生活知识也是一样，越博越好，了解得越深越透彻越好。因此，对生活要多体验、多观察，培养多方面的兴趣，尽可能去多接触一些事物。就是花木鸟兽、油盐酱醋也都应注意一下，什么时候用着它很难预料，但知道多了，用起来就很方便。在生活中看到的，随时记下来，看一点，记一点，日积月累，日后大有用处。

在表现形式上不要落旧套，要大胆创造，因为生活是千变万化的，不能按老套子来写。任何一种文学艺术形式一旦一成不变，便会衰落下去。因此，我们要想各种各样的法子冲破旧的套子，这就要敢想、敢说、敢干。“五四”时期打破了旧体诗、文言文的格式，这是个了不起的文化革命！文学艺术，要不断革新，一定要创造出新东西，新的样式。如果大家都写得一样，那还互相交流什么？正因为各有不同，才互相观摩，取长补短，共同提高。新创造的东西，可能有些人看着不大习惯，但大家可以辩论呀！希望大家在文学形式上能有所突破，有新的创造！

第五十二讲

略谈人物描写①

老　舍

对于人物的描写，我看到过三种：第一种，我管它叫作工笔画的。这就是说，它如工笔画的人物，一眼一手都须描上多少多少笔，细中加细，一笔不苟，死下工夫。我不喜欢此法。因一眼一手并不足代表全人，设为一眼而写万字，则是浪费笔墨，使人只见一眼，而失其人。且欲求人物之生动，不全在相貌的特殊，而多赖性格与行动的揭露与显示。性格与处境相值，逼出行动；行动乃内心的面貌。以此面貌与眉目口鼻相映，则全人毕显矣。反之，若极求外貌描写之精详，而无法使之活动，是解剖工作，非创造矣。且艺术作品中之描写，要在以经济的手段，扼要提出，使读者一目了然，且得深刻印象。若尽意刻画一眼一鼻，以至全身衣冠带履，而失其全人生活力量，是小女儿精心刺绣，纵极工致，不能成为艺术作品。

第二种是偏重心理的描写，把人的内心活动，肆意揭发。人之独白，人之幻想，人之呓语，无不细细写出，以洞见其肺肝。此种描写，得心理之助，亦不无可取之处。但过于偏重，往往因入骨三分，致陷于纤弱细巧——只有神经，而无骨骼。且致力于此者，最易追求人的隐私，而忘人生与社会的关系。“食色性也”，欲揭破人心之秘，势必先追求“性也”之私，因而往往堕于淫秽琐碎。此种写法，以剖析为手段，视繁琐为重大，自难健康。且出发点在

① 原载1941年3月20日《抗战文艺》第7卷第2、3期合刊，据2008年版《老舍全集》第17卷校订。

"心"，则设计遣材势必随此而定，细巧轻微的末屑，尽成宝贵的材料；忘去社会，乃为必然——可以博得少数人的欣赏，殊难给人生以重大的训教与指导。

第三种，我管它叫作戏剧的描写法。写戏剧的人应当把剧中人物预先想好，人物的家世，性格，职业，习惯，……都想了再想，一闭目便能有全人立于眼前。然后，他才能使这些人遇到什么样的事件，便立刻起决定的反应。所以，戏剧虽仅有对话，而无一语不恰好的配备着内心的与身体上的动作。写小说，虽较戏剧方便，可以随时描写人物的一切，可是我以为最好是采取戏剧的写法，把人物预先想好，以最精到简洁的手段，写出人物的形貌，以呈露其性格与心态。这样，人物的描写既不繁琐——如第一种，复无病态——如第二种；而是能康健的，正确的，写出人与事之联结，外貌与内心的一致或相反。健康的作品中，其人物的描写或多用此法。

第五十三讲

人物不打折扣①

老　舍

常有人问：有了一个很不错的故事，为什么写不好或写不出人物？

据我看，毛病恐怕是在只知道人物在这一故事里作了什么，而不知道他在这故事外还作了什么。这就是说，我们只知道了一件事，而对其中的人物并没有深刻的全面的了解，因而也就无从创造出有骨有肉的人物来。不论是中篇或短篇小说，还是一出独幕剧或多幕剧，总要有个故事。人物出现在这个故事

① 据2008年版《老舍全集》第16卷校订。

里。因为篇幅有限，故事当然不能很长，也不能很复杂。于是，出现在故事里的人物，只能够作某一些事，不会很多。这一些事只是人物生活中的一片段，不是他的全部生活。描写全部生活须写很长的长篇小说。这样，只仗着一个不很长的故事而要表现出一个或几个生龙活虎般的人物来，的确是不很容易。

怎么办呢？须从人物身上打主意。我们得到了一个故事，就要马上问问自己：对其中的人物熟悉不熟悉呢？假若很熟悉，那就可能写出人物来。假若全无所知，那就一定写不出人物来。

在一篇短篇小说里或一篇短剧里，没法子装下一个很复杂的故事。人物只能作有限的事，说有限的话。为什么作那点事、说那点话呢？怎样作那点事、说那点话呢？这可就涉及人物的全部生活了。只有我们熟悉人物的全部生活，我们才能够形象地、生动地、恰如其分地写出人物在这个小故事里作了什么和怎么作的，说了什么和怎么说的。通过这一件事，我们表现出一个或几个形象完整的人物来。只有这样的人物才会作出这样的一点事，说出这样的一点话。我们必须去深刻地了解人。知道他的十件事，而只写一件事，容易成功。只知道一件，就写一件，很难写出人物来。

在我的几篇较好的短篇小说里，我都用的是预备写长篇的资料。因为没有时间写长篇，我往往从预备好足够写一二十万字的小说里抽出某一件事，写成只有几千字的短篇。这样的短篇，虽然故事简单，人物不多；可是，对人物的一切，我已想过多少次。于是，人物的一举一动，一言一语，都能够表现他们的不同的性格与生活经验。我认识他们。我本来是想用一二十万字从生活各方面描写他们的。

篇幅虽短，人物可不能折扣！在长篇小说里，我们可以从容地、有头有尾地叙述一个人物的全部生活。在短篇里，我们是借着一个简单的故事，生活中的一片段，表现出人物。我们若是知道一个人物的生活全部，就必能写好他的生活的一片段，使人看了相信：只有这样一个人，才会作出这样的一些事。虽然写的是一件事，可是能够反映出人物的全貌。

还有一件事，也值得说一说。在我把剧本交给剧院之后，演员们总是顺着我写的台词，分别给所有的人物去作小传。即使某一人物的台词只有几句，预备扮演他（或她）的演员也照着这几句话，加以想象，去写出一篇人物小传来。这是个很好的方法。这么作了之后，演员便摸到剧中人物的底。不管人物在台上说多说少，演员们总能设身处地，从人物的性格与生活出发，去说或多或少的台词。某一人物的台词虽然只有那么几句，演员却有代他说千言万语的准备。因此，演员才能把那几句话说好——只有这样的一个角色，才会这么说那几句话。假若演员不去拟写人物小传，而只记住那几句台词，他必定不能获得闻声知人的效果。人物的全部生活决定他在舞台上怎么说那几句话。是的，得到一个故事，最好是去细细琢磨其中的人物。假若对人物全无所知，就请不要执笔，而须先去生活，去认识人。故事不怕短，人物可必须立得起来。人物的形象不应因故事简短而打折扣。只知道一个故事，而不洞悉其中人物，无法进行创作。人是故事的主人。

第五十四讲

景物的描写①

老　舍

在民间故事里，往往拿“有那么一回”起首，没有特定的景物。这类故事多数是纯朴可爱的，但显然是古代流传下来的，把故事中的人名地点与时间已全磨了去。近代小说就不同了，故事中的人物固然是独立的，它的背景也是特

① 据2008年版《老舍全集》第17卷校订。

定的。背景的重要不只是写一些风景或东西，使故事更鲜明确定一点，而是它与人物故事都分不开，好似天然长在一处的。背景的范围也很广：社会，家庭，阶级，职业，时间等等都可以算在里边。把这些放在一个主题之下，便形成了特有的色彩。有了这个色彩，故事才能有骨有肉。到今日而仍写些某地某生者，就是没有明白这一点。

这不仅是随手描写一下而已，有时候也是写小说的动机。我没有详明的统计为证，只就读书的经验来说，回忆你的作品可真见到过不少。这种作品里也许是对于一人或一事的回忆，可是地方景况的追念至少也得算写作动机之一。"我们最美好的希望是我们最美好的记忆。"我们幼时所熟习的地方景物，即一木一石，当追想起来，都足以引起热烈的情感。正如莫泊桑在《回忆》中所言："你们记得那些在巴黎附近一带的浪游日子吗？我们的穷快活吗，我们在各处森林的新绿下面的散步吗，我们在塞因河边的小酒店里的晴光沈醉吗，和我们那些极平凡而极隽美的爱情上的奇遇吗？"

许多好小说是由这种追忆而写成的；假若这里似乎缺乏一二实例来证明，那正是因为例子太容易找到的缘故。我们所最熟习的社会与地方，不管是多么平凡，总是最亲切的。亲切，所以能产生好的作品。到一个新的地方，我们很能得一些印象，得到一些能写成很好的旅记的材料。但印象终归是印象，至好不过能表现出我们观察力的精确与敏锐；而不能作到信笔写来，头头是道。至于我们所熟习的地点，特别是自幼生长在那里的地方，就不止于给我们一些印象了，而是它的一切都深印在我们的生活里，我们对于它能象对于自己分析得那么详细，连那里空气中所含的一点特别味道都能一闭眼还想象的闻到。所以，就是那富于想象力的迭更司与威尔斯，也时常在作品中写出他们少年时代的经历，因为只有这种追忆是准确的，特定的，亲切的，真能供给一种特别的境界。这个境界使全个故事带出独有的色彩，而不能用别的任何景物来代替。

在有这种境界的作品里，换了背景，就几乎没了故事；哈代[①]与康拉得[②]都足以证明这个。在这二人的作品中，景物与人物的相关，是一种心理的，生理的，与哲理的解析，在某种地方与社会便非发生某种事实不可；人始终逃不出景物的毒手，正如蝇的不能逃出蛛网。这种悲观主义是否合理，暂且不去管；这样写法无疑的是可效法的。这就是说，他们对于所要描写的景物是那么熟悉，简直的把它当作个有心灵的东西看待，处处是活的，处处是特定的，没有一点是空泛的。读了这样的作品，我们才能明白怎样去利用背景；即使我们不愿以背景辖束人生，至少我们知道了怎样去把景物与人生密切的联成一片。

至于神秘的故事，便更重视地点了，因为背景是神秘之所由来。这种背景也许是真的，也许是假的，但没有此背景便没有此故事。Algernon Blackwood（阿尔杰农·布莱克伍德）[③]是离不开山，水，风，火的，坡[④]便喜欢由想象中创构出象The House of Usher（厄谢尔的房子）那样的景物。在他们的作品中，背景的特质比人物的个性更重要得多。这是近代才有的写法，是整个的把故事容纳在艺术的布景中。

有了这种写法，就是那不专重背景的作品也会知道在描写人的动作之前，先去写些景物，并不为写景而写景，而是有意的这样布置，使感情加厚。象劳伦司[⑤]的《白孔雀》中的描写出殡，就是先以鸟啼引起妇人的哭声："小山顶上又起啼声。"而后，一具白棺材，后面随着个高大不象样的妇人，高声的哭叫。小孩扯着她的裙，也哭。人的哭声吓飞了鸟儿。何等的凄凉！

康拉得就更厉害，使我们读了之后，不知是人力大，还是自然的力量更大。正如他说："青春与海！好而壮的海，苦咸的海，能向你耳语，能向你吼

① 托马斯·哈代（1840—1928），英国诗人、小说家。

② 约瑟夫·康拉德（1857—1924），英国作家。

③ 阿尔杰农·布莱克伍德（1869—1951），英国恐怖小说家。

④ 埃德加·爱伦·坡（1809—1849），19世纪美国诗人、小说家、文学评论家。

⑤ 戴维·赫伯特·劳伦斯（1885—1930），20世纪英国小说家、批评家、诗人、画家。

叫，能把你打得不能呼吸。”是的，能耳语，近代描写的功夫能使景物对人耳语。写家不但使我们感觉到他所描写的，而且使我们领会到宇宙的秘密。他不仅是精详的去观察，也仿佛捉住天地间无所不在的一种灵气，从而给我们一点启示与解释。哈代的一阵风可以是：“一极大的悲苦的灵魂之叹息，与宇宙同阔，与历史同久。”

这样看来，我们写景不要以景物为静止的；不要前面有人，后面加上一些不相干的田园山水，作为装饰，象西洋中古的画像那样。我们在设想一个故事的全局时，便应打算好要什么背景。我们须想好要这背景干什么，否则不用去写。人物如花草的子粒，背景是园地，把这颗子粒种在这个园里，它便长成这个园里的一棵花。所谓特定的色彩，便是使故事有了园地。

有人说，古希腊与罗马文艺中，表现自然多注意它的实用的价值，而缺乏纯粹的审美。浪漫运动无疑的是在这个缺陷上予以很有力的矫正，把诗歌和自然的崇高与奥旨联结起来，在诗歌的节奏里感到宇宙的脉息。我们当然不便去摹拟古典文艺的只看加了人工的田园之美，可是不妨把“实用价值”换个说法，就是无论我们要写什么样的风景，人工的园林也好，荒山野海也好，我们必须预定好景物对作品的功用如何。真实的地方色彩，必须与人物的性格或地方的事实有关系，以助成故事的完美与真实，反之，主观的，想象的，背景，是为引起某种趣味与效果，如温室中的热气，专为培养出某种人与事，人与事只是为作足这背景的力量而设的。Pitkin（皮特金）说：“在司悌芬孙，自然常是那主要的女角；在康拉得，哈代，和多数以景物为主体的写家，自然是书中的恶人；在霍桑①，它有时候是主角的黑影。”这是值得玩味的话。

写景在浪漫的作品中足以增高美的分量，真的，差不多没有再比写景能使文字充分表现出美来的了。我们读了这种作品，其中有许多美好的诗意的描写，使我们欣喜，可是谁也有这个经验吧——读完了一本小说，只记得些散碎

① 纳撒尼尔·霍桑（1804—1864），美国心理分析小说的开创者。

的事情，对于景物几乎一点也不记得。这个毛病就在于写得太空泛，只是些点缀，而与故事没有顶亲密的关系。天然之美是绝对的，不是比较的。一个风景有一个特别的美，永远独立。假若在作品中随便的写些风景，即使写得很美，也不能给读者以深刻的印象。还有，即使把特定的景物写得很美妙，而与故事没有多少关系，仍然不会有多少艺术的感诉力。我们永忘不了《块肉余生》里Ham（汉姆）下海救人那段描写，为什么？写得好自然是一个原因，可是主要的还是因为这段描写恰好足以增高故事中的戏剧的力量；时候，事情，全是特异的，再遇上这特异的景物，所以便永不会被人忘记。设若景阳岗上来的不是武二，而是武大，就是有一百条老虎也不会有什么惊人的地方。

为增高故事中的美的效力，当然要设法把景物写得美好了，但写景的目的不完全在审美上。美不美是次要的问题，最要紧的是在写出一个“景”来。我们一提到“景”这个字，仿佛就联想到“美景良辰”。其实写家的本事不完全在能把普通的地点美化了，而在乎他把任何地点都能整理得成一个独立的景。这个也许美，也许丑。假如我们要写下等妓女所居留的窄巷中，除非我们是“恶之花”的颓废人物，大概总不会发疯似的以臭为香。我们必须把这窄巷中的丑恶写出来，才能把它对人生的影响揭显得清楚。我们的责任就在于怎样使这丑恶成为一景。这就是说，我们当把这丑陋的景物扼要的，经济的，净炼的，提出，使它浮现在纸面上，以最有力的图像去感诉。把田园木石写美了是比较容易的，任何一个平凡的文人也会编造些“天朗气清，惠风和畅”这类的句子。把任何景物都能恰当的，简要的，准确的，写成一景，使人读到马上能似身入其境，就不大容易了。这也就是我们所应当注意的地方。

写景不必一定用很生的字眼去雕饰，但须简单的暗示出一种境地。诗的妙处不在它的用字生僻，“只在此山中，云深不知处”，是诗境的暗示，不用生字，更用不着细细的描画。小说中写景也可以取用此法。贪用生字与修辞是想以文字讨好，心中也许一无所有，而要专凭文字去骗人；许多写景的“赋”恐怕就是这种冤人的玩艺。真本事是在用几句浅显的话，写成一个景——不是以文字来敷衍，而是心中有物，且找到了最适当的文字。看莫泊桑的《归来》：“海水用它那单调和轻短的浪花，拂着海岸。那些被大风推送的白云，飞鸟一般在蔚蓝的天空斜刺里跑也似的经过；那村子在向着大洋的山坡里，负着日光。”

一句话便把村子的位置说明白了，而且是多么雄厚有力：那村子在向着大洋的山坡里，负着日光。这是一整个的景，山，海，村，连太阳都在里边。我们最怕心中没有一种境地，而硬要配上几句，纵然用上许多漂亮的字眼，也无济于事。心中有了一种境地，而不会捉住要点，枝节的去叙述，也不能讨好。这是写实的作家常爱犯的毛病。因为力求细腻，所以逐一描写，适足以招人厌烦——象巴尔扎克的《乡医》的开首那种描写。我们观察要详尽，不错；但是观察之后面找不出一些意义来，便没有什么用处。一个地方的邮差比谁知道的街道与住户也详细吧，可是他未必明白那个地方。详细的观察，而后精确的写述，只是一种报告而已。文艺中的描绘，须使读者身入其境的去“觉到”。我们不能只拿读者当作旁观者，有时候也应请读者分担故事中人物的感觉；这样，读者才能深受感动，才能领会到人在景物中的动作与感情。

“比拟”是足以给人以鲜明印象的。普通的比拟，可是适足以惹人讨厌，还不如简单的直说。要用比拟，便须惊人；不然，就干脆不用。空洞的修辞是最要不得的。在这里，我们应当提出“观察”这个字，加以解释。一般的总以为观察便是要写山就去观山，要写海便去看海。这自然是该有的事，可是这还不够，我们须更进一步，时时刻刻的留心，对什么也感到趣味；然后到写作的时候，才能把不相干的东西联想到一处，而创出顶好的比喻。夜间火山的一明一灭，与吕宋烟的烧燃，毫无关系。可是以烟头的燃烧，比拟夜间火山口的明灭，便非常的出色。吕宋烟头之小，火山之大，都在我们心中，才能到时候发生妙用。所谓观察便是无时无地不在留心，而到描写的时候，随时的有美妙的联想，把一切东西都写得活泼泼的，就好象一个健壮的人，全身的血脉都那么鲜净流畅。小说家的本事就在这里。辛克莱与其他的热心揭发人世黑暗的写家们，都犯了一个毛病：真下功夫去观察所要揭发的事实，可是忘记了怎样去把它们写成文艺作品。他们的叙述是力求正确详细，可是只限于这一点，他们没能随手的表现出人生更大更广的经验。他们的好处是对于某一地一事的精确，他们的缺点是局面太小。设若托尔司太生在现时，也写《屠场》那类的东西，他一定不仅写成怪好的报告，而也能象《战争与和平》那样的真实与广大。《战争与和平》的伟大不在乎人多事多，穿插复杂，而在乎处处亲切活现，使人真想拿托尔司太当个会创造世界的一位神仙。最伟大的作家都是这样，他们在一个主题下贯串起来全部的人生经验。这并不是说，他们总是乌烟瘴气的把所知道的都写进去，不是！他们是在描写一景一事的时候，随时随地的运用着一切经验，使全部故事没有落空的地方。中国电影，因为资本小，人才少，所以总是那么简陋没劲。美国的电影，即使是瞎胡闹一回，每个镜头总有些花样，有些特别的布置，绝不空空洞洞。写小说也是如此，得每个镜头都不空。精确的比拟是最有力的小花样，处处有这种小花样，故事便会不单调，不空洞。写一件事需要一千件事作底子，因为一个人的鼻子可以象一头蒜，林中的小果在叶儿一动光儿一闪之际可以象个猛兽的眼睛，作家得上自绸缎，下至葱蒜，都预备好呀！

可是，有的人根本不会写景，怎办呢？有一个办法，不写。狄福在《鲁滨逊飘流记》中自然是景物逼真了，可是他的别的作品往往是一直的说下去，并不细说景物，而故事也还很真切。他有个本事，能借人物的活动暗示出环境来，因而可以不大去管景物的描述。这个，说真的，可实在不易学。我们只须记住这个，不善写景就不必勉强，而应当多注意到人物与事实上去；千万别拉扯上一些不相干的柳暗花明，或菊花时节什么的。

时间的利用，也和景物一样，因时间的不同，故事的气味也便不同了。有个确定的时间，故事一开首便有了特异的味道。在短篇小说里，这几乎比写景还重要。

故事中所需用的时间，长短是不拘的，一天也可以，十年也可以；这全依故事中的人物与事实而定。不过，时间越长，越须注意到季节描写的正确。据我个人的经验，想利用一个地点作背景，作者至少须在那里住过一年；我觉得把一地的四时冷暖都领略过，对于此地才能算有了相当的认识。地方的气候季节如个人的喜怒哀乐，知道了它的冷暖阴晴才摸到它的脾气。

对于一个特别的时间，也很好利用，如大跳舞会，赶集，庙会等。假使我们描写有钱有闲的社会，开首就利用大跳舞会，便很有力量。同样，描写农村而利用赶集，庙会，也是有不少便宜的。依此类推，一件事必当有个特别时间，唯有在此时间内事实能格外鲜明，如雨后的山景。还有，最好利用的是人们所忽视的时间，如天快亮了的时候。这时候，跳舞会完了，妇女们已疲倦得不得了，而仍狂吸着香烟。这时候，打牌的人们脸上已发绿，可把眼还瞪着那些小长方块。这时候，穷人们为避免巡警的监视，睡眼巴睁的去拾煤核儿。简单的说，这可以叫作时间的隙缝，在隙缝之间，人们把真形才显露出来。时间所给的感情，正如景物，夜间与白天不同，春天与秋天不同，雨天与晴天不同；这个不难利用。在这个之外，我们还须去找缝子，学校闹风潮，或绅士家里半夜三更的妻妾哭吵，是特别有价值的一刻。

第五十五讲

事实的运用①

老　舍

小说中的人与事是相互为用的。人物领导着事实前进是偏重人格与心理的描写，事实操纵着人物是注重故事的惊奇与趣味。因灵感而设计，重人或重

① 据2008年版《老舍全集》第17卷校订。

事，必先决定，以免忽此忽彼。中心既定，若以人物为主，须知人物之所思所作均由个人身世而决定；反之，以事实为主，须注意人心在事实下如何反应。前者使事实由人心辐射出，后者使事实压迫着个人。若是，故事才会是心灵与事实的循环运动。事实是死的，没有人在里面不会有生气。最怕事实层出不穷，而全无联络，没有中心。一些零乱的事实不能成为小说。

大概我们平常看事，总以为它们是平面的，看过去就算了，此乃读新闻纸的习惯与态度。欲作个小说家，须把事实看成有宽广厚的东西，如律师之辩护，要把犯人在作案时的一切情感与刺激都引为免罪或减罪的证据。一点风一点雨也是与人物有关系的，即使此风此雨不足帮助事实的发展，亦至少对人物的心感有关。事实无所谓好坏，我们应拿它作人格的试金石。没有事情，人格不能显明；说一人勇敢，须在放炸弹时试试他。抓住人物与事实相关的那点趣味与意义，即见人生的哲理。在平凡的事中看出意义，是最要紧的。把事实只当作事实看，那么见了妓女便只见了争风吃醋，或虚情假义，如蝴蝶鸳鸯派作品中所报告者。由妓女的虚情假义而看到社会的罪恶，便深进了一层；妓女的狡猾应由整个社会负责任，这便有了些意义。事实的新奇要在其次，第一须看出个中的深义。

我们若能这样看事实并找事实，就不怕事实不集中，因为我们已捉到事实的真义，自然会去合适的裁剪或补充。我们也不怕事实虚空了，因为这些事实有人在其中。不集中与空虚是两大弊病，必须避免。

小说，我们要记住了，是感情的纪录，不是事实的重述。我们应先看出事实中的真意义，这是我们所要传达的思想；而后，把在此意义下的人与事都赋与一些感情，使事实成为爱，恶，仇恨，等等的结果或引导物；小说中的思想是要带着感情说出的。“快乐”，巴尔扎克说，“是没有历史的，‘他们很快乐’一语是爱情小说的收结。”

在古代与中古的故事里，对于感情的表现是比较微弱的，设若Henry

James（亨利·詹姆斯）[1]的作品而放在古人们手里，也许只用“过了十年”一语便都包括了；他的作品总是在特别的一点感情下看一些小事实，不厌其细琐与平凡，只要写出由某件事所激起的感情如何。康拉德的小说中有许多新奇的事实，但是他决不为新奇而表现它们，他是要述说由事实所引起的感情，所以那些事实不止新奇，也使人感到亲切有趣。小说，十之八九，是到了后半便松懈了。为什么？多半是因为事实已不能再是感情的刺激与产物。一旦失去这个，故事便失去活跃的力量，而露出勉强堆砌的痕迹来。一下笔时不十分用力，以便有余力贯彻全体，不过是消极的办法；设若始终拿事实为感情起落的刺激物，便不怕有松懈的毛病了。康拉德之所以能忽前忽后的述说，就是因为他先决定好了所要传达的感情为何，故事的秩序虽颠倒杂陈亦不显着混乱了。

所谓事实发展的关键，逗宕与顶点者，便是感情的冲突、波浪与结束。这是个自然的步骤。假若我们没有深厚的感情，而空泛的逗宕，适足以惹人讨厌，如八股文之起承转合然。Arlo Bates（阿洛·贝茨）说：“我不相信小说构成的死规则。工作的方法必随个人的性情而异。我自己的办法据我看是最逻辑的，可是我知道这是每一写家自决的问题。以我自己说，我以为小说的大体有定好的必要，而且在未动手之前就知道结局是更要紧的。”

这段话使我们放胆去运用事实。实事是事实，是死的，怎样运用它是我们自己的事。Arnold Bennett（阿诺尔特·贝内特）[2]在巴黎的一个饭馆里，看见一老妇，她的举止非常的可笑。他就设想她曾经有过美好的青春，由少艾而肥老，其间经过许多细小的不停的变化。于是他便决定写那《老妇们的故事》。但这本书当开始动笔的时候，主角可已不是那个老妇，因为她太老了，不足以惹起同情。杜思妥益夫斯基[3]的《罪与罚》是根据他自己的经验，但把故事放在都市里，因为都市生活的不安与犯罪空气的浓厚，更适宜于此题旨的表现。

① 亨利·詹姆斯（1843—1916），美国小说家、文学批评家、剧作家、散文家。

② 阿诺德·本涅特（1867—1931），英国作家。

③ 陀思妥耶夫斯基（1821—1881），俄国作家。

这样看，我们得到事实是随时的事，我们用什么事实是判断了许多事实之后的结果。真人真事不过是个起点，是个跳板。我们不仗着事实本身的好坏，而是仗着我们怎样去判断事实。这就是说，小说一开首的某件事实，已经是我们判断过的；在小说中，大家所见到的是事实的逐渐的发展，其实在作者心中，小说中的第一件事与第末一件事同样是预先决定好了的。自然，谁也不会把一部小说的每一段都预先想好，只等动笔一写，象填表格似的，不会。写出来才是作品，想得怎样高明不算一回事。但是，我们确能在写第一件事的时候，已经预备好末一件事，而且并不很难，因为即使我们不准知道那件是什么事，我们总会知道那是件什么样的事——我们所要传达的与激起的情绪是什么便替我们决定，替我们判断，所需要的是什么事。明乎此，在下笔的时候便能准确；我们要的是“怒”，便不会上手就去打哈哈。及至写完了，想改正，我们也知道了怎去改正——加强我们所要激起的感情，删削那阻碍或破坏此种情绪的激发的。

由事实中求得意义，予以解释，而后把此意义与解释在情绪的激动下写出来；这样，我们才敢以事实为生材料，不论是极平凡的，还是极惊奇的，都有经过锻炼的必要。我们最怕教事实给管束住：看见或听见一件奇事，我们想这必是好材料，而愿把它写出来。这有两个危险，第一是写了一堆东西，而毫无意义；第二是只顾了写事而忘记了去创造人。反之，我们知道材料是需要我们去锻炼炮制的，我们才敢大胆的自由的去运用它们，使它们成为我们手中的东西。小说中的事实所以能使人感到艺术的味道就是因为每一事实所给的效果与感力都是整个作品所要给的效果与感力的一部分，仿佛每一件事都是完全由作者调动好了的，什么事在他手下都能活动起来。硬插入一段事实，不管它本身是多么有趣，必定妨碍全体的整美。平匀是最不易作到的。要平匀，我们必须依着所要激动的情绪制造出一种空气，把一切材料都包围起来。我们所要的是“怒”，那么便可以利用声音、光线、味道，种种去包围那些材料，使它们都在这种声音、光线、味道中有了活力，有了作用，有了感力。这样，我们才能使作品各部分平匀的供给刺激，全体象一气呵成的，在最后达到“怒”的高潮。所谓小说中的逗宕便是在物质上为逻辑的排列，在精神上是情绪的盘旋回荡。小说是些图画，都用感情联串起来。图画的鲜明或暗淡，或一明一暗，都凭所要激起的情感而决定。千峰万壑，色彩各异，有明有暗，有远有近，有高有低，但是在秋天，它们便都有秋的景色，连花草也是秋花秋草。小说的事实如千峰万壑，其中主要的感情便是季节的景色。

但是，我们千万莫取巧，去用小巧的手段引起虚浮的感情。电影片中每每用雷声闪光引起恐怖，可是我们并不受多少感动，而有时反觉得可笑可厌。暗示是个好方法，它能调剂写法，使不至处处都是强烈的描画，通体只有色而无影。它也能使描写显着细腻，比直接述说还更有力。一个小孩，当故意恐吓人的时候，也会想到一种比直陈事实更有力的方法——不说出什么事，而给一点暗示。他不说屋中有鬼，而说有两只红眼睛。小说中的暗示，给人一些希冀，使人动心。说屋中有些血迹，比直说那里杀了人更多些声势；说某人的衣服上有油污，比直说他不干净强。暗示既使人希冀，又使人与作者共同去猜想，分担了些故事发展的预测。但是这不可用得过火了，虚张声势而使读者受骗是不应该的。

第五十六讲

多写小小说①

老　舍

为了报刊的活跃，和文艺作品更能及时地反映新人新事，我想啊，大家似

① 原载1958年3月1日《新港》2、3月合刊号，据2008年版《老舍全集》第17卷校订。

乎应该多写些小小说。小小说是最短的短篇小说，比如说每篇至多不超过两千字。

写短了有好处。先从作者方面说吧，有些人以为作品越长越好，动不动就想写几十万字的长篇，事实证明，作品好坏不决定于字数的多少。几十万字里若有许多废话，也不过是废话作品而已。烂杏一筐不如鲜桃一口，人所共知。写的多不易字字珠玉，写的少易于精益求精。短而精是鲜桃一口，胜于冗长的烂杏一筐。我们应当求精，不应当贪多。知道的多而写的少，易于控制。善于控制是艺术本领。知道的少而写的多，必然东拉西扯。前者简练充实，言之有物；后者虚张声势，空洞枝冗。

我们不排斥长篇。但是长篇也须善于控制，力求精炼。那么，练习练习短而精的，养成求精不贪多的习惯，定有好处。学会了短而精的，不愁不会写长而精的作品。反之，先习惯于拖泥带水地写长的，长的既写不好，也写不出短而精的来。

再从社会需要方面来说：我们的国家正在百废俱兴，积极建设，所以人人忙，处处忙。在这情况下，短的作品更能及时地反映飞跃前进的现实，教育广大的读众。写长篇费时间，读长篇也费时间。短篇更起作用。我们不排斥长篇，但也必须承认短篇的优越性。社会主义的建设要快要好，所以作品也要短而精。虽然我们也需要长篇，但大势所趋，我们的时代到底是短篇的时代。

无须顾虑时间性。及时地反映现实是作家的责任。而且，只要写得精，便能传留久远。我们今天还喜读莫泊桑与欧·亨利的短篇小说。这也说明，这两位大师并不因创作短篇小说而不算大作家。

那么，写短篇就是了，何必还要再短一些呢？我是这么看：现有的短篇作品中还有些不够精炼的，本来可以只用两千字，而用了三千。我们希望作家以后执笔，能够加工再加工，写得更短更精一些。我们更希望把小小说当作一个新体裁看待，别出心裁，只用一二千字就能写出一篇美好而新颖的小说。

小小说是小说，不是随感或报导。它短小，可是还有人物。这可就不简单了。写这种小说，作者需要极其深入地了解问题与人物，并能够极其概括地叙述事实，用三言五语便刻画出人物。这是很高的本领。作者学会这个本领，将终生享受不尽。因为不会写短小精悍的才去写长的，便是对长篇不负责任。

我们不排斥随感与报导。可是我们争取多写有人物的小小说，社会主义的人具有特殊的、空前的光采，我们的事情可贵，我们的人更可贵，因此，我们若能努力写出既短又精，而且有人物的小小说，一定是难能可贵的。

第五十七讲

越短越难①

老　舍

怎么写短篇小说，的确是个很难回答的问题。我自己就没写出来过像样子的短篇小说。这并不是说我的长篇小说都写得很好，不是的。不过，根据我的写作经验来看：只要我有足够的资料，我就能够写成一部长篇小说。它也许相当的好，也许无一是处。可是，好吧坏吧，我总把它写出来了。至于短篇小说，我有多少多少次想写而写不成。这是怎么一回事呢？

我仔细想过了，找出一些原因：先从结构上说吧。一部文学作品须有严整的结构，不能像一盘散沙。可是，长篇小说因为篇幅长，即使有的地方不够严密，也还可以将就。短篇呢，只有几千字的地方，绝对不许这里太长，那里太短，不集中，不停匀，不严紧。

这样看来，短篇小说并不因篇幅短就容易写。反之，正因为它短，才很

① 据2008年版《老舍全集》第16卷校订。

难写。

从文字上看也是如此。长篇小说多写几句，少写几句，似乎没有太大的关系。短篇只有几千字，多写几句和少写几句就大有关系，叫人一眼就会看出：这里太多，那里不够！写短篇必须做到字斟句酌，一点不能含糊。当然，写长篇也不该马马虎虎，信笔一挥。不过，长篇中有些不合适的地方，究竟容易被精采的地方给遮掩过去，而短篇无此便利。短篇应是一小块精金美玉，没有一句废话。我自己喜写长篇，因为我的幽默感使我会说废话。我会抓住一些可笑的事，不管它和故事的发展有无密切关系，就痛痛快快发挥一阵。按道理说，这大不应该。可是，只要写的够幽默，我便舍不得删去它（这是我的毛病），读者也往往不事苛责。当我写短篇的时候，我就不敢那么办。于是，我总感到束手束脚，不能畅所欲言。信口开河可能写成长篇（文学史上有例可查），而绝对不能写成短篇。短篇需要最高度的艺术控制。浩浩荡荡的文字，用之于长篇，可能成为一种风格。短篇里浩荡不开。

同时，若是为了控制，而写得干干巴巴，就又使读者难过。好的短篇，虽仅三五千字，叫人看来却感到从从容容，舒舒服服。这是真本领。哪里去找这种本领呢？从我个人的经验来说，最要紧的是知道的多，写的少。有够写十万字的资料，而去写一万字，我们就会从容选择，只要精华，尽去糟粕。资料多才易于调动。反之，只有够写五千字的资料，也就想去写五千字，那就非弄到声嘶力竭不可。

我常常接到文艺爱好者的信，说：我有许多小说资料，但是写不出来。

其中，有的人连信还写不明白。对这样的朋友，我答以先努力进修语文，把文字写通顺了，有了表现能力，再谈创作。

有的来信写的很明白，但是信中所说的未必正确。所谓小说资料是不是一大堆事情呢？一大堆事情不等于小说资料。所谓小说资料者，据我看，是我们把一件事已经咂摸透，看出其中的深刻意义——借着这点事情可以说明生活中的和时代中的某一问题。这样摸着了底，我们就会把类似的事情收揽进来，补我们原有的资料的不足。这样，一件小说资料可能一来二去地包括着许多类似的事情。也只有这样，当我们写作的时候，才能左右逢源，从容不迫，不会写了一点就无话可说了。反之，记忆中只有一堆事情，而找不出一条线索，看不出有何意义，这堆事情便始终是一堆事情而已。即使我们记得它们发生的次序，循序写来，写来写去也就会写不下去了——写这些干什么呢！所谓一堆事情，乍一看起来，仿佛是五光十色，的确不少。及至一摸底，才知道值得写下来的东西并不多。本来嘛，上茅房也值得写吗？值不得！可是，在生活中的确有上茅房这类的事。把一大堆事情剥一剥皮，即把上茅房这类的事都剥去，剩下的核儿可就很小很小了。所以，我奉劝心中只有一堆事情的朋友们别再以为那就是小说资料，应当先想一想，给事情剥剥皮，看看核儿究竟有多么大。要不然，您总以为心中有一写就能写五十万言的积蓄，及至一落笔便又有空空如也之感。同时，我也愿意奉劝：别以为有了一件似有若无的很单薄的故事，便是有了写短篇小说的内容。那不行。短篇小说并不因为篇幅短，即应先天不足！恰相反，正是因为它短，它才需要又深又厚。您所知道的必须比要写的多得多。

是的，上面所说的也适用于人物的描写。在长篇小说里，我们可以从容介绍人物，详细描写他们的性格、模样与服装等等。短篇小说里没有那么多的地方容纳这些形容。短篇小说介绍人物的手法似乎与话剧中所用的手法相近——一些动作，几句话，人物就活生生地出现在我们眼前。当然，短篇小说并不禁止人物的形容。可是，形容一多，就必然显着冗长无力。我以为：用话剧的手法介绍人物，而在必要时点染上一点色彩，是短篇小说描绘人物的好办法。

除非我们对一个人物极为熟悉，我们没法子用三言两语把他形容出来。在短篇小说里，我们只能叫他作一两件事，可是我们必须作到：只有这样的一个人才会作这一两件事，而不是这样的一个人偶然作了这一两件事，更不是随便哪个人都能作这一两件事。即使我们故意叫他偶然地作了一件事，那也必须是只有这个人才会遇到这件偶然的事，只有这个人才会那么处理这件偶然的事。还是那句话：知道的多，写的少。短篇小说的篇幅小，我们不能叫人物作过多的事。我们叫他作一件事也好，两件事也好，可是这点事必是人物全部生活与性格的有力说明，不是他一辈子只作了这么一点点事。只有知道了孔明和司马懿的终生，才能写出《空城计》。假若事出偶然，恐怕孔明就会束手被擒，万一司马懿闯进空城去呢！

风景的描写也可应用上述的道理。人物的形容和风景的描写都不应是点缀。没有必要，不写；话很多，找最要紧的写，少写。

这样，即使我们还不能把短篇小说写好，可也不会一写就写成长的短篇小说，废话太多的短篇小说了。

以上，是我这两天想起来的话，也许对，也许不对；前面不是说过吗，我不大会写短篇小说呀。

第五十八讲

答北斗杂志社问：创作要怎样才会好？①

鲁 迅

编辑先生：

来信的问题，是要请美国作家和中国上海教授们做的，他们满肚子是“小说法程”和“小说作法”。我虽然做过二十来篇短篇小说，但一向没有“宿

① 原发表于1932年1月20日《北斗》第2卷第1期。《北斗》，文艺月刊，“左联”的机关刊物之一，丁玲主编。1931年9月在上海创刊，1932年7月出至第2卷第3、4期合刊后停刊，共出8期。1931年12月，该刊以“创作不振之原因及其出路”为题向许多作家征询意见。本文是作者所作的答复。

见”，正如我虽然会说中国话，却不会写“中国语法入门”一样。不过高情难却，所以只得将自己所经验的琐事写一点在下面——

一，留心各样的事情，多看看，不看到一点就写。

二，写不出的时候不硬写。

三，模特儿不用一个一定的人，看得多了，凑合起来的。

四，写完后至少看两遍，竭力将可有可无的字，句，段删去，毫不可惜。宁可将可作小说的材料缩成Sketch，决不将Sketch材料拉成小说。

五，看外国的短篇小说，几乎全是东欧及北欧作品，也看日本作品。

六，不生造除自己之外，谁也不懂的形容词之类。

七，不相信“小说作法”之类的话。

八，不相信中国的所谓“批评家”之类的话，而看看可靠的外国批评家的评论。

现在所能说的，如此而已。此复，即请编安！

第五十九讲

AB与C[1]

老　舍

粗粗的，我可以把十年来写小说的经验划成三个阶段。

（A）女子若是不先学了养小孩而后出嫁，大概写家们也很少先熟读了什么什么法程与入门而后创作。写作的动机，在我们的经验里，与其说是由于照

① 原载1937年2月《文学》第8卷第2号，据2008年版《老舍全集》第17卷校订。

猫画虎的把材料填入一定的格式之内，还不如说是由于材料逼着脑子把它落在白纸上。不写，心里痒痒。于是就写起活来。自然是乱七八糟。这时候，材料是一切，凡是可以拉进来的全用上，越多越热闹。譬若：描写一面龙旗，便不管它在整段之中有何作用。而抱定它死啃，把龙鳞一个个的描画，直到筋疲力尽，还找补着细说一番龙尾巴。这一段谈龙的自身也许是很好的文字，怎奈它与全体无关；可是，在那时候，自己专为这一段得意；写完龙鳞，赶紧去抓凤眼，又是与谁也不相干的一大段。龙鳞凤眼都写得很好，可是连自己也忘了到底说的是什么了。想了一会儿，噢，原来正题是讲张王李的三角恋爱呀。龙凤与此全无关系。但是已经写好，怎能再改，况且那龙与凤都很够样儿呀。于是然而一大转，硬把龙凤放下，而拾起三角恋爱。就是这么东补西拼，我写成了一两本小说。

（B）工夫不骗人，一两本小说写成，自然长了经验：知道了怎样管着自己了。无论怎样好的材料，不能随便拉它上来。我懂了什么叫中心思想。即使难于割舍，也得咬牙，不三不四的材料全得放在一旁。这可就难多了！清一色的材料还真不大容易往一块凑呢。这才知道写作的难处，再也不说下笔万言，倚马可待①了。在（A）阶段里，什么东西都是好的，口上总念道着：这个事有趣，等我把它写进去。现在，什么东西都要画上个“？”了，口中念道着：这是写小说呀，不是编一张花花绿绿的新闻纸！这时候，才稍能欣赏那平稳停匀的作品，不以乌烟瘴气为贵了。

（C）闹中心思想又过去了，现在最感困难的是怎能处处切实。有了中心思想，也有了由此而来的穿插，好了，就该动笔写吧。哼，一动笔就碰钉子，就苦恼，就要骂街，甚至于想去跳井！是呀，该用的材料都预备好了，可就是写不出。譬如说吧，题目是三角恋爱，我把三角之所以成为三角，三角人，三角地，三角吻，三角起打，和舞场，电影院，一切的一切，都预备好了。及至

① 靠着即将出征的战马起草文件，可以立等完稿。形容文思敏捷，文章写得快。

一提笔，想说春天的晚上；坏了，我没预备好春天的暮色是什么样。我只要简单的两三句话，而极生动的写出这个景色，使人一看便动心，就自己也要闹恋爱去，好吧，这两三句话够想一天的，而且未必想得起来。缺乏经验呀，观察得不够呀！这个三角恋爱的故事不知道需要多少多少经验，才能句句不空；上自天文，下至跳舞，都须晓得，而且真正内行，每句是个小图画，每句都说到了家，不但到了家，而且还又碰回来，当当儿的响。单有了中心思想单有了好的结构，才算不了一回事呢！

到了（C）这块儿，我很想把以前的作品全烧掉，从此搁笔改行，假如有人能白给我五十万块钱的话。

第四章 诗歌创作

第六十讲

诗　人[1]

老　舍

设若有人问我：什么是诗？我知道我是回答不出的。把诗放在一旁，而论诗人，犹之不讲英雄事业，而论英雄其人，虽为二事，但密切相关，而且也许能说得更热闹一些，故论诗人。

好象记得古人说过，诗人是中了魔的人。什么魔？什么是魔？我都不晓得。由我的揣猜大概有两点可注意的：（一）诗人在举动上是有异于常人的，最容易看到的是诗人囚首垢面，有的爱花或爱猫狗如命，有的登高长啸，有的海畔行吟，有的老在闹恋爱或失恋，有的挥金如土，有的狂醉悲歌……在常人的眼中，这些行动都是有失正统的，故每每呼诗人为怪人、为狂士、为败家子。可是，这些狂士（或什么什么怪物）却能写出标准公民与正人君子所不能写的诗歌。怪物也许倾家败产，冻饿而死，但是他的诗歌永远存在，为国家民族的珍宝。这是怎一回事呢？

一位英国的作家仿佛这样说过：写家应该是有女性的人。这句话对不对？我不敢说。我只能猜到，也许本着这位写家自己的经验，他希望写家们要心细如发，象女人们那样精细。我之所以这样猜想者，也许表示了我自己也愿写家们对事物的观察特别详密。诗人的心细，只是诗人应具备的条件之一。不过，仅就这一个条件来说，也许就大有出入，不可不辨。诗人要怎样的心细呢？是不是象看财奴一样，到临死的时候还不放心床畔的油灯是点着一根灯草呢，还

[1] 原载1941年5月30日《新蜀报》，据2008年版《老舍全集》第17卷校订。

是两根？多费一根灯草，足使看财奴伤心落泪，不算奇怪。假若一个诗人也这样办呢？呵，我想天下大概没有这样的诗人！一个人的才力是长于此，则短于彼的。一手打着算盘，一手写着诗，大概是不可能。诗人——也许因为体质的与众人不同，也许因天才与常人有异，也许因为所注意的不是油盐酱醋之类的东西——总有所长，也有所短，有的地方极注意，有的地方极不注意。有人说，诗人是长着四只眼的，所以他能把一团飞絮看成了老翁，能在一粒砂中看见个世界。至于这种眼睛能否辨别钞票的真假，便没有听见说过了。他的眼要看真理，要看山川之美；他的心要世界进步，要人人幸福。他的居心与圣哲相同，恐怕就不屑于，或来不及，再管衣衫的破烂，或见人必须作揖问好了。所以他被称为狂士、为疯子。这狂士对那些小小的举动可以因无关宏旨而忽略，叫大事可就一点也不放松，在别人正兴高采烈，歌舞升平的时节，他会极不得人心的来警告大家。人家笑得正欢，他会痛哭流涕。及至社会上真有了祸患，他会以身谏，他投水，他殉难！正如他平日的那些小举动被视为疯狂，他的这种舍身救世的大节也还是被认为疯狂的表现而结果。即使他没有舍身全节的机会，他也会因不为五斗米而折腰，或不肯赞谀什么权要，而死于贫困。他什么也没有，只有一些诗。诗，救不了他的饥寒，却使整个的民族有些永远不灭的光荣。诗人以饥寒为苦么？那倒也未必，他是中了魔的人！

说不定，我们也许能发现一个诗人，他既爱财如命，也还能写出诗来。这就可以提出第（二）来了：诗人在创作的时候确实有点发狂的样子。所谓灵感者也许就是中魔的意思吧。看，当诗人中了魔，（或者有了灵感），他或碰倒醋瓮，或绕床疾走，或到庙门口去试试应当用“推”还是“敲”，或喝上斗酒，真是天翻地覆。他喝茶也吟，睡眠也唱，能够几天几夜，忘寝废食。这时候，他把全部精力全拿出来，每一道神经都在颤动。他忘了钱——假使他平日爱钱。忘了饮食、忘了一切，而把意识中，连下意识中的那最崇高的、最善美的，都拿了出来！把最好的字，最悦耳的音，都配备上去。假使他平日爱钱，到这时节便顾不得钱了！在这时候而有人跟他来算账，他的诗兴便立刻消逝，没法挽回。当作诗的时候，诗人能把他最喜爱的东西推到一边去，什么贵重的东西也比不上诗。诗是他自己的，别的都是外来之物。诗人与看财奴势不两立，至于忘了洗脸，或忘了应酬，就更在情理中了。所以，诗人在平时就有点象疯子；在他作诗的时候，即使平日不疯，也必变成疯子——最快活、最苦痛、最天真、最崇高、最可爱、最伟大的疯子！

皮毛的去学诗人的囚首垢面，或破鞋敝衣，是容易的，没什么意义的。要成为诗人须中魔啊。要掉了头，牺牲了命，而必求真理至善之阐明，与美丽幸福之揭示，才是诗人啊。眼光如豆，心小如鼠，算了吧，你将永远是向诗人投掷石头的，还要作诗么？

第六十一讲

写诗究竟是怎么一回事[1]

林徽因

写诗，或可说是要抓紧一种一时闪动的力量，一面跟着潜意识浮沉，摸索自己内心所萦回，所着重的情感——喜悦，哀思，忧怨，恋情，或深，或浅，或缠绵，或热烈，又一方面顺着直觉，认识，辨味，在眼前或记忆里官感所触遇的意象——颜色，形体，声音，动静，或细致，或亲切，或雄伟，或诡异；再一方面又追着理智探讨，剖析，理会这些不同的性质，不同分量，流转不定的情感意象所互相融会，交错策动而发生的感念；然后以语言文字（运用其声音意义）经营，描画，表达这内心意象，情绪，理解在同时间或不同时间里，

① 原载1936年8月30日《大公报·文艺副刊》，据2010年版《林徽因文集》校订。

适应或矛盾的所共起的波澜。

写诗，或又可说是自己情感的，主观的，所体验了解到的；和理智的，客观的，所体察辨别到的，同时达到一个程度，腾沸横溢，不分宾主地互相起了一种作用，由于本能的冲动，凭着一种天赋的兴趣和灵巧，驾驭一串有声音，有图画，有情感的言语，来表现这内心与外物息息相关的联系，及其所发生的悟理或境界。

写诗，或又可以说是若不知其所以然的，灵巧的，诚挚的，在传译给理想的同情者，自己内心所流动的情感穿过繁复的意象时，被理智所窥探而由直觉与意识分着记取的符录！一方面似是惨淡经营——至少是专诚致意，一方面似是借力于平时不经意的准备，“下笔有神”的妙手偶然拈来；忠于情感，又忠于意象，更忠于那一串刹那间内心整体闪动的感悟。

写诗，或又可说是经过若干潜意识的酝酿，突如其来的，在生活中意识到那么凑巧的一顷刻小小时间；凑巧的，灵异的，不能自已的，流动着一片浓挚或深沉的情感，敛聚着重重繁复演变的情绪，更或凝定入一种单纯超卓的意境，而又本能地迫着你要刻划一种适合的表情。这表情积极的，像要流泪叹息或歌唱欢呼，舞蹈演述；消极的，又像要幽独静处，沉思自语。换句话说，这两者合一，便是一面要天真奔放，热情地自白去邀同情和了解，同时又要寂寞沉默，孤僻地自守来保持悠然自得的完美和严肃！

在这一个凑巧的一顷刻小小时间中，（着重于那凑巧的）你的所有直觉，理智，官感，情感，记性和幻想，独立的及交互的都迸出它们不平常的锐敏，紧张，雄厚，壮阔及深沉。在它们潜意识的流动——独立的或交互的融会之间——如出偶然而又不可避免地涌上一闪感悟，和情趣——或即所谓灵感——或是亲切的对自我得失悲欢；或辽阔的对宇宙自然；或智慧的对历史人性。这一闪感悟或是混沌朦胧，或是透彻明晰。像光同时能照耀洞察，又能揣摩包含你的所有已经尝味，还在尝味，及幻想尝味的“生”的种种形色质量，且又活跃着其间错综重叠于人于我的意义。

这感悟情趣的闪动——灵感的脚步——来得轻时，好比潺潺清水婉转流畅，自然的洗涤，浸润一切事物情感，倒影映月，梦残歌罢，美感的旋起一种超实际的权衡轻重，可抒成慷慨缠绵千行的长歌，可留下如幽咽微叹般的三两句诗词。愉悦的心声，轻灵的心画，常如啼鸟落花，轻风满月，夹杂着情绪的缤纷；泪痕巧笑，奔放轻盈，若有意若无意地遗留在各种言语文字上。

但这感悟情趣的闪动，若激越澎湃来得强时，可以如一片惊涛飞沙，由大处见到纤微，由细弱的物体看它变动，宇宙人生，幻若苦谜。一切又如经过烈火燃烧锤炼，分散，减化成为净纯的茫焰气质，升处所有情感意象于空幻，神秘，变移无定，或不减不变绝对，永恒的玄哲境域里去，卓越隐奥，与人性情理遥远的好像隔成距离。身受者或激昂通达，或禅寂淡远，将不免挣扎于超情感，超意象，乃至于超言语，以心传心的创造。隐晦迷离，如禅偈玄诗，便不可制止地托生在与那幻想境界几不适宜的文字上，估定其生存权。

写诗……

总而言之，天知道究竟写诗是怎么一回事。在写诗的时候，或者是“我知道，天知道”；到写了之后，最好学Browning①不避嫌疑的自讯的，只承认“天知道”，天下关于写诗的笔墨官司便都省了。

我们仅听到写诗人自己说一阵奇异的风吹过，或是一片澄清的月色，一个惊讶，一次心灵的振荡，便开始他写诗的尝试，迷于意境文字音乐的搏斗，但是究竟这灵异的风和月，心灵的振荡和惊讶是什么？是不是仍为那可以追踪到内心直觉的活动；到潜意识后面那综错交流的情感与意象；那意识上理智的感念思想；以及要求表现的本能冲动？灵异的风和月所指的当是外界的一种偶然现象，同时却也是指它们是内心活动的一种引火线。诗人说话没有不打比喻的。

我们根本早得承认诗是不能脱离象征比喻而存在的。在诗里情感必依附在

① 罗伯特·布朗宁，英国维多利亚时代诗人，著有诗集《男男女女》《剧中人物》等。

意象上，求较具体的表现；意象则必须明晰地或沉着地，恰适地烘托情感，表征含义。如果这还需要解释，常识的，我们可以问：在一个意识的或直觉的，官感，情感，理智，同时并重的一个时候，要一两句简约的话来代表一堆重叠交错的外象和内心情绪思想所发生的微妙的联系，而同时又不失却原来情感的质素分量，是不是容易或可能的事？一个比喻或一种象征在字面或事物上可以极简单，而同时可以带着字面事物以外的声音颜色形状，引起它们与其他事关系的联想。这个办法可以多方面地来辅助每句话确实的含义，而又加增官感情感理智每方面的刺激和满足，道理甚为明显。

无论什么诗都从不会脱离过比喻象征，或比喻象征式的言语。诗中意象多不是寻常纯客观的意象。诗中的云霞星宿，山川草木，常有人性的感情，同时内心人性的感触反又变成外界的体象，虽简明浅现隐奥繁复各有不同的。但是诗虽不能缺乏比喻象征，象征比喻却并不是诗。

诗的泉源，上面已说过，是意识与潜意识地融会交流错综的情感意象和概念所促成；无疑地，诗的表现必是一种形象情感思想合一的语言。但是这种语言，不能仅是语言，它又须是一种类似动作的表情，这种表情又不能只是表情，而须是一种理解概念的传达。它同时须不断传译情感，描写现象诠释感悟。它不是形体而须创造形体颜色；它是音声，却最多仅要留着长短节奏。最要紧地是按着疾徐高下，和有限的铿锵音调，依附着一串单独或相联的字义上边；它须给直觉意识，情感理智，以整体的快惬。

因为相信诗是这样繁难的一列多方面条件的满足，我们不能不怀疑到纯净意识的，理智的，或可以说是“技术的”创造——或所谓“工”之绝无能为。诗之所以发生，就不叫它做灵感的来临，主要的亦在那一闪力量突如其来，或灵异的一刹那的“凑巧”，将所有繁复的“诗的因素”都齐集荟萃于一俄顷偶然的时间里。所以诗的创造或完成，主要亦当在那灵异的，凑巧的，偶然的活动一部分属意识，一部分属直觉，更多一部分属潜意识的，所谓“不以文而妙”的“妙”。理智情感，明晰隐晦都不失之过偏。意象瑰丽迷离，转又朴实平淡，像是纷纷纭纭不知所从来，但飘忽中若有必然的缘素可寻，理解玄奥繁难，也像是纷纷纭纭莫明所以。但错杂里又是斑驳分明，情感穿插联系其中，若有若无，给草木气候，给热情颜色。一首好诗在一个会心的读者前边有时真会是一个奇迹！但是伤感流丽，铺张的意象，涂饰的情感，用人工连缀起来，疏忽地看去，也未尝不像是诗。故作玄奥渊博，颠倒意象，堆砌起重重理喻的诗，也可以赫然惊人一下。

写诗究竟是怎么一回事，真是惟有天知道得最清楚！读者与作者，读者与读者，作者与作者关于诗的意见，历史告诉我传统的是要永远地差别分歧，争争吵吵到无尽时。因为老实地说，谁也仍然不知道写诗是怎么一回事的，除却这篇文字所表示的，勉强以抽象的许多名词，具体的一些比喻来捉摸描写那一种特殊的直觉活动，献出一个极不能令人满意的答案。

第六十二讲

谈　诗[1]

老　舍

克家[2]：

老朋友，谢谢你约我为《诗刊》写稿！

不过，你真把我考住了！你明明知道：我没有诗才，不但不敢写诗，而且连诗也不敢谈。你却偏叫我为《诗刊》写稿，不是分明将我一军么？

老朋友开个小玩笑，也许没有太大的坏处吧？好，我就信口开河，谈谈诗

① 原载1957年《诗刊》5月号，据2008年版《老舍全集》第16卷校订。

② 指臧克家。著名诗人，代表作品有《难民》《老马》《烙印》等。

的问题，看你敢刊用不敢！

用百花齐放的眼光来看，我以为，一想到诗，我们就想起三种形式来：旧体诗词、新诗和通俗歌曲。这三种的形式不同，语言也不同。按照百花齐放的看法，它们都应当开花。不，不但只是各开各的花，还应当彼此竞赛，看谁开的更漂亮，最漂亮。

可惜，事实上并不如此。

以近数日我所看到的作品来说，旧诗词中有很好的，可也有只能算作韵语的。新诗有了很好的发展，但精采的也不很多。至于通俗的鼓词之类的作品，就数量既少，质量也未提高。老朋友，还是别发表这封信吧，它会招致许多人的不满！再说，我看到的作品有限，估价难免主观，不大公平。

不过，假若我的话不幸而言中，这可就有了问题。这问题的发生也许在号召百花齐放的初期是必不可免的。是的，听到百花齐放的号召，人人欢欣鼓舞，当然就愿意发表一些自己所惯用的语言与形式写成的作品。这是在情理之中的。因此，大家只顾争取发表，而一时还没考虑到值得发表与否，也在情理之中，无可厚非。

可是，日子一长，这种你新我旧，你提高我普及，近乎彼此对立，而都缺乏传诵一时的创作，便不能使人满意了。好的诗，不管用什么形式写的，总是能够传诵一时，洛阳纸贵的。百花齐放不仅是在形式上热闹热闹，而是要求各种形式的诗都出奇制胜，真有好东西。这些好东西使人读了再读，手舞足蹈地感谢百花齐放的号召，而不是只使读者看见多种形式，并无所热爱。我们应当开始竞赛了，不是吗?

诗是最难写的，我知道。当我念诗的时候，不管是旧体的还是新体的，我都设身处地地为诗人想想：看，这个字用的多么好啊，那一行的音节多么漂亮啊！诗人费了多少心血啊！但是，这种钦慕、感谢诗人的情感，并不能拦阻我去更严格地要求诗人写出更好的、顶好的作品来。我是读者，我有权要求当代杜甫的出现，虽然我明知道这是极不容易的；唐代那么多诗人中才只有一个杜甫啊。可是，诗人而以杜甫自期，也不见得就是狂妄吧。各种形式的诗作者，竞赛吧！不要以为掌握了某种形式便有发表权，我们读者要求真正好的诗！是的，读者也要求好小说，好戏剧；我并不专对诗人苛求，而宽容小说家与戏剧者。不过，现在咱们是在谈诗，就不便旁扯到小说与戏剧上去了。

不竞赛，就容易抱残守缺，敝帚千金，只在形式上绕圈子，力求循规蹈矩，而忘记创造。我以为我们不该只看旧体诗和新诗的表面上的区别，而忘了存异求同。所谓存异，即在形式与语言的运用上有所不同。所谓求同，即都须在思想与感情上的确是诗，不管形式与语言有什么区别。不这么看，便容易把诗的创作仅仅看成形式的运用了。我看了一些近来发表的旧体诗与新诗，它们似乎只有形式和语言的明显区别，而往往缺乏深厚的诗的味道，仿佛是告诉人：只要写得平仄调，韵脚对，就是旧体诗；只要用白话写，就是新诗，请原谅我的直言无隐吧！我知道作诗的困难。因此，我的苛求是对诗人表示敬重，而不是轻视。我渴望大家不只靠不同的形式去支持百花齐放，也希望编辑同志们不只靠不同形式去敷衍百花齐放。我们迫切需要优秀的诗。

没有竞赛，便彼此不相关切，你干你的，我干我的，坐失切磋琢磨之益。假若一位写旧体诗的而肯注意新诗和鼓词，他就会得到启发，去突破旧体诗的形式，有所创造。事实上，杜甫连写律诗也时时独辟新格，并不千篇一律。今天的旧体诗反倒似乎特别“守法”，缺乏新鲜味道。同时，他也会指出新诗在用字上，音律上，有什么不细致不妥当的地方，对新诗的作者有些好处。他也可能因注意到鼓词而写起鼓词来，因为鼓词在形式上和旧体诗有血肉相关的关系，而在语言上又较旧体诗更自由活泼一些。这有多么好啊！同样地，写新诗的而能注意旧体诗与鼓词之类的通俗作品，写鼓词的也注意新诗与旧体诗，就必互相影响，都有好处，用不着细说。

就怕呀，彼此对立，既不竞赛，也不相互交流经验。这就容易引起来文人相轻，只说自己的花香，别人都是野草，正和百花齐放背道而驰。是的，百花齐放是使我们彼此竞赛，彼此尊重，而绝对不是彼此排斥。我看见过：诗人听了鼓词的演唱，连连摇头，认为词句鄙俚不通，实在可笑。可是，为什么诗人不去帮帮艺人的忙，写些精采的段子呢？鼓词不但有人听，而且是工农兵所喜爱的，诗人为什么不应当帮帮忙，服服务呢？假若说诗人只管提高，不屑于普及，那么，谁该去搞普及呢？或者说普及已经过时，大可不提，那怎么《杨乃武与小白菜》这出通俗的曲剧会连卖几个月满座呢？说老实话，艺人们并不满意作家们。艺人们迫切需要新节目，可是肯帮忙的作家并不多。这值得我们想一想。鼓词难道不能成为诗吗？看吧：京音大鼓《白帝城》里就有"几根傲骨支床瘦，一点雄心到死明"这样的好句子。我自己并不完全满意这两句，因为其中用字遣词还嫌太文，再一配上唱腔，听众未必能够听得明白。我引用这两句不过是为说明鼓词可以成为诗，诗人若肯动手，它就可以提高。诗人若只连连摇头，而不肯或不屑动手，似乎就不大公平了。

别误会：我并非要求诗人们都马上去写鼓词之类的东西。百花齐放既不当唯我独尊，轻视别人，也不许强迫别人，都随我来。我只是为艺人们请命，希望有些人出来帮帮他们的忙。即使不愿帮忙，而注意到通俗作品的写法，也有益无损。鼓词并不比新诗或旧体诗更容易写。老朋友，也请你不要误会，我并不要求《诗刊》写上兼载旧体诗与鼓词。我倒是希望另有诗刊，专载旧体诗，或通俗文艺。虽然您不必选用旧体诗与鼓词，我却希望您召集那么一次两次座谈会，约请写各种诗体的人，包括曲艺演员，交换交换意见。座谈时，大家争辩得脸红脖子粗也好，客客气气也好。只要大家通了气，增长些知识，相互影响，便有利于诗的全面发展。诗须各体争妍，诗人本应多才多艺。

春天终于来了。这个老长老长的冬天可真够我受的。我的腿疼得要命。春天来了，就该修理房屋，去年的大雨着实厉害。此刻，我正写这封信，小立娃正背诵"天苍苍，野芒芒，风吹草低见牛羊"，一位瓦匠师傅正哼着《刘巧儿》，一位木匠师傅轻唱着什么西河大鼓，西屋里周姐正听新诗朗诵的广播。这或者也可以算作百花齐放吧？假若是这样，今年的春天，虽然来迟了一点，可就特别可爱了；它将使我的腿少疼一点，而使我的心里极其高兴，因为我听到了各种诗的音乐与语言。我希望听到更好的各体诗歌。

不再写下去，省得多贴八分邮票。我祝你，老朋友，诗思盛旺，身体健康，并致敬礼！

第六十三讲

怎样学诗①

老　舍

诗最难，诗也最容易，我们要当心。能写很好的散文的未必能写诗；因为诗的条件较散文为多；设若连散文还写不好，就更不可以轻易弄诗了。不过，散文必须写得清楚，必须有条有理的成篇；而诗呢，仿佛含混一些也可以，而且可长可短，形式最自由。于是作诗似乎比散文还省着点力气；诗就多起来，诗可也就不象样子了。学旧诗的知道了规矩便可照式填满，然而这只是“填”，不是“作”。喜新诗的便连规矩也不必管，满可以不加思索，一挥而就；然而是诗与否，深可怀疑。

青年朋友们每问我怎样作诗，我非诗人，不敢置答。今天是诗人节，又想起此问题，很愿写出几句；对与不对，不敢保险。

假若今天有位青年想要写诗，我必先请他把散文写好了再说。好的散文虽没有诗的形式与极精妙的语言，可是一字一句也绝不是随便可以写出来的。把散文写好并不是件容易的事。赶到散文已有相当的把握，再去写诗，才知道诗的难写，而晓得怎样用心了。

① 原载1941年5月30日《国民公报》“诗人节特刊”，据2008年版《老舍全集》第17卷校订。

练习散文的时候最好是写故事。故事里有人有景。人有个性及感情，景有独特之美。能于故事中，于适当的字传情写景，然后才能更进一步，以最精炼的文字，一语道出，深情佳景。无至情，无真诗，须于故事中详为揣摩，配以适当的文字。如是立下基础，而后可以言诗；否则未谙人情，何从吟咏？

写情写景略有把握，更须多读名著，以窥写诗之术。自己写几句，与名家著作比较一下，最为有益。

读的多了，再从事习作。凡写一题，须有真情实感。草草写下，一气呵成。既成，放置一二日，再加修改；过一二日，再修改，务求文到情溢，有真情，有好景，有音节，无一废词冗字。如是努力，而仍不得佳作，须检讨自己：是不是对人对事对物的观察不够，或生活太狭，或学识太浅，或为人未能宽大宏朗，致以个人的偏私隐晦了崇高远大的理想……自省的工夫既严，必能发现自身之所短，这才有醒悟，有进步。诗不是文字的玩弄，要在表现其“人”；人之不存，诗何以立？设若只为由科员升为科长，正自别有办法，不必于诗中求之。

青年朋友们，我本非诗人，故决不怕你们诗法高明，夺去我的饭碗。我真诚的盼望你们成为诗人，故不敢不说实话——实话总是不甚甘甜，罪过！罪过！

第六十四讲

论新诗[①]

老　舍

假若旧诗有它的毛病，新诗正该就矫正它。

① 据2008年版《老舍全集》第17卷校订。

不过，事情往往是这样的：旧的毛病未去，而新的毛病又生。所以，一个文艺新潮的涌起，虽然持之有故，言之成理，可未必就马上能有很好的作品出现。最成功之作，仿佛倒是在新潮已定，水清泥沉的时候才有——因为这时候的聪明人，既被新潮所激，复知新潮中的泥沙不就是珍珠与金子，乃悉何弃何取，而成为澄清的碧海。

新诗的运动已有二十年的历史，它的努力已足使它立定脚跟，不至于突然跌倒。可是，二十年的光阴也给了它自省的时间，假若它不只想维持现状，它就该检讨过去，以便加倍努力向前。

自发的觉醒往往是迟缓无力的。可是，新诗遇到了抗战，这是千载难遇的机会。诗要抗战，力量何在呢？看看过去，看看面前，啊，那些梦里的铃声与晓风残月就足以当得铁马金戈，驰骋沙场么？那点微来的呻吟与怡情的短韵就足以排山倒海而使万众一心，齐赴国难吗？

是的，新诗还是株脆弱可怜的小花。但是，暴风雨已经来到了哇。不管它喜欢不喜欢，它需改变它自己；否则无法存在。假若在今天它还不奋发有为，它即使不死，也是半死不活。

让我们平心静气的谈谈吧；（一）新诗的工具是白话。新工具不易马上顺手，是理之当然；白话诗之不能一蹴而成，也很显明。新诗人的运用白话是具有诚心的，绝不是为玩一玩。可是，这点真诚并不见得就能感动天地，立刻能得心应手，因为真诚要不与生命上的活动相配备，而只热情的去推敲几个字眼，是不会得到很好的结果的。所谓生命上的活动，从一个诗人来说，至少要包括着：（1）对旧诗词韵文的研究，因为思想感情时时在变动，而文字之美则变化较缓较少，不认识自家文字的短长，便无法使文字美妙。（2）去从生活上提取白话，而不是东拾一个词西取一个字，来装饰诗歌。真的语言是生命的呼声，一位穿长衫的秀士虽时时喊着“立正”，也成不了军人。（3）对西洋诗须有相当的研究，以求加深对诗歌的理解。假若没有这起码的三点，新诗便变成最容易作，而最没有前途的东西。我不敢说白话诗的现状如何，我只觉得许多新诗的确是很随便写出来的。“工欲善其事，必先利其器”，这句老话在今天似乎还是很有用的。

（二）新诗的建设也须是新诗人性格的养成与表现。旧诗之保存，不仅保存了些文字，也保存了多少伟大诗人的性格——给民族留下永远不灭的正气，使历史的血脉中老有最崇高纯洁的成分。新的诗人，既是诗人，想当然也有他们英发卓立的精神。可是，因为新诗的可以无韵，可以充分自由的择取形式，往往就被视为信笔一挥，无不成功的东西。诗既轻而易举，修养似乎就无所谓；于是，诗虽很不少，而诗人却不多见；那些诗呢，自然也就无关宏旨。还有，新的诗人为表示自己确是诗人，乃取用一些旧诗人的习气，作为商标，因为新的诗人所应具的新的性格还并未“明文规定”。我想，一个现代人才能成为一个现代诗人，一个现代诗人才能写出现代的诗。这若是正确的，则怎样去做个现代诗人，也许比只弄几句白话诗还更重要。

（三）从内容上看，过去二十年来的新诗实在显着贫弱。这，一方面是因为诗的工具还未用得顺手，故不敢搬弄比较沉重的东西，一方面是诗人的生活经验不甚丰富，在自己的一些情感牢骚之外，便因不知其详而最好不言。二十年来有多少值得咏叹的事啊，可是诗坛上并没有使人满意的表现。这是多么可惜的事呢！诗人们，去生活啊，要教我们的时代成为有诗的时代啊！

诗人节略论新诗如是。

第六十五讲

作新诗[1]

胡 适

……

有许多人曾问我做新诗的方法，我说，做新诗的方法根本上就是做一切诗的方法；新诗除了“新体的解放”一项之外，别无他种特别的做法。

这话说得太拢统了。听的人自然又问，那么做一切诗的方法究竟是怎样呢？

我说，诗须要用具体的做法，不可用抽象的说法。凡是好诗，都是具体的；越偏向具体的，越有诗意诗味。凡是好诗，都能使我们脑子里发生一种——或许多种——明显逼人的影像。这便是诗的具体性。

李义山[2]诗“历览前贤国与家，成由勤俭败由奢”，这不成诗。为什么呢？因为他用的是几个抽象的名词，不能引起什么明瞭浓丽的影像。

“绿垂风折笋，红绽雨肥梅”[3]是诗。“芹泥随燕觜，花蕊上蜂须”[4]是诗。“四更山吐月，残夜水明楼”[5]是诗。为什么呢？因为他们都能引起鲜明扑人的影像。

---

① 此文发表于1919年，原名《谈新诗——八年来一件大事》，据亚东图书馆1921年版《胡适文存》校订，有删节。

② 李商隐，字义山。晚唐诗人。

③ 出自唐代杜甫的《陪郑广文游何将军山林》。

④ 出自唐代杜甫的《徐步》。其中“觜”同“嘴”。

⑤ 出自唐代杜甫的《月》。

“五月榴花照眼明”[1]是何等具体的写法！

“鸡声茅店月，人迹板桥霜”[2]是何等具体的写法！

“枯藤老树昏鸦，小桥流水人家，古道西风瘦马，夕阳西下，断肠人在天涯！”[3]这首小曲里有十个影像连成一串，并作一片萧瑟的空气，这是何等具体的写法！

以上举的例都是眼睛里起的影像。还有引起听官里的明瞭感觉的。例如上文引的“昵昵儿女语，灯火夜微明。恩怨尔汝来去，弹指泪和声”[4]，是何等具体的写法！

还有能引起读者浑身的感觉的。例如姜白石词，“暝入西山，渐唤我，一叶夷犹乘兴”[5]。这里面“一叶夷犹”四个合口的双声字，读的时候使我们觉得身在小舟里，在镜平的湖水上荡来荡去。这是何等具体的写法！

再进一步说，凡是抽象的材料，格外应该用具体的写法。看《诗经》的《伐檀》：

坎坎伐檀兮，寘[6]之河之干兮，

河水清且涟猗。

不稼不穑，胡取禾三百廛兮？

不狩不猎，胡瞻尔庭有县[7]貆兮？

社会不平等是一个抽象的题目，你看他却用如此具体的写法。

又如杜甫的《石壕吏》，写一天晚上一个远行客人在一个人家寄宿，偷听得一个捉差的公人同一个老太婆的谈话。寥寥一百二十个字，把那个时代的征

① 出自唐代韩愈的《题张十一旅舍三咏榴花/题榴花》。

② 出自唐代温庭筠的《商山早行》。

③ 出自元代马致远的《天净沙·秋思》。

④ 出自宋代苏轼的《水调歌头·昵昵儿女语》。

⑤ 出自宋代姜夔（号白石道人）的《湘月·五湖旧约》。

⑥ 同“置”，放置。

⑦ 同“悬”，悬挂。

兵制度，战祸，民生痛苦，种种抽象的材料，都一齐描写出来了。这是何等具体的写法！

再看白乐天的《新乐府》，那几篇好的——如“折臂翁”，“卖炭翁”，“上阳宫人”，——都是具体的写法。那几篇抽象的议论——如“七德舞”，“司天台”，“采诗官”，——便不成诗了。

旧诗如此，新诗也如此。

现在报上登的许多新体诗，很多不满人意的。我仔细研究起来，那些不满人意的诗犯的都是一个大毛病，——抽象的题目用抽象的写法。

那些我不认得的诗人做的诗，我不便乱批评。我且举一个朋友的诗做例。傅斯年君在《新潮》四号里做了一篇散文，叫做《一段疯话》，结尾两行说道：

我们最当敬重的是疯子，最当亲爱的是孩子。疯子是我们的老师，孩子是我们的朋友。我们带着孩子，跟着疯子走，走向光明去。

有一个人在北京《晨报》里投稿，说傅君最后的十六个字是诗不是文。后来《新潮》五号里傅君有一首《前倨后恭》的诗，一首很长的诗。我看了说，这是文，不是诗。

何以前面的文是诗，后面的诗反是文呢？因为前面那十六个字是具体的写法，后面的长诗是抽象的题目用抽象的写法。我且抄那诗中的一段，就可明白了：

倨也不由他，恭也不由他！——

你还赧他。

向你倨，你也不削一块肉；向你恭，你也不长一块肉。

况且终竟他要向你变的，理他呢！

这种抽象的议论是不会成为好诗的。再举一个例。《新青年》六卷四号里面沈尹默君的两首诗。一首是《赤裸裸》：

人到世间来，本来是赤裸裸，

本来没污浊，却被衣服重重的裹着，这是为什么？

难道清白的身不好见人吗？那污浊的，裹着衣服，就算免了耻辱吗？

他本想用具体的比喻来攻击那些作伪的礼教，不料结果还是一篇抽象的议论，故不成为好诗。还有一首《生机》：

刮了两日风，又下几阵雪。

山桃虽是开着，却冻坏了夹竹桃的叶。

地上的嫩红芽，更僵了发不出。

人人说天气这般冷，

草木的生机恐怕都被摧折；

谁知道那路旁的细柳条，

他们暗地里却一齐换了颜色！

这种乐观，是一个很抽象的题目，他却用最具体的写法，故是一首好诗。

我们徽州俗话说人自己称赞自己的是“戏台里喝采”。我这篇谈新诗里常引我自己的诗做例，也不知犯了多少次“戏台里喝采”的毛病。现在且再犯一次，举我的《老鸦》做一个“抽象的题目用具体的写法”的例罢：

我大清早起，

站在人家屋角上哑哑的啼，

人家讨嫌我，

说我不吉利；

我不能呢呢喃喃讨人家的欢喜！

第六十六讲

短诗与长诗[①]

朱自清

现在短诗的流行，可算盛极！作者固然很多，作品尤其丰富；一人所作自十余首到百余首，且大概在很短的时日内写成。这是很可注意的事。这种短诗的来源，据我所知，有以下两种：（一）周启明君翻译的日本诗歌，（二）泰戈尔《飞鸟集》里的短诗。前一种影响甚大，但所影响的似乎只是诗形，而未及于意境与风格。因为周君所译日本诗的特色便在它们的淡远的境界和俳谐的气息，而现在流行的短诗里却没有这些。后一种影响较小；但在受它们影响的作品里，泰戈尔的轻倩、曼婉的作风，却能随着简短的诗形一齐表现。而有几位作者所写理知的诗——格言式的短诗，——更显然是从泰戈尔而来。但受这种影响的作品究竟是少数；其余的流行的短诗，在新的瓶子里到底装着些什么呢？据我所感，便只有感伤的情调和柔靡的风格；正如旧诗、词和散曲里所有的一样！因此不能引起十分新鲜的兴味；近来有许多人不爱看短诗，这是一个重要的缘故。长此下去，短诗将向于疲惫与衰老的路途，不复有活跃与伶俐的光景，也不复能把捉生命的一刹那而具体地实现它了。那是很可惜的！所以我希望现在短诗的作家能兼采日本短诗与《飞鸟集》之长，先涵养些新鲜的趣味；以后自然能改变他们单调的作风。那时，短诗便真有感兴的意义了。

现在的短诗叫人厌倦，还有一个原因，就是太滥了！短诗的效用原在“描

① 据1998年版《朱自清散文全集》校订。

写一地的景色，一时的情调”，或说，“表现一刹那的感兴”；所以贵凝炼而忌曼衍。勃来克[①]的诗说：“一沙一世界，一花一天国”正可借来形容短诗的意境。在艺术上，短诗是重暗示、重弹性的表现；叫人读了仿佛有许多影像跃跃欲出的样子。所以短诗并不容易有动人的力量。现在的作家却似乎将它看得太简单了，淡焉漠焉，没相干的情感，往往顺笔写出，毫不经意。这种作品大概是平庸敷泛，不能“一针见血”；读后但觉不痛不痒，若无其事，毫没有些余味可以咀嚼，——自然便会厌倦了！作者必以为不过两三行而已，何须费心别择？不知如无甚意义，便是两三行也觉赘疣；何能苟且出之呢？世间往往有很难的事被人误会为很容易，短诗正是一例。因为容易，所以滥作；因为滥作，所以盛行，所以充斥！但我们要的是精粹的艺术品，不是仓卒的粗制品；虽盛虽多，何济于事？所以我只希望一般作者以后能用极自然而又极慎重的态度去写短诗；量尽可比现在少，质却要比现在好！

因为短诗的单调与滥作，我便想起了长诗。长诗的长应该怎样限定，那很难说。我只能说长诗的意境或情调必是复杂而错综，结构必是曼衍，描写必是委曲周至；这样，行数便自然很多了。在这两年的新诗里，也曾看到几首长诗，自一二百行至三四百行不等；但这决不是规定的长度，我只就现状说说罢了。长诗的好处在能表现情感的发展以及多方面的情感，正和短诗相对待。我们的情感有时像电光的一闪，像燕子的疾飞，表现出来，便是短诗。

有时磅礴郁积，在心里盘旋回荡，久而后出；这种情感必极其层层叠叠、曲折顿挫之致。短诗固万不能表现它，用寻常的诗形，也难写来如意。这里必有繁音复节，才可尽态极妍，畅所欲发；于是长诗就可贵了。短诗以隽永胜，长诗以宛曲尽致胜，都是灌溉生活的泉源，不能偏废；而长诗尤能引起深厚的情感。在几年来的诗坛上，长诗的创作实在太少了；可见一般作家的情感的不丰富与不发达！

---

① 威廉·布莱克（1757—1827），英国第一位重要的浪漫主义诗人。

这样下去，加以现在那种短诗的盛行，情感将有萎缩、干涸的危险！所以我很希望有丰富的生活和强大的力量的人能够多写些长诗，以调剂偏枯的现势！我也晓得长篇的抒情的诗，很不容易产生；在旧诗里，是绝律多而长古少，在词里，是小令、中调多而长调少，可见舍长取短，自古已然。这自然因为一般的作家缺乏深厚的情感或委曲的艺术所致。但我想现在总该有些能写长诗的作家，但因自己的疏懒或时俗所好尚，所以不曾将他们的作品写出。我所希望的便在这些有得写、能够写，而却将机会放过的人！

至于情感本来简单，却想竭力敷衍一番，或存了长诗的观念，勉强去找适宜的情感，那都是我所深恶痛绝的！我只赞叹那些自然写出的好的长诗！有了这种长诗，才有诗的趣味的发展，才有人的情感的圆满的发展。

第六十七讲

诗与快板[①]

老　舍

学习作诗，首先要知道：诗的本质最要紧，诗的形式是次要的。若是专注意形式，不管本质，便是舍本求末，不会成功。

老年间，以科举取士，科场里既考试“八股”，也考作诗，所以举子们自幼就学“天”对“地”，“雨”对“风”，“柳暗”对“花明”，为是辨别字的平仄，积累“红花”和“翠柳”之类的词汇，丰富修辞。然后，他们还要背熟了“诗韵”，以免押韵犯错误。他们也须背熟一些首古代的诗，记住好多典故，以

① 原载1954年7月24日《文艺学习》第4期，据2008年版《老舍全集》第16卷校订。

期自己作的诗既合规矩，又能典雅。经过这一番训练，他们就会作诗了，而且作的格式很对，没有大毛病。

可是，他们之中出了多少真正的诗人呢？很少很少！他们绝大多数是诗匠，不是诗人！这就是说，从形式上看，他们的诗是四平八稳，很合规矩。可是从诗的本质上看，他们的“作品”实在是可有可无的，没有感动人的力量。

这就说明了，单从形式上学诗，即使掌握了形式，还不一定就会作诗。形式只是诗的架子，不是诗的灵魂。

那么，诗的本质到底是什么呢？我想应该这么说：第一，诗中须有思想，而且不是平凡的人云亦云的思想；诗中所要表达与传播的是崇高的、进步的、阐明真理的思想。一个诗人也必是个思想家。第二，诗中须有感情，而且是高伟深厚丰富的感情，不是泛泛的不疼不痒的一点伤感。一个诗人也必是个热爱人生，拥护真理，反抗压迫，嫉恶如仇，见义勇为，是非分明，爱憎分明的热心肠的人。第三，专凭思想与感情还不行。诗人必须还有本领把思想与感情用最美妙最动人的语言表达出来，凭这表达方法使人感动，使人欲罢不能地歌咏赞叹，接受他的教训。这样，一首好诗就必是有崇高思想感情的和语言的精华的作品；这作品使人喜爱，使人惊叹，使人不忍释手地反复吟咏，使人手舞足蹈地受到感染。

这么说来，诗不是就很难作了么？是呀，诗的确很难作！请看看，全世界多少年来可有几个杜甫，几个普希金，几个莎士比亚呢？

那么，我们就不要学作诗了么？不该这样说！我们还是应该学作诗，不过要知道其中的难处，以免一试不成，就灰心丧气；也免得存着侥幸心，只从皮毛上去学习，以为知道了某种形式就能作出某体的诗来。学会作诗可不那么简单！看吧，古代诗人用“呕尽心血”，用“语不惊人死不休”来说明作诗的艰苦。这些话并非故意夸大，而是表明诗人的创作决心与责任感。随随便便作的诗必不能成为结结实实的诗。因此，我们学习作诗必须先要提高思想水平，认清作诗是为传播真理，不是为作文字游戏。我们也必要去丰富生活，以便反映社会现实，从生活斗争中培养我们爱什么与反对什么的强烈感情，好在诗中有热情的歌颂，也有严厉的批评。我们还要时时刻刻细心地观察一切，一花一草之微也不遗漏，以便丰富我们具体描写细致刻画的本领，通过形象说出我们的思想与感情来。自然，我们还必须掌握语言文字的精选妙用，以便用最简练有力的词句道出最高的思想和最复杂的感情，把思想感情与语言结为一体，无可分割，无可增减，使读者自愿地背下全诗，时时吟咏玩味。还没有把散文写通顺的千万别张罗着学作诗。

那么，诗的形式怎样呢？用不着说，一个诗人必须知道形式，因为诗和散文不同啊。诗的音乐性很强，配上乐谱就能唱，不配上乐谱也能吟。在远古的时候，诗、舞蹈和音乐原是三位一体，分不开的。既要能唱能吟，所以诗就按照语言的特质，产生一定的形式，一首诗要有一定的多少句，一句里有一定的节奏。散文就不受这么多的限制，虽然散文也讲究声调铿锵，能朗朗上口。

不过，对形式，有三点该当注意的：第一，诗的形式并不是一成不变的。它随着现实生活的需要与语言的发展随时变动，产生新的形式。因此，咱们的文学史上就有四言诗，五言诗，六言诗，七言诗，而且有词、曲等形式。我们今天不能开倒车，翻回头去作四言诗或五言诗。我们现在用白话作诗，白话自有它自己的词汇与音节，非四言五言所能适应。“美帝国主义”已是五个字了，怎能装进四言诗里去呢？第二，诗的形式很多，诗人在创作的时候必有所选择，看什么形式更适于表现什么内容，不能把内容随便地勉强地填进一种形式里，损害了表现力。好诗的内容与形式好像天然长在一块儿的，像一朵鲜花那么有形有色又有香。坏诗呢就往往是东拼西凑，内容与形式的结合不能作到天衣无缝。古代诗人有一点较小的个人的感触，就作一首五言或七言绝句，只写那么短短的四句就够了；大诗人李白的“床前明月光，疑是地上霜，举头望明月，低头思故乡！”就是个好例子。赶到他叙述一个故事，他就用五古或七古的形式，以五字句或七字句写出几十句几百句，像白居易的《长恨歌》。若是故事很长而且有戏剧性呢，他就写一本诗剧。这样，诗人是运用合适的形式，以期有力地表现内容，而并不毫无选择地老用一套形式。第三，在他运用某一形式的时候，他也还有改变形式的自由，我们的伟大诗人杜甫就是这样。杜甫时常把固定的形式加以变化，不永远死守成规，所以他的诗，专以形式而言，就千变万化，令人感到新颖。他的确是有创造气概的伟大诗人，他是主人，形式不过是他的工具，不像那些赶考的举子，只懂形式，作了形式的奴隶。

现在，咱们可以谈快板与诗的问题了。

这个问题是这么出来的：有人问，本想作诗，却写成了快板，是怎么一回事呢？诗与快板怎么区别呢？

这个发问的人就犯了我们前面说过的毛病——只看形式，不看诗的本质。

快板的“出身”的确有点寒伧[①]，难怪有人不大看得起它。我还记得：三十年前，街上常有手持两片牛骨或竹板的，沿门乞讨，顺口溜出快板来——那时候叫作“数来宝”。他们走到切面铺便说：“打竹板，迈大步，一来来到切面铺；切面铺，大发财，金银元宝一齐来！”他们看见大姑娘、老太太，都有一套词儿奉承，以便求得一点赏钱。看样子，那些词儿好像是临时编出来的，事实上是早有准备，数唱快板是他们的专业呀。

这个形式有不少好处：音节明快；既有“辙”，且可随时变换；字句容易调动，可以容纳地道白话。所以，近几年来，快板就风行一时，而且在配合政治运动上立下些功劳。在爱国卫生运动、婚姻法的宣传、“三反”“五反”运动中，都产生了许多快板，起了相当大的作用。

那么，快板可以变成诗不可以呢？可以！所有的诗的形式都可以产生好诗，所有的诗的形式也都可以产生坏诗；只在形式上绕圈圈，不问诗的本质，便不会产生好诗。看吧，“七律”是自唐宋以来诗人最惯用的形式，可是在杜甫手里就写出这样的好诗：

风急天高猿啸哀，渚清沙白鸟飞回。无边落木萧萧下，不尽长江滚滚

① 同“寒碜”。

来。万里悲秋常作客，百年多病独登台。艰难苦恨繁霜鬓，潦倒新停浊酒杯。（《登高》）

在别人手里呢，再看下边这一首吧：

变风以后数灵均，彭泽天然见性真。

对酒不忘书甲子，《怀沙》空自叹庚寅。

滋兰九畹心偏远，采菊东篱句有神。

五柳三闾异醒醉，何妨千载德为邻。

（《书屈陶合刻后》）

这一首是一位进士公作的，进士非掌握了诗的形式就不能中进士啊！可是，这首诗除了形式还有什么内容呢？什么也没有！可见，专凭形式，连进士也成不了诗人！再让我们看看这几句吧：

车辚辚，马萧萧，行人弓箭各在腰。

耶（爷）娘妻子走相送，尘埃不见咸阳桥。

从形式上说，这像快板不像？很像！这是不是诗？是诗！谁作的？杜甫！我不知道唐朝有没有快板，可是杜甫的这几句（《兵车行》的头几句）的确用了类似今天的快板的形式，而且的的确确是诗；《兵车行》是千古传诵的一篇名作啊！再看：

东方红，

太阳升，

中国出了个毛泽东！

这也用了快板的形式，可还是极好的诗！诗要简练，这一句极简练。诗人并不多说什么："天明了半天，东方已经发了红，太阳就要出来了；啊，毛泽东就好比是中国的太阳啊！"他只简练经济地写出那么一句，可是气魄有多么大，句子有多大分量，感情有多么深厚，声音有多么响亮，念也好听，唱也好听！这是诗，好的诗，虽然用了快板的形式。由此可见，具有诗的本质，用快板的形式也拦不住写成最好的诗。反之，没有诗的本质，用什么形式也不见得写出好诗。快板与诗之间不是“老死不相往来”的！

为什么本来想写诗，而只写出快板来呢？那大概是心中本没有诗，而只有快板的形式，而且是顺口溜的快板形式，不是“东方红”的提高了的快板形式，所以一溜就溜到“牡丹花，红又红”，或是“打竹板，迈大步”。心里本没有诗，而只希望用文字去堆砌成篇，那么，顺口溜正是最容易堆砌起来的东西，所以写着写着就“一来来到切面铺”了！我们须在写快板的时候，也要抱着把它写成为诗的愿望。这样，即使写不成好诗，可也不至于成为很坏的快板。

近来，我听说有人创造了一个新名词——“快板诗”。这大可不必！快板本来就是一种通俗的诗的形式，那些不成为诗的快板是作者只看形式，不负责任地随便写写的结果，而不是这形式本身的过错。

不去深入地学习作诗，就必只看到现成的形式，而忘了诗的生命力量——生活、思想、感情、语言、想像力等，也就写不出诗来，而且不敢大胆地突破形式，创造形式。

有的新诗没有什么形式，这好不好呢？据我看，即使一首诗既不采用古典的形式，如五言七言等等，也不利用民间文艺的形式，如各种鼓词与单弦等等，并且连韵也不押，也还是诗，只要它有思想感情，有精美的语言，可以朗朗上口。这就是说，即使它不接受任何形式，可是它既有诗的本质，而且有语言之美。它的语言，虽然句子长短不定，可确是语言的精华，使人不但爱读它，并且爱朗诵它，乐意把它背下来。形式可以不要，语言的美丽与音乐性却非要不可，因为中国诗之所以成为中国诗必定因为它是中国语言的精华，这也就是民族风格的所在。因此，诗也就无法翻译。思想与感情都可以译出，语言却只有一个，中国话是中国话，不能以任何别国的话来代替。这样，所谓自由诗，也还得讲点形式，语言的形式。假若有人用外国语的文法与音节来写中国诗，那就必是一首怪诗。为写自由诗而先深入地学习学习传统的形式还是有好处的。传统的形式并非偶然产生的，而是根据语言的本质与其发展和现实的需要逐渐形成的。学习传统的形式，对我们怎么掌握语言与民族风格是有好处的。

诗是很难作的，而且没有捷径可走，若是为了急速成功，只皮毛地去学会一二形式，按着葫芦画瓢，一定不能成功。

第六十八讲

诗的用字[1]

朱　湘

有两句俗话说得很好，“熟读唐诗三百首，不会吟诗也会吟”。

作诗，颇与学着说一种方言近似，学着说一种方言的时候，想要说得逼真，不外乎在两点之上注意：用字；咬音与抑扬顿挫。字里面，无论是虚字、实字，用起来，只讲一个习惯。尽有许多同义字，可是，在某一个字眼之内，习惯只允许用唯一的一个字，其他的一些同义字，自然并没有人能以阻止住不用，不过，在那种时候，便不算是纯粹的某一种方言了。咬音不难，难的是，要把这些单字的咬音连缀起来而成为一句清晰、自然流走的话，并且，这一大串的咬音是要合乎一种固定的抑扬顿挫的模型的。诗歌里面的用字与调和音节便是同一道理。

听惯了一种方言，也能学着说几句；这好像是，熟读了许多首诗，也能学着作几句那样。孩子学方言最容易，这便是生性宜于作诗的人来学着作诗了。

现在的一班新文学读者与作者，他们之内，必定还有不少的人可以回忆起来，幼年时候在“芸窗课本”里学着作旧诗，是怎么作出来的。

这里，有一个颇为有趣的疑问便会发生了——新诗，以前并不曾有过的，

① 据北新书局1934年版《文学闲谈》校订。

又是怎么作出来的呢？对于这个疑问，质直的，我们可以答道：现在的一些新诗人，不是曾经熟读过旧诗，“广义的”便是曾经熟读过西诗的。

举三个最早的例来说明。胡适之不能否认他在作新诗的时候是在意识着《诗经》，沈尹默，长短句与词曲，周启明，西方的民歌。《尝试集》内运用阴韵之处，是修辞的蜕化自《诗经》；《三弦》是一首谱新声的词；《小河》是一首蠲[①]去了尾韵的乐府。

决没有自天而降的事物；新诗也不能外乎此例。不过，新诗究竟不是旧诗，也不是西诗。我从前曾经作过一副对联，联语是：

写字时只少之乎也者，

作文的还须中外古今。

这里面上联所说的，意思不错，实际上并不尽然；“之”，“乎”，“也”，“者”这四个字，在新文学里面，又何尝不是常时地在写着？可是，这四个字，运用于旧文学里面之时，以及运用于新文学里面之时，位置是完全不同了。用字的习惯改变了：这便是在根本上新诗之所以异于旧诗的一点。

虚字，旧文学里面极多。旧文学之所以多用虚字，是因为古文是一种简炼的文字，如其没有虚字来陪衬，只有实字，那时候，句子将是极短的，音节便要随之而短促，不舒畅。唐文之所以异于秦汉文，即在于此。在音节方面，虚字的充分运用确是古文的一种进步。较之古文，国语文是复杂得多了；将来，国语文是要向了更为复杂的途径去进展的。所以，虚字的运用，在国语文内，是并不十分需要的。如今，新文学已经是走上了自然的途径，并且已经遵循着它而进行了。

实字的运用方面，国语文有两种特点，一是陈词之废置，一是上述的，位置之更易。

不仅新文学，便是旧文学也讲究“惟陈言之务去”。作诗，那是要用字新

① 同“捐”。除去、驱出、袪除、免除、去掉。

颖。陈词，它们并不一定是不美的。即如“金乌”，“玉兔”这两个形容日月的滥调，我从前曾经指点出来过，是两个原来极为想象的喻语。在旧文学里面，这种的例子繁夥[①]到不可胜数。不过，因为它们已经用成了滥调，所以，后来便废置了。这一种富于想象的喻语大半都是由民间文学里面来的；如今，民间文学的搜集既是已经有了充分的成就，新文人，尤其是新诗人，大可以由这种丰富的宝藏内去采取。

第六十九讲

诗的用语[②]

老　舍

刘禹锡作诗不敢用“糕”字，因它不典雅。现代一位文人把“尿”字用在诗中，而自夸为创见。诗的用语到底有没有标准呢？这是个许久未能解决的问题。在大诗人中，但丁是主张用字须精美，Wordsworth[③]是主张宜就日常生活的言语用字。欧·亨利幽默的提出这个问题，而未能加以判断。我们应怎样解决呢？

由文字的本身看，文字都是一样有用的，文字自己并没有天然的就分为两类：诗的字与非诗的字。文字正象色，会用色的人才会画图。颜色本身并不是图画，文字自己并没有诗意，是在诗人手里才成为诗的组成分子。这样

① 同“繁伙”。繁多，甚多。

② 摘自老舍作品《诗》，据2008年版《老舍全集》第13卷校订。

③ 威廉·华兹华斯，英国浪漫主义诗人，动摇了英国古典主义诗学，推动了浪漫主义诗歌运动。

看，诗人用字应当精细的选择。他必须选择出正好足以传达他的思想与感情的字——美的是艰苦的。这是无可推翻的道理。专顾典雅与否是看字的历史而规定去取，这与自我创造的精神相背，难免受“刘郎不肯题糕字，虚负诗中一代豪”的讥消。主张随便用字的人，像Wordsworth以为好诗是有力的情感之自然流泻，只有感情是重要的，文字可以随便一些。只雕饰文字而没有真挚的感情是个大错误。但是，有了感情而能呕尽心血去找出最适当的、最有力的字，岂不更好？这样，我们便由用什么字的问题变为怎样用字的问题了。用什么字是无关重要的，字本来都是一样的，典雅的也好，俗浅的也好，只要用的适当而富有表现力。作诗一定要选字；不是以俗雅为标准，而是对诗的思想与感情而言。诗是言语的结晶，文字不好便把诗毁了一半；创造是兼心思与文字而言的。空浮的一片言语，不管典雅还是俗浅，都不能算作诗。中国的旧诗人太好用典了；用典未必不足以传达思想，但是，以用典为表示学识便是错误。有许多杰作是没有一个典故的。中国的新诗人主张不用典，这是为矫正旧诗人的毛病，可是他们又太随便了，他们以为随便联串上一些字便可以成诗。诗不是那么容易的东西。白话是种有力的表现工具，但是，诗人得抓住白话那“有力”之点；能捉住言语的精华不是一般人所能作到的，就是诗人也要几许工夫而后才能完全把言语克服了。“红杏枝头春意闹”的“闹”字，“云破月来花弄影”的“弄”字，都是俗字，可是这两个俗字要比用两个典故难得多了。王安石的“春风又绿江南岸”中“绿”字原是“到”字，后改为“过”字，又觉不好而改为“入”字，最后定为“绿”字。这些字全是俗字，为何要改了又改，而且最后改定的确比别的字好？天才的自然流露是确有其事，但是，“自昔词人琢磨之苦，至有一字穷岁月，十年成一赋者。白乐天诗词，疑皆冲口而成，及见今人所藏遗稿，涂窜甚多。”（《春渚纪闻》[1]）这足以给新诗人一些警戒。用白话写的与用典故写的都不能算诗，假如写的人只是写了一段白话，或写了一堆

① 宋朝文学家何薳撰写的一部笔记集。

典故；美的是艰苦的。

诗的体裁也与用字有关系：“诗庄词媚，其体元别。”自非确当的话，但是一首七古与一首词间所表现的自然有些不同。《琵琶行》不能改入《虞美人》和《玉阶怨》，因为体裁不同，所表现的内容也便不同。因此，找到适当的格式，还要找相当的文字，才能作足这形式之美。自然，一个格式也可以容纳许多不同的思想感情，但有的格式是只能表现某一些思感的，绝句与多数的词调的容纳量是比律诗窄狭得多。诗虽未必都“庄”，而许多小令是必须“媚”的。新诗的发展还正在徘徊歧路的时期，在形式上有许多人试用西洋诗体，这个尝试是应小心一点的：专拿来一种格式，而不管它适于表现什么，和它应当用什么文字，当然会出毛病的。

第七十讲

比　喻[①]

老　舍

旧体诗有个严重的毛病：爱用典故。从一个意义来说，用典故也是一种比喻。寿比南山是比喻，寿如彭祖也是比喻——用彭祖活了八百岁的典故，祝人长寿。典故用恰当了，能使形象鲜明，想象丰富。可是，典故用多了便招人讨厌，而且用多了就难免生拉硬扯，晦涩难懂。有许多旧体诗是用典故凑起来的，并没多少诗意，所以既难懂，又讨厌。

白话诗大致矫正了贪用典故的毛病，这很好。可是，既是诗，就不能不用

① 据2008年版《老舍全集》第16卷校订。

比喻。所以新诗虽用典渐少，可是比喻还很多，以便作到诗中有画。于是，就又出了新毛病：比喻往往太多，太多也就难免不恰当。

贪用比喻，往往会养成一种习惯——不一针见血的说话，而每言一物一事必是像什么，如什么。这就容易使诗句冗长，缺乏真带劲头的句子。一来二去，甚至以为诗就是扩大的“好比”，一切都须好比一下，用不着干干净净地说真话。这是个毛病。

比喻很难恰当。不恰当的不如不用。把长江大桥比作一张古琴，定难尽职。古琴的尺寸很短，古琴也不是摆在水上的东西，火车汽车来往的响声不成曲调，并且不像琴声那么微弱……。这差点事儿。把汽车火车的声音比作交响乐，也同样差点事儿。

比喻很难精采。所以好用比喻的人往往不能不抄袭前人的意思，以至本是有创造性的设喻逐渐变成了陈词滥调。“芙蓉为面柳为腰”本来不坏，后来被蝴蝶鸳鸯派诗人用滥了，便令人难过。至于用这个来形容今天乘风破浪的女同志们就更不对头了。

不恰当的比喻，不要。恰当的比喻应更进一步，力求精采。就是精采的也不如直接地把话说出来。陆放翁是咱们的大诗人，他有个好用“如”、“似”的毛病。什么“读书似走名场日，许国如骑战马时”呀，什么“生计似蛛聊补网，弊庐如燕旋添泥”呀，很多很多。这些比喻叫他的作品有时候显着纤弱。他的名句:“王师北定中原日，家祭无忘告乃翁”，便不同了。这是爱国有真情，虽死难忘。这是真的诗，千载之后还使我们感动。那些带有“如”、“似”的句子并没有这股子劲头。

比喻不是完全不可以用，但首先宜求恰当，还要再求精采。诗要求形象。比喻本是利用联想（以南山比长寿）使形象更为突出。但形象与形象的联系必须合理，巧妙，否则乱比一气，成了笑话。南山大概除了忽然遇到地震，的确可以长期存在，以喻长寿，危险不大。以古琴比长江大桥就有危险，一块石头便能把古琴（越古越糟）打碎。谁能希望长江大桥不久就垮架呢!

再随手举一两个例子：

那柔弱的兰草，怎能比你们刚强！

兰草本来柔弱，比它作甚呢？

川陕公路像一个稀烂的泥塘。

公路很长，泥塘是“塘”，不是看不到头的公路。两个形象不一致。

萧萧落木是她啜泣的声音。

“萧萧”——相当的响；啜泣——无声为泣。自相矛盾。

也许这近于吹毛求疵吧？不是的。诗是语言的结晶，必须一丝不苟。诗中的比喻必须精到，这是诗人的责任。找不到好的比喻就不比喻，也还不失为慎重。若是随便一想，即写出来，便容易使人以为诗很容易作，可以不必推敲再推敲。这不利于诗的发展。

第五章

戏剧创作

第七十一讲

语言、人物、戏剧[①]

老 舍

……

写剧本，语言是一个要紧的部分。首先，语言性格化，很难掌握。我写的很快，但事先想得很多、很久。人物什么模样，说话的语气，以及他的思想、感情、环境，我都想得差不多了才动笔，写起来也就快了。剧中人的对话应该是人物自己应该说的语言，这就是性格化。对一个快人快语的人，要知道他是怎样快法，这就要考虑到人物的思想、感情、和剧情等几个方面，然后再写对话。在特定时间、地点、情节下，人物说话快，思想也快，这是甲的性格。假如只是口齿快，而思想并不快，就不是甲，而是乙，另一个人了。有些人是快人而不快语，有些人是快语而不是快人，这要区别开。《水浒》中的李逵、武松、鲁智深等人物，都是农民革命英雄，性格有相近之处，却又各不相同，这在他们的说话中也可区别开。写现代戏，读读《水浒》，对我们有好处。尤其是写内部矛盾的戏，人物不能太坏，不能写成敌人。那么，语言性格化就要在相差不多而确有差度上注意了。这很不容易，必须事先把人物都先想好，以便甲说甲的话，乙说乙的话。

脾气古怪，好说怪话的人物，个性容易突出。这种人物作为次要角色，在一个戏里有一个两个，会使戏显得生动。不过，古怪人物是比较容易写的。要

① 原名《语言、人物、戏剧——与青年剧作者的一次谈话》，据2008年版《老舍全集》第16卷校订，有删节。

写出正常人物的思想、感情等等是不容易的；但作者的注意力却是应该放在这里。

写人物要“留有余地”，不要一下笔就全倾倒出来。要使人物有发展。我们的建设发展得极快，人人应有发展，否则跟不上去。这点是我写戏的一个大毛病。我总把力气都放在第一幕，痛快淋漓，而后难为继。因此，第一幕戏很好，值五毛钱，后面几幕就一钱不值了。这有时候也证明我的人物确是从各方面都想好了的，故能一下笔就有声有色。可是，后面却声嘶力竭了。曹禺同志的戏却是一幕比一幕精彩，好戏在后面，最后一幕是高峰，这才是引人入胜的好戏。

再谈谈语言的地方化。先让我引《红楼梦》第三十九回刘姥姥进大观园和贾母的一段对话：

贾母通：“老亲家，你今年多大年纪了？”

刘姥姥忙起身答道：“我今年七十五了。”

贾母向众人道：“这么大年纪了，还这么硬朗！比我大好几岁呢！我要到这个年纪，还不知怎么动不得呢！”

刘姥姥笑道：“我们生来是受苦的人，老太太生来是享福的。我们要也这么着，那些庄家活也没人做了。”

贾母道：“眼睛牙齿还好？”

刘姥姥道：“还都好，就是今年左边的槽牙活动了。”

贾母道：“我老了，都不中用了，眼也花，耳也聋，记性也没了。你们这些老亲戚，我都记不得了。亲戚们来了，我怕人笑话，我都不会。不过嚼得动的吃两口，睡一觉，闷了时，和这些孙子孙女儿玩笑会子就完了。”

刘姥姥笑道：“这正是老太太的福了。我们想这么着不能。”

贾母道：“什么福？不过是老废物罢咧！”说得大家都笑了。

贾母又笑道：“我才听见凤哥儿说，你带了好些瓜菜来，我叫她快收拾去了。我正想个地里现结的瓜儿菜儿吃，外头买的不像你们地里的好吃。”

刘姥姥笑道："这是野意儿，不过吃个新鲜；依我们倒想鱼肉吃，只是吃不起。"……

这里是两个老太太的对话。以语言的地方性而言，二人说的都是道地北京话。她们的话没有雕琢，没有棱角，但在表面平易之中，却语语针锋相对，两人的思想、性格、阶级都鲜明地表现出来了。贾母的话是假谦虚，倚老卖老；刘姥姥的话则是表面奉承，内藏讽刺。"依我们倒想鱼肉吃，只是吃不起"，这句话是多么厉害！作者没有把贾母和刘姥姥的话写得一雅一俗，说的是同样的语言，却表现了尖锐的阶级对立。这是高度的语言技巧。所谓语言的地方性，我以为就是对语言熟悉，要熟悉地方上的一切事物，熟悉各阶层人物的语言，才能得心应手，用语精当。同时，也只有熟悉人物性格，才能通过对话准确地表现不同身份、地位的人物性格特征。

戏剧语言还要富于哲理。含有哲理的语言，往往是作者的思想通过人物的口说出来的。当然，不能每句话都如此。但在一幕戏中有那么三五句，这幕戏就会有些光彩。若不然，人物尽说一些平平常常的话，听众便昏昏欲睡。就是儿童剧也需要这种语言。当然写出一两句至理名言，不是轻而易举的。离开人物、情节，孤立地说出来，不行。我们对人物要想得多想得深，要从人物、情节出发去想。离开人物与情节，虽有好话而搁不到戏里来。这种闪烁着真理光芒的语言，并非只是文化水平高的人才能说的。一般人都能说。读读《水浒》、《红楼梦》，很有好处。特别是《水浒》，许多人物是没有文化的，但说出的一些语言却富有哲理。这种语言一定是作者想了又想，改了又改的。一句话想了又想，改了又改，使其鲜明，既富有哲理，又表现性格，人物也就站起来了。一个平常的人说了一句看来是平常的话，而道出了一个真理，这个人物便会给观众留下个难忘的印象。

以上说的语言性格化、地方性、哲理性，三者是统一的，都是为了塑造鲜明的人物形象。

平易近人的语言，往往是作家费了心血写出来的。如刚才谈的《红楼梦》

中那段对话，自然平易，抹去棱角，表面没有剑拔弩张的斗争，只是写一个想吃鲜菜，一个想吃肉食的两位老太太的话，但内中却表现了阶级的对立。这种语言看着平易，而是用尽力气写出来的。杜甫、白居易、陆放翁的诗也有时如此，看来越似乎是信手拈来，越见功夫。写一句剧词，要像写诗那样，千锤百炼。当然，小说中的语言还可以容人去细细揣摸、体会，而舞台上的语言是要立竿见影，发生效果，就更不容易。所以戏剧语言要既俗（通俗易懂）而又富于诗意，才是好语言。

儿童剧的语言也要富于诗意。因为在孩子们的眼里，什么都是诗。一个小瓜子皮放在水杯中，孩子们就会想到船行万里，乘风破浪。我在《宝船》中写到，孩子们不知道“驸马”是什么，因而猜想是“驴”。这是符合儿童心理的。这当中寓有作者的讽刺。如果在清朝末年我这样写，就要挨四十大板。儿童剧要写出孩子们心里的诗意，且含有作家对事物的褒贬。

要多想，创造性地想；还要多学，各方面都学。见多识广，知识丰富，写起来就从容。学习不是生搬硬套，生活中的语言也不能原封不动地运用，需要提炼。如今天写刘胡兰、黄继光这些英雄人物，他们生活中说了些什么，我们知道的不太多，这需要作家创造性地去想象，写出符合英雄性格的语言。

语言要准确、生动、鲜明，即使像“的、了、吗、呢……”这些词的运用也不能忽视。日本朋友已拟用我的《宝船》作为汉语课本，要求我在语法上作一些注解。其中摘出“开船喽！”这句话，问我为什么不用“啦”，而用“喽”。我写的时候只是觉得要用“喽”，道理却说不清，这就整得我够受。我朗读的时候，发现大概“喽”字是对大伙说的，如一个人喊“开船喽！”是表示招呼大家。如果说“开船啦”便只是对一个人说的，没有许多人在场。区别也许就在这里。

语言是人物思想、感情的反映，要把人物说话时的神色都表现出来，需要给语言以音乐和色彩，才能使其美丽、活泼、生动。

……

第七十二讲

我的经验[①]

老 舍

在建国十周年纪念的好日子里，检查检查十年来自己在写作上的得失成败是有意义的。

每个作家在创作上都有优点、有缺点，我当然也不是例外。优点也好，缺点也好，对自己都是可贵的经验。经常有些朋友问我这样的问题：你有什么样的心得？你有什么困难？那么借此机会谈谈个人的心得和困难，对己对人也许都有点用处。

总结十年来的写作成绩，我的好经验是很少很少的。尽管少，也愿尽先汇报。

十年来我写了十多部剧本，当然包括扔进字纸篓中的废品。我写得勤。朋友们都知道我原是写小说的，可是我又爱上了戏剧。我本不会写戏，不会就得学，就得不辞劳苦。写出了废品我也不灰心，经一次失败，长一次经验，逐渐地就明白了自己的长处和短处。熟能生巧嘛。勤写，总有成功的一天。这也是我的干劲儿。

十年来人民的变化极大。看到、听到这种变化，自己就受到感动，受到教育，也使我放不下笔来。不管写得好坏，我总算养成了一个习惯，关心新人、新事。一切翻天覆地的事都是人干出来的，体验生活首先要观察人。我写的戏也许故事性不强，可是总有几个人物还能给人一些印象，因为我在构思的时候

① 原载1959年《剧本》10月号，据2008年版《老舍全集》第18卷校订。

是先想到人物，到心中有了整个的一个人了，才下笔去写。

观察人物不是一天两天的事，要随时随地，经常地留心。别怕人物一时用不上，更别等到要写戏时才去体验人。对人的认识需要时时积累。要写作，脑子里就得有一个人的队伍。认识许多人，也许才能够创造一个人。

话剧靠说话。不过，舞台上若像生活中那样扯起来没完，大概不等闭幕，观众早都跑光了。观察生活时要注意不同的人有不同的词汇、语气、神态。要借着对话写出性格来。剧本里的语言应该不同于生活中的语言，必须加工。我下笔时，总注意到该张三说的，决不让李四说，该三句话说完的即不写上十句。让观众坐上三四个钟头听一些没有必要的废话，即是罪过。

十年来，我主要的笔墨劳动是写话剧。虽然有以上一点好经验，可是我没有写出一本杰出之作。为什么呢？听我道来：（一）生活不够。十年来，我始终没治好我的腿病。腿不俐落，就剥夺了我深入工农兵生活的权利。我不肯去给他们添麻烦，我甚至连旅行、参观也不敢多去。我喜欢旅行、参观；但是一不留神，腿病即大发，须入医院。这样，我只能在北京城里绕圈圈，找些写作资料。连这些资料，也还不都是第一手的，从群众生活中直接得来的；有的是书面上的，有的是别人告诉给我的。因此，我的笔不能左右逢源，应付裕如。我写的是新人新事，但是新人并非我的朝夕过从的密友，新事也只略知一二。这就难怪笔下总是那么干巴巴的了。

是呀，我多么羡慕我遇见过的一些男女青年啊！他们的年纪虽轻，可是经验却那么多！他们把青春带到一切地方去，叫荒沙大漠上开起花来，从雪岭深林中找出来宝贝。他们将来若肯动笔啊，必定会写成出色的作品。他们有生活，而且是史无前例的新生活。我多么羡慕他们啊！

没有多少新生活的经验，为什么不去写些过去的事呢？我不肯弃新务旧。旧事重提，尽管也有些教育价值，总不如当前的人物与事物那么重要。昨天总不如今天更接近明天。我喜爱别人写的历史戏和革命回忆录，但我自己乐意描写今天。

有人以为眼前的事物不易看清楚，不如放它几年，等看清楚了再动笔。这未必尽然。我的生活不够，可是拼拼凑凑地也还写出了一些剧本，那么，生活丰富的人不就一定可以写出内容充实的剧本吗？我的缺点在于生活不够，而不在于写了当前的事物。去深入生活，我们一定会从今天的生活中写出优秀的作品来。我多么盼望腿疾速愈，健步如飞，能够跟青年男女一同到山南海北去生活，去写作啊！

（二）思想贫乏。时代是伟大的，人民是伟大的，可是我写不出伟大的作品。原因很多，主要地是我没有伟大的思想。我有爱新社会的热情，但是专凭热情，只能勤于写作，而不能保证作品高超。因为思想贫乏，我找到该歌颂的人与事之后，只能就事论事地去写近似记录的东西，而不能高瞻远瞩地把人与事提高，从现实生活中透露出远大的理想。我不怕麻烦，勇于修改剧稿。但是，我进行修改的时候多半注意细节的对与不对，而很少涉及思想根源。于是，改来改去，并没跳出那些琐细事实，只是使作品的记录性更真确一些，而无关宏旨。这样，越改反倒越掉在自然主义的陷阱里。假若我有高深的思想，大气磅礴，我就不会见木不见林地只顾改改这个细节，换换那个琐事。这种零碎的修改，可能越改越坏。

我热诚地接受别人的意见，修改剧本，这很好。但是，这也证明因为没有多考虑思想上的问题，我只好从枝节上删删补补，而提来的意见往往又正是从枝节上着眼的。我心中既没有高深的思想打底，也就无从判断哪些意见可以采纳，哪些意见可以不必听从。没有思想上的深厚基础，我的勤于修改恰好表明了自己的举棋不定。

我在前面所说的伟大思想就是马列主义的哲学思想。我既没有系统地学习过，也就说不上应用在事物的分析上。所以我只能看到事物的表面现象，而不能进一步提高到哲理上，从石中剖出美玉来。这样，我的较好的作品，也不过仅足起一时的影响，事过境迁就没有什么用处了。是的，起一时的影响就好。但，那究竟不如今天有影响，明天还有影响。禁不住岁月考验的不能算作伟大作品，而我们的伟大时代是应该产生伟大作品的。

一个作家理当同时也是思想家。

（三）技巧不高。写什么都需要技巧，写剧本特别需要技巧。舞台是最不客气的，有任何一点不合适，台下便看得清清楚楚。台词稍有重复（有重复的必要者除外），台下就听得明明白白，认为作者的词汇欠丰富。可是，我写剧不是科班出身，不大懂得舞台。我之所以能够写得比较快的原因之一，是我只顾一气呵成，按着我的企图去突击。我没有详细考虑过舞台上所需的安排和应有的效果，我不知舞台是怎么一回事。我常对导演和演员说这句笑话：我写的是民主剧本，请随便改动吧。这给了他们便宜行事之权，可也给他们增加了困难。一个剧作家不但须是个思想家，而且须是个大艺术家。莎士比亚与莫里哀都兼作演员，而我们的不少演员在大跃进中写出了很好的作品，即是明证。我把写戏看得太容易了。

我也有个好处：导演与演员们要求我修改剧本，我会狠心地把自己以为是得意之笔的地方删掉，补上舞台上所要求的东西。这足见我在写戏的时候，因为眼睛没有注视着舞台，把力气用错了地方。舞台的限制并不因个人的愿望而消失。我的确是极其关切笔下的人物，但是我忽略了人物在舞台上如何发挥威力。一出好戏，人物出来进去正如行云流水，极其自然，使观众感到舒服。我没有这个本领。我喜欢叫谁上来就上来，叫谁下去就下去，这个“自由主义”破坏了戏剧的完美。

看排戏是作者学习的好机会。一个剧作者应有丰富的社会生活，还须有戏剧生活——对前台后台都熟悉。跟导演、演员和舞台工作者能够打成一片是必要的。

一个剧作家需要多少知识与修养啊！我只提出自己的三大缺点也就够证明这个看法的了。我愿再努力学习，也希望有志于戏剧创作的青年朋友们别把写戏看得太容易。我们都应该在生活上，哲学上，与舞台技巧上狠狠地下一番预备功夫。

第七十三讲

人物、生活和语言①

老　舍

……

写戏主要是写人，而不是只写哪件事儿。新事儿今天新，明天就不新了。我们的社会是突飞猛进的。今天修了个大水库，明天又有了更新更大的水库。只有写出人，戏才能长久站住脚。把一九五〇年的人物写好，到现在还会光彩照人。宋朝的包公，到今天不是还可以古为今用吗？

戏里的领导人物，更应该去努力描写，不应该躲避他。有人问写现代戏应否出现党委书记？这要根据剧情来决定：该有就写，不该有就不写。但是，需要有党委书记的戏，还是尽量把他写出来，并且应努力写好。因为，领导人物的风度、光彩、行动，都反映出时代精神。只通过电话、指示去写，看不见人，感染力就小。

领导人物要放在生活中去描写，不要只让他出来解决问题。《哥俩好》里的军长，担着土筐，和大家一同劳动。一个新兵要他那颗“星”，两人就掰手腕。他跟兵一个样，平易近人。观众见到这样的军长，会感到很舒服，把自己的儿子交给他会很放心。假如只让他坐在办公室里，给大家说几句空洞的话，指示一番，这就没劲儿。写他参加劳动，和一个新兵很要好，比他讲一大套道理强的多。他的行动闪烁着革命军人的光辉。如不从生活中表现人物，人物就

① 原名《人物、生活和语言——在河北省戏剧创作座谈会上的讲话》，载1963年11月20日《河北文学·戏剧增刊》第1期，据2008年版《老舍全集》第18卷校订，略有删节。

会是空的。老是让领导人物出来，交代那么几句政策，而且这个戏和那个戏都差不多，都是那么死板板的，就不能解决问题。因此，我们在生活中，不仅要热爱和熟悉工人、农民、士兵，也要熟悉和热爱各层领导人物。了解他们怎样工作，怎样生活，不要敬而远之。这样，才有可能把他们写得有骨有肉，不再是干巴巴的了。

戏是要激动人的感情的。当然它也给人以智慧和知识。人家看了戏，既不悲，也不笑，一直是那么冷冰冰的，走出剧场就会忘了。只有打动了观众的心，他们才会接受教育。我们应该检查自己：我写戏为什么写不出人物来？恐怕就因为我们没那份感情，对人物不热爱。他死，他活，对你没有多大关系。“我在这儿是造戏哪”，这就保准写不好。因为这不是带着感情写的。我们看郭老的戏，《屈原》、《武则天》、《蔡文姬》，都是充满感情写的。他的戏都像在心里存了多少年，所以写出来那样动人。写戏，决不能只考虑如何安排情节，谁先出，谁后出，他怎样，她又怎样，把人物当作傀儡摆布着。应该首先想到：我的剧本要用人来感动人，用人来教育人，没有真正的感情，人物就写不好，剧本必定要失败。

写戏，开始不外乎这么两个因素：有的人因为听到一个故事，想写个戏；有的人因为见到一个或几个人物，想写戏。我们姑且把它叫做灵感吧。不管灵感来自人，还是来自事，你必须写出人来。解放初期，我写了《龙须沟》，治龙须沟这件事，是在报纸上见到的。事情很动人。假如我只写这件事，舞台上布置一道臭沟，让几个人出来挑臭泥、修沟，沟修成啦，戏也到此闭幕，观众准保用手巾捂上嘴，到票房去退票。我没有只写事，我写了个住在龙须沟的人。写他们怎样在这种不堪生活的地方，祖祖代代的艰苦劳动。一个外国朋友看了戏之后说：“我没想到中国人的生活能力这样大，能在这种环境下劳动、斗争、生活！”所以，写戏，不要只钻到故事里，有了人物，故事自然也就出来了。未动笔，你要先检查：我的剧本里，到底有几个人是我实实在在熟悉的？不是这样，戏就不会写好。

戏是人带出来的。要让观众从人物小的方面，看出大的方面来。从龙须沟那块臭地方的人民是那样善良、勇敢，就可以看出我们的民族的伟大来。所以写人物，不管是多么小的人物，必须使他比那真人高出一头，一个人不是像我们平常见到的那样简单。因此，要写好人物，我们自己必须高瞻远瞩，胸襟开阔。要把我们的领导、同志、朋友，认识的更深刻一些。要是真的认识了人，我们就会懂得：每个人心里都有很多东西。一个先进的工人、农民，不要以为他们就做了几件事情，他们是社会主义的真正建设者，他们都有很伟大的地方。

剧中人物，不应是张三也行，李四也行，多一个行，少一个也行。应该是多一个也不行，少一个也不可。对人物要胸有成竹，一闭上眼，就看到他们的音容笑貌。这样，戏才会写好。

创作要有材料。有人常问：怎么搜集材料？我说：得好好去生活。生活，就是搜集。有人常说："我有一肚子故事，就是写不出来。"这个人其实并没有故事，要不，为什么写不出来呢？他只是浮光掠影地到处看了看。要聊天，也许能聊一套；细问他，故事中的人物如何，他准答不上来。我们去生活，不能为了去搜集眼前要用的一点点材料。如果找到些材料，就认为够用啦，等到一写戏，就准不行。一个人有脑子有心，有很多很多东西，怎么会在几个星期就体验全了呢！深入生活就是搜集，而不是"采访"。

我们平日的生活，也是搜集。我们要在生活中积累知识。剧作家跟音乐、图画、电影，跟许许多多事物都有关系。知识很广，写游泳要会下水，否则只好写在澡盆里打"扑腾"。一个作家要想知道的多，就要靠平时丰富自己的知识。要会打篮球、游泳、打百分，什么都要参加。只有这样积累，才能应付写作。前几个月，徐兰沅先生送给我一把扇子，是梅先生唱《晴雯撕扇》时撕过的。徐先生把它裱起来。徐先生告诉我：梅先生唱这出戏，都是在前一天，工工整整地画好了扇面，然后到台上去撕。这使我很感动。一个演员为什么要自己画扇面，画的那么精细，然后去撕呢？第一，他会画。第二，对艺术严肃认真。梅先生之所以成为大师，原因就在这里。他什么都学，文武昆乱不挡。那还是在旧社会。我们今天条件这样好，更应努力去掌握知识。只有懂得多，才能使笔下从容。一个作家，虽不必是一部百科全书，但必须知识丰富。天下几乎没有和作家不相干的事情。

比如，你要写这么一个人，就应知道和他类似的好多人。你认识一个青年是这样直爽，那么，还需要认识直爽的中年人和直爽的老年人。这就会让人物在作品里有所发展。我写的车夫骆驼祥子，和《茶馆》里的王掌柜，就是由我看了许许多多的洋车夫和茶馆掌柜后慢慢地把他们凑到一块儿，创造出来的。一个直爽的青年人，有时很粗暴，使人很难堪，不敢接近他。等他有了经验和修养，就不再这样了。虽直爽，但令人可爱了。到了老年，修养更深，还是那么直爽，却更可爱了。这样，我们就看到了一个人的一生。也许在戏里，只写他的青年时代，但也须要知道他的中年和老年。不怕写的少，就怕知道的少，只有把人物看全了，才能把部分写好。作家的笔下一定要有富余。《茶馆》里的人物，有时只说那么两句话，观众觉得他们还像个人，就因为我知道他们一辈子的事情，而只挑了一两句话让他说。

写戏，很需要技巧，但只凭技巧，不能决定剧本的格调高低。必须从生活出发，真正写出几个人物，剧本的格调才会高起来。《三击掌》的格调高，因为王宝钏写的高。她是丞相的女儿，自幼娇生惯养。但是为了爱情，敢和嫌贫爱富的父亲击掌决裂。到《武家坡》她就低下去了。人物低了，戏也低了。《武家坡》的技巧颇好，可见光凭技巧是不行的。是人控制着戏，不是戏控制着人。

最后，谈谈语言问题。不管是话剧，还是戏曲，语言都应该既通俗又有文艺性。我们的本领，就在于会用普通话，话里面又有味道，有思想。不应专在一些文言修辞上下功夫，那会让人听不懂。要考虑让观众听了发生共鸣，让他们也去想。有个戏，写国民党统治时间，两个小学教员的谈话。一个说："看这群孩子多可怜，个个面如菜色！"我觉得"面如菜色"就不够通俗，不如说成“看看孩子们多可怜，个个面黄肌瘦”更通俗些。只有观众听懂了，才能打动他们的心，假如把这句话再改一下，改成“看看孩子们的脸！”这样观众不仅听得懂，还会引导他们去想，就更有力量。一个作家必须能调动语言。不用去查《辞源》、《佩文韵府》[①]，现成的语言有的是。你要想法去找，去调动。我在《茶馆》里，形容一个算卦的抽白面儿。他把白面儿装到哈德门烟上抽，叫做“高射炮”。哈德门烟是英国货，白面儿是日本货。他抽得很得意，说：“大英帝国的烟，日本帝国的白面儿，两个大帝国伺候我一个人，多造化！”这句话概括了帝国主义怎样侵略我们的。用幽默的话，写出了令人辛酸的事儿。所以，我们要寻找那种说得很现成，含义却很深的语言。好的语言，可以从一句话里看到一个世界。名导演焦菊隐先生说：词儿里面有戏，有动作。这样，他就有法导演了。我们的语言，不能像老戏那样：“你好比”、“我好比”，比个二十八个，也不过还是那点事儿。

怎么提炼语言呢？首先是你要多掌握语言。掌握的多了，使用时就能有所选择。选择就近于提炼。要根据人物性格，根据所处的环境，决定用这几个字而不用那几个字。前几天，看了一个剧本，写一个生产队长喝了酒回家。他的太太问道：“又哪儿喝了猫尿回来啦？”就不确切。这场戏虽是写他太太反对他，但对他还是很关心的。如他太太只是轻微的责备，不希望打起来的话，就不该用“猫尿”这词儿。所以，语言选择必须恰当。不怕话通俗，就怕用的不是地方。使用语言的原则，应是：一要通顺，二要精辟。

身体不太好，想的也很不周到。就讲到这里吧。

---

① 指《御定佩文韵府》，是清康熙年间张廷玉、陈廷敬创作的类书。

第七十四讲

一点小经验①

老　舍

不管小说也好，戏剧也好，都不是事实的纪录。比较起来，剧本更需要冲破真人真事的限制，因为一件事放在舞台上就必须适应舞台的条件，否则缺乏戏剧性。

我愿以《女店员》和《全家福》为例来说明。这两出戏都不是怎么了不起的作品，缺点甚多。不过它们是我写的，说起来容或亲切一些。

在我搜集《女店员》的材料的时候，我就想到：假若此剧始终以商店为背景，恐怕就不易有戏。是呀，假若每场都安排在商店里，人们出来进去，你买葱蒜，他要点心，可怎么演出戏来呢？所以我决定少用商店，而设法把家庭、公园等等都搬到台上来，以便既有变化，又容易演戏。对于人物，我也在商店之外，找出些男女老少，跟店员们拉上关系。这样，人与人的关系复杂起来，矛盾也就多了一些。戏剧必须有矛盾。

在人与事之上，我还给安上一个总题——妇女解放。这样一来，人与事尽管平凡，可是全剧却有个崇高的理想，就是妇女的彻底解放。

《全家福》的资料很多，可都是独立的：有的是儿子找妈妈，有的是妻子找丈夫……情节各异，互不相关。戏剧必须集中，不能零零散散如摆旧货摊子。所以我就把几件本来是孤立的事情组织到一处，成为一个新的故事。这就加强了人与人的关系，有了更多更好的情节，也更能感动人。假若不这么办，而抱定一件真人真事去写，我势必得从头说起，描写旧社会怎样使人民妻离子

① 原载1960年《北京文艺》1月号，据2008年版《老舍全集》第16卷校订。

散，到今天才得到团圆。这样，既从旧社会写起，我就无法叫新社会的人民警察一开场就露面儿，也许到戏已快结束才能出来。显然，这样介绍人物是不妥当的。还有，我若描写旧社会的光景，我就必须把当时的恶霸、坏人等等写了进去。这样，人物既多，而且又容易有头无尾，——谁能把有血债的恶霸留到今天呢！我决定不在这群坏东西们身上多费笔墨。戏一开场就写今天的人与事。于是，人是今天的人，事是今天的事，显着新鲜，且不拖泥带水。全剧里没有一个反面人物，这也是一种新的写法。

由此可见，写戏须先找矛盾与冲突，矛盾越尖锐，才越会有戏。戏剧不是平板地叙述，而是随时发生矛盾，碰出火花来，令人动心，在最后解决了矛盾。

光知道一件事，不易写成一本戏。我们要知道的很多，以便从容布置，把真事重新组织过，使故事富有戏剧性。人物也是如此，我们须用几个类似的人物创造出一个人来，使他的性格更加突出，生活经验更加丰富。人与人的关系最重要。写戏如用兵，把人调迁得适当，则能彼此呼应，互相支援，以少胜多。所有的剧中人都仿佛用一条线拴着，一个动则全动，这就有了戏。我们得到的资料是真实的，我们的任务便是如何给真实加工，使人与事更加深厚，彼此间的关系更加亲密，以期具体而有力地说明真理。真实往往是零散的，我们须使之集中。真实中往往有金子，也有泥土，我们须取精去粕，详加选择与提炼。我们执笔写戏，眼睛要老看着舞台。剧本是要放在舞台上去受考验的。

第七十五讲

学一点诗词歌赋①

老　舍

有没有这样一个问题：有些剧作家由于对政策了解不够，对生活不够熟习，戏是写出来了，改了又改，演员有意见，导演有意见，朋友们有意见，各方面有意见，只得全力以赴的再改下去，来容纳各方面的意见。力量都花在这上边，而把语言的艺术性忽略了。我个人就有这样的体会，有时根据大家的意见改了，十之八九不如原句。一改之后，只求思想正确，无暇顾及语言，而思想与语言骨肉相关，不可分离的。

假如有上面这种情况，我希望今后各方面提了意见之后，再给剧作家一些时间，经过思考之后再改，不要一个人提了意见，就很紧张。有时候，戏上了，深夜十二点，忽然来了个电话，说："这句话不太好吧！"就连夜找演员商量改词。这样匆忙修改出来的语言还能好吗？因为一句词儿，原来作者写作时是有一种系统的思想在支配的。

还有一个情况：作者太忙了，人离开了，为了接受各方面的意见，导演、演员改动了两句，如田汉同志的《文成公主》，忽然戏里有个老太婆说了句："哟，你瞧！""哟，你瞧！"这是现代北京老大娘的口气，怎么由唐朝的妇女说出来呢？！这有点滑稽。田汉同志的语言本来文艺性很强，这一改就残破了。

改是完全可以的，希望今后不要随便改。应该给予作者较长的时间好好考虑，把语言尽可能弄得更好些。

① 原载1962年1月10日《文汇报》，据2008年版《老舍全集》第18卷校订。

还有这样的情况：一个戏故事性、舞台技巧都很好，就是经不起看第二遍，当你第二次闭着眼睛琢磨舞台语言的时候，并没有什么味道。为什么当初又能让它同观众见面呢？因为舞台技巧和故事性不错，所以读剧本时听的人也觉不错，就是没考虑到剧本语言在舞台上的文艺性，也没考虑到虽然票卖的不错，文武带打也很好，语言却是干巴巴的，没有味道。这种戏演到一个时间，再拿下来，加加工，告诉作者戏是有了，就是语言不够味，要作者注意通过语言提高剧本的思想性、艺术性。只讲语法正确，缺乏回味是不够的。

现在剧评家很客气，不去提、也不好意思提这个问题。我希望剧协组织内部座谈老老实实说真话，帮助作者提高语言的艺术感染力，好让观众欣赏语言之美。

剧作家应该如何培养，这也是个问题。年青的剧作者除了写剧本外，会不会作诗？散文写得如何？有没有广泛的文艺修养？我认为要专拿写话剧来练习语言是不够的。郭沫若、田汉、曹禺同志他们的文学艺术功夫是很深厚的。都是先有诗词歌赋的才能和修养作基础。郭老语言的根底就很深，田老的旧体诗是我很佩服的，丁西林、曹禺同志对外国的作品如莎士比亚等名家的语言很有研究，能阅读原文，精通翻译。

常常听到十五六岁的小孩说："我也要写剧本！"也可能写出了戏，语言却是干巴巴的，一句凑一句，变化很少。光靠写剧本练习语言是不行的。应该先有文学语言的基础才行。《文成公主》、《蔡文姬》有许多优美的诗词，如果是某些作者就不能动笔，要歌不能写歌，要诗不能作诗。话剧的语言，有人认为全是白话。这是误解。不少老作家的语言运用了古典语言的节奏，抑、扬、顿、挫，铿锵有声，很有韵味。

希望剧协、文联组织大家补课，练功。青年剧作者有才能，语言功夫还不到家，就可以请名家来念念，分析优秀的戏曲、话剧剧本。诗、散文也要能够对付。这样才能在语言上提高。

我说的都是老实话，要帮助青年作者提高，请一批老先生教教诗词歌赋，找几个古今中外的好剧本批注一番是很有必要的。

第七十六讲

对话浅论[1]

老　舍

怎样写好电影剧本的对话，我回答不出，我没有写过电影剧本。仅就习写话剧的一点经验，和看电影的体会，来谈谈这个问题，供参考而已。

在写话剧对话的时候，我总期望能够实现“话到人到”。这就是说，我要求自己始终把眼睛盯在人物的性格与生活上，以期开口就响，闻其声知其人，三言五语就勾出一个人物形象的轮廓来。随着剧情的发展，对话若能始终紧紧拴在人物的性格与生活上，人物的塑造便有了成功的希望。这样，对话本身似乎也有了性格，既可避免“一道汤”[2]的毛病，也不至于有事无人。张三的话不能移植到李四的口中来，他们各有个性，他们的话也各具特点。因此，对于我所熟识的人物，我的对话就写得好一些。对于我不大了解的人物，对话就写得很差。难处不在大家都说什么，而在于他们都怎么说。摸不到人物性格与生活的底，对话也就没有底，说什么也难得精采。想啊，想啊，日夜在想张三和李四究竟是何等人物。一旦他们都像是我的老朋友了，他们就会说自己的话，张口就对，“话到人到”。反之，话到而人不到，对话就会软弱无力。若是始终

① 据2008年版《老舍全集》第16卷校订。

② 演员的表演千人一面，缺乏个性，没有特色，没有味道，互相雷同，犹如用一种汤料烹制不同菜肴，原料不同，味道一样，故称。

想不好，人物总是似有若无，摇摇摆摆，那就应该再去深入生活。

一旦人物性格确定了，我们就较比容易想出他们的语声、腔调，和习惯用哪些语汇了。于是，我们就可以出着声儿去写对话。是，我总是一面出着声儿，念念有词，一面落笔。比如说：我设想张三是个心眼爽直的胖子，我即假拟着他的宽嗓门，放炮似的说直话。同样地，我设想李四是个尖嗓门的瘦子，专爱说刻薄话，挖苦人，我就提高了调门儿，细声细气地绕着弯子找厉害话说。这一胖一瘦若是争辩起来，胖子便越来越起急，话也就越短而有力。瘦子呢，调门儿大概会越来越高，话也越来越尖酸。说来说去，胖子是面红耳赤，呼呼地喘气，而瘦子则脸上发白，话里添加了冷笑……。是的，我的对话并不比别人写的高明，可是我的确是这么出着声儿写的，期望把话写活了。写完，我还要朗读许多遍，进行修改。修改的时候，我是一人班，独自分扮许多人物，手舞足蹈，忽男忽女。我知道，对话是要放在舞台上去说的，不能专凭写在纸上便算完成了任务。剧作者给演员们预备下较好的对话，演员们才能更好地去发挥对话中的含蕴。

我并不想在这里推销我的办法。创作方法，各有不同。我只想说明我的办法对我有好处，所以愿意再多说几句：因为我动笔的时候，口中念念有词，所以我连一个虚字，“了”、“啊”、“吗”等等，都不轻易放过。我的耳朵监督着我的口。

耳朵通不过的，我就得修改。话剧不是为叫大家听的么？

还有：这个办法可以叫我节省许多话语。一个“呕！”或一个“啊？”有时候可以代替一两句话。同样，一句有力的话，可以代替好几句话。口与耳帮助了我的脑子实行语言节约。

对于我不大熟识的人物，我没法子扮演他。我就只好用词藻去敷衍，掩饰自己的空虚。这样写出的对话，一念就使我脸红！不由人物性格与生活出发，而专凭词藻支持门面，必定成为“八股对话”。离开人物而孤立地去找对话，很少有成功的希望！

我的办法并没有使我成为了不起的语言运用的艺术家。不过，它却使我明白了语言必须全面地去运用。剧作者有责任去挖掘语言的全部奥秘，不但在思想性上要有“语不惊人死不休”的雄心，而且在语言之美上也不甘居诗人之下。在古代，中外的剧作者都讲究写诗剧。不管他们的创作成就如何，他们在语言上可的确下了极大的功夫。他们写的是戏剧，也是诗篇。诗剧的时代已成过去，今天我们是用白话散文写戏。但是，我们不该因此而草草了了，不去精益求精。

所谓全面运用语言者，就是说在用语言表达思想感情的时候，不忘了语言的简练，明确，生动，也不忘了语言的节奏，声音等等方面。这并非说，我们的对话每句都该是诗，而是说在写对话的时候，应该像作诗那么认真，那么苦心经营。比如说，一句话里有很高的思想，或很深的感情，而说的很笨，既无节奏，又无声音之美，它就不能算作精美的戏剧语言。观众要求我们的话既有思想感情，又铿锵悦耳，既有深刻的含义，又有音乐性，既受到启发，又得到艺术的享受。剧作者不该只满足于把情节交代清楚了。假若是那样，大家看看说明书也就够了，何必一幕一幕地看戏呢？

我丝毫没有轻视思想性，而专重语言的意思。我是说，把语言写好也是剧作者的责任之一，因为他是语言运用的艺术家。明乎此，我们才好说下去，不致发生误会。

好吧，让我们说得更具体些吧：在汉语中，字分平仄。调动平仄，在我们的诗词形式发展上起过不小的作用。我们今天既用散文写戏，自然就容易忽略了这一端，只顾写话，而忘了注意声调之美。其实，即使是散文，平仄的排列也还该考究。是，“张三李四”好听，“张三王八”就不好听。前者是二平二仄，有起有落；后者是四字（接京音读）皆平，缺乏扬抑。四个字尚且如此，那么连说几句就更该好好安排一下了。“张三去了，李四也去了，老王也去了，会开成了，”这样一顺边的句子大概不如“张三、李四、老王都去参加，会开成了，”简单好听。前者有一顺边的四个“了”，后者“加”是平声，“了”是仄声，扬抑有致。

一注意到字音的安排，也就必然涉及字眼儿的选择。字虽同义，而音声不同，我们就须选用那个音义俱美的。对话是用在舞台上的，必须义既正确，音又好听。“警惕”、“留神”、“小心”等的意思不完全相同，而颇接近，我们须就全句的意思，和全句字音的安排，选择一个最合适的。这样，也会叫用字多些变化；重复使用同一字眼儿会使听众感到语言贫乏。不朗读自己的对话，往往不易发现这个毛病。

书面上美好的字，不一定在口中也美好。我们必须为演员设想。“老李，说说，切莫冗长！”大概不如说“老李，说说，简单点！”后者现成，容易说，容易懂，虽然“冗长”是书面上常用的字。

有些人，包括演员，往往把一句话的最后部分念得不够响亮。声音一塌，台下便听不清楚。戏曲与曲艺有个好办法，把下句的尾巴安上平声字，如“打虎亲兄弟，上阵父子兵”，如“人逢喜事精神爽，月到中秋分外光”等等。句尾用平声字，如上面的“兵”与“光”，演员就必会念响，不易塌下去。因此，有时候，在句尾用“心细”就不如“细心”，“主意”不如“主张”。

当然，我们没法子给每句句尾都安上平声字，而且也不该那样；每句都翘起尾巴，便失去句与句之间平仄互相呼应的好处——如“今天你去，明天他来”。或“你叫他来，不如自己去”。“来”与“去”在尾句平仄互相呼应，相当好听。这就告诉了我们，把句子造短些，留下“气口”，是个好办法。只要留好了气口儿，即使句子稍长，演员也不致把句尾念塌了。以“心齐，不怕人少；心不齐，人越多越乱。”这句说吧，共有十四个字，不算很短。可是，其中有三个气口儿，演员只要量准了这些气口儿，就能念得节奏分明，十分悦耳。尽管“少”与“乱”都是仄声，也不会念塌了。反之，句子既长，又没有气口儿，势必念到下半句就垮下去。

以上所言，不过是为说明我们应当如何从语言的各方面去考虑与调动，以期情文并茂，音义兼美。这些办法并不是什么条规。

假若这些办法可以适用于话剧的对话，大概用于电影的对话里也无所不可吧？我觉得话剧的对话既须简练，那么电影对话就更应如此。有声电影里有歌唱，有音乐，还有许多别的声响，若是对话冗长，没结没完，就会把琴声笛韵什么的给挤掉，未免可惜。话剧的布景与服装等无论如何出色，究竟是较比固定的，有限的。在电影里，一会儿春云含笑，嫩柳轻舞；一会儿又如花霜叶，秋色多娇；千变万化，汇为诗篇。那么，话剧的对话应当美妙，电影中不就更该这样么？在这图画、乐章、诗歌、戏剧交织成的作品里，对话若是糟糕啊，实在大煞风景！我们有责任用最简练精美的对话配合上去，使整部片子处处诗情画意，无懈可击！

从我看到的一些影片来说，它们的对话似乎还须更考究一些。有的片子里，正是那句简单而具有关键性的句子恰好使我听不明白。原因何在呢？我想这不应完全归罪于演员。句子原来就没写好，恐怕也是失败的原因。在纸面上，那一句也许很不错，可是字音的安排很欠妥当，像绕口令似的那么难说，谁也说不好！台词须出着声儿写，也许有点道理。

更多遇到的是：本来三言两语就够了，可是说上没完，令人扫兴。本来可以用一两个字就能解决问题的，却偏要多说。还有呢，对话既长，句子又没板没眼，气口儿不匀，于是后半句就叫演员“嚼”了，使人气闷。我们要全面地运用语言，因而须多方面去学习。比如说，在通俗韵文里，分上下句。我们的对话虽用散文，也可以运用此法。上下句的句尾若能平仄相应，上句的末字就能把下句“叫”出来，使人听着舒服、自然、生动。在适当的地方，我们甚至可以运用四六文的写法，用点排偶，使较长的对话挺脱有力。比如说：在散文对话之中插上“你是心广体胖，我是马瘦毛长”之类的白话对仗，必能减少冗长无力之弊。为写好对话，我们须向许多文体学习，取其精华，善为运用。旧体诗词、四六文、通俗韵文、戏曲，都有值得学习之处。这可不是照抄，而是运用。

是，是要善为运用！有一次，我听到电影中的一句歇后语。听过了半天，我才明白原来是一句逗笑的歇后语，要笑也来不及了。为什么这样呢？原来是作者选用了一句最绕嘴的歇后语，难怪演员说不利落，失去效果。这就是作者不从多方面考虑，而一心一意只想用上这么一句。结果，失败了！不要孤立地去断定哪句话是非用不可的！要“统筹全局”，从多方面考虑。

总之，对话在电影中，不但要起交代情节的作用，而且要负起塑造人物的责任，“话到人到”。在语言上，必须全面运用，不但使观众听得明白，而且得到语言艺术的享受，从而热爱我们的语言。写对话的时候，我们有责任为演员与观众设想。在全面运用上，我只提到字音等问题，也没有讲透彻，至于如何使语言简练，用字如何现成等等，就不多说了。再声明一下，我的办法不是条规，仅供参考而已。

第七十七讲

风格与局限[①]

老　舍

风格有无局限之弊？

答：也有，也没有。

作者以一成不变的风格，去应付不同的内容与形式，难免有成有败。适者成功，不适者失败，这便是局限。

文学史中亦有相反的例子，如莎士比亚。他以自己特有的风格写悲剧，也以自己特有的风格写喜剧，应付裕如，似无局限。

① 原载1961年4月《电影艺术》第2期，据2008年版《老舍全集》第16卷校订。

不过，莎士比亚这样的作家较少。一般地说来，风格既由个人的才能、生活、文学修养等等而决定，总会或长于此，或长于彼，有些局限——但不是不能克服的。

不应当因局限而放弃风格，或轻视风格，百花齐放，风格是各种花的特有的光彩与香味。

即使承认风格有所局限，作家也不该不去多方面尝试。“文武昆乱不挡”是作家应有的雄心。文学修养包括着多方面尝试。作品可能失败，功夫却不亏人。这次失败，下次就会有些进步。诗没写好，而或有益于以后把散文写得更精练。

当作家的风格已成，而欲多方面去尝试的时候，他有两条路可走：第一是不论内容与形式如何，他打定主意，不变原来风格。第二是详察默虑，怎样发展风格，适应新著。前者若是出于不考虑内容与形式的要求，只图写起来方便，多半失败。反之，若是出于自信与努力，呕尽心血，力求运用自己的风格，出奇制胜，可能成功。

后者亦有二途：一是风格有所变化，求得新的发展。二是借取一些别人的手法，拼拼凑凑，以期便于表现新的内容。前者高明，后者虚浮。

夏衍同志的《革命家庭》获得很大的成功，衷心致贺！特别使我们高兴的是他不甘于老写《林家铺子》，而愿多面尝试，大显身手。我们应当向他学习，都立雄心，树大志，要求自己文武双全，“昆乱不挡”！

他的风格一向是平林淡远，秋叶初霜的那一种。有人颇替他担心，能否写好白色恐怖中的《革命家庭》。他敢于尝试，得到成功！

在这个尝试中，他没采取不管内容如何，只图自己笔下方便的态度。他力求以自己的风格，适应革命的内容，苦心经营，取得胜利。这足以证明：只要真下功夫，风格的局限是可以突破的。以一部革命故事影片来说，《革命家庭》是独具风格的好片子！夏衍同志的风格不但没有损伤了革命的内容，反而给影片以干净利落的特色。

假若一定叫我挑毛病的话，我有下边的不成熟的意见：夏衍同志似乎没有完全相信自己的风格，而借来一些东西，支持斗争场面。影片中那一些武打的场面，我仿佛都在别的影片中看见过，略欠新颖。我想假若夏衍同志完全相信自己的风格，这些场面会别具匠心，另有特色。在白色恐怖中，作者只从人所尽知的烧文件、转移工作地点等等下手，使人觉得那些革命战士只有招架之工，并无还手之力。夏衍同志向来会用深入浅出，以小见大的手法。他会以一句话，或一个小动作，表现革命者在万分危急之中，仍有办法打击敌人。可是，他似乎忘了他的拿手戏。于是，这部片子里就缺少了一些革命浪漫主义的气息。片中某些革命者似乎太老实，忠诚而缺乏气魄。有人说，看了这部片子觉得压抑，喘不过气来。假若这说的正确，恐怕不是因斗争的惨酷而来，而是因为革命浪漫主义的气氛不够。

这是不是也与风格有关系呢？有关系。能不能克服呢？能！夏衍同志在编这个剧本的时候，我看得出来，并没老气横秋地只顾卖弄自己的风格。要是那样，他就不会写出这么成功的剧本来。这是无可驳倒的事实！他是眼盯着剧本内容，运用自己的风格的。他这次既能成功，也就能获得更大的成功。他下了苦心，去制造故事中的生活气息，使人从一般的生活中看见革命生活。可是，他没能以百分之百的自信心，通体以自己的风格处理一切，以至有的地方只泛泛地交代，不能丰富观众的想象；有的人物本可发出更多的内心光彩，而只从表面上滑了过去。不过，我相信，有了这次的经验，他会学到怎么信任自己的风格，从而发展之，既不失他原来的长处，又能于关键所在之处，画龙点睛，增加些革命浪漫主义的光芒。我预祝夏衍同志不断劳动，取得更大的胜利！

第七十八讲

喜剧的语言[①]

老　舍

喜剧与相声不同，它不全仗着“说”。可是，拙笨呆板的语言必使喜剧减色，不管剧情有多么好。喜剧的语言必须足以支持喜剧的人物与情节。这很不容易作到。

我试写过喜剧，不大成功。在进行习写喜剧的时候，我遇上许多困难。在这里，我只就个人的经验谈谈喜剧语言的一些问题，不敢全面立论。

我们首先要注意到：知识分子的幽默与讽刺往往离不开掉书袋[②]，把“莫名其妙”说成“莫名其土地堂”[③]便觉得很俏皮。其实，这一点也不俏皮。挖苦人家把“李逵手使大斧”念作“李达手使大爹”便觉得讽刺的很够味儿。其实，这只是挖苦人，一点也不高明。是的，自古以来，文人编的笑话，多半是“莫名其土地堂”之类的。真正的好笑话是人民的创作。文人会掉书袋，人民却从生活中找到笑话的资料与语言。我们在联欢会上说的好笑话多来自民间，而不来自文人编辑的什么笑话选集。文人编造的好笑话与好相声并不多见，因为他们总是咬言咂字，耍弄字眼儿，既没有丰富的生活，也不掌握活的语言。我们既须从人民生活中找到喜剧的素材，更须从人民口中学到活的语言。掉书袋至多只可偶一为之。老派文人爱掉书袋，新文人又或者难免要学生腔，其病

① 原载1961年1月30日《文汇报》，据2008年版《老舍全集》第16卷校订。

② 指说话或写文章好引用古书言词来卖弄自己的学识渊博。

③ 土地堂即土地庙，客家话“庙”、“妙”同音，“莫名其土地堂”的歇后就成“莫名其妙”了。

一也，都是生活不够丰富，语言脱离了生活。秀才圈子里不会产生活泼明快的喜剧语言来。不要把喜剧语言只当作语言问题看待，语言与生活是分不开的。

喜剧最足以显露作者的才华：随机应变，见景生情，随时拿出既明快又深刻的惊人之语来。这必须有丰富的生活作底子。生活不丰富，往往就磨豆腐似的，绕来绕去，求得幽默或讽刺的效果。那不会有好效果。喜剧的语言是要一碰就响的。拉锯式的语言只能起催眠作用。

不要想起一句漂亮话来，就视同珍宝，非用上不可。喜剧的语言须密切配合人物与情节的发展。若是孤立地只珍惜一句话，而忘了人物与情节，不管那句话多么漂亮，也没有什么好处。话到，人物到，情节到，才能够起立竿见影的作用，或使全堂哄笑，或令四座点头。在我修改剧本的时候，我不惜把很得意的句子删去。情节有所更易，语言也得跟着改变。这须狠心割爱。

歇后语用在合适的地方不无作用，但切忌不管在什么地方，非用上不可。在我们日常生活中，歇后语的确有些用处。因此，适当地用在舞台上，也确是既俏皮又亲切。可是，无论怎么说，歇后语总是借来的，不是我们创造的，用得不适当或太多，反倒露出我们只会抄袭，令人生厌。我看过一出话剧，其中的每个角色都爱说歇后语，倒仿佛是歇后语专家们在开会议。这应加以控制，勿使泛滥成灾。

以前，我往往贪用土话，以为土话俏皮，可以增加喜剧气氛。自从推广普通话运动开始，我逐渐减少土话的利用。多思索思索，普通话照样能够支持喜剧。语言本身并不分喜剧的与悲剧的两类，只看我们怎么运用。

最忌低级趣味！为要逗笑，稍不留神，即趋下流。我们今天的喜剧应负有提高语言之责。风趣不是诟骂，逗笑不可一泄无余，失去含蓄。幽默不是乱开玩笑，讽刺也不是对人身的挖苦。假若悲剧的语言是月晕晴雷，风云不测，喜剧的语言便应似春晓歌声，江山含笑。它使我们轻松愉快，崇高开朗，热爱我们的语言！

要写好喜剧的语言很不容易，我们都须下一番苦功夫！

第七十九讲

喜剧点滴[①]

老　舍

怎样写喜剧？我回答不上来。我没写出过优秀的喜剧。我只能就自己习写喜剧的一点点经验，枝枝节节地说上几句，而且不一定可靠，供参考而已。

先说语言：戏剧的语言应当是诗的语言，不管是用韵文写还是用散文写，也不管是写悲剧还是写喜剧。悲剧与喜剧虽然都需要最好的语言，可是喜剧似乎有赖于语言的支持者更多，因为喜剧的情节，不管多么好，若不随时配备上尖锐、生动的词句，就一定使喜剧效果受到损失。喜剧的漂亮语言应与剧情的发展相辅而行，不断地发出智慧的火花。我有这么个看法：悲剧好比不尽波浪滚滚而来，与我们的热泪汇合到一起，而喜剧则如五彩焰火腾空，使我们惊异而愉快。喜剧的语言必须有聪明，有趣味，五色缤纷，丽如焰火。这很不容易作到。世界文学史中，能写悲剧又能写喜剧的剧作家并不很多；在许多条件中，运用语言的本领不能不算作一个。因此，想要写喜剧，必须注意及此。

也须注意：喜剧语言的漂亮并不靠找来些俏皮话与歇后语。这种现成话用多了，适足以使人感到庸俗。我们须由人物的性格的发展中创造出极富机智、使人惊喜的语句来。喜剧的语言应当接近讽刺诗，处处泼辣生动。对语言，只说这么几句。

内容决定形式。什么故事宜于悲剧或喜剧，作者当会决定，不必在此多说。我只愿说说我们今天写喜剧所应注意的事情。

① 原载1959年《安徽戏剧》12月号，据2008年版《老舍全集》第18卷校订。

我以为在我们的不断革命的时代里，喜剧的资料是用之不竭的，因为既是不断的革命，内部矛盾就必层出不穷。由团结——批评——团结的态度出发，内部矛盾是可以得到很好的解法的。这就供给了许多喜剧资料。因此，我们必先认清，若是写内部矛盾，我们的笔下便不是无情的鞭挞，像打击敌人那样，而是善意的鞭策，提高觉悟。喜剧不必一定是讽刺剧，但是旧时代的喜剧恐怕多半含有极尖锐的讽刺，入骨三分，叫讽刺的对象难以自容。这个态度不适用于写内部矛盾。可以说，写内部矛盾的喜剧是一种新型的喜剧，切不可用打击敌人的方法处理。

打击敌人的讽刺剧是可以写的。不过，反映全民跃进生活的喜剧也万不可忽略。我们今天迫切需要这种喜剧。要写这种喜剧，必须深入生活，了解矛盾所在，及其解决的方法。我试写的喜剧多半因为生活不够而先天不足。我的语言相当幽默，适于写喜剧，但是专靠语言能力是撑不起一部喜剧的。

我的比较好一点的喜剧是力求由各方了解人物生活的结果。我要描写一位商店服务员，就既要了解他在商店中的生活，也要了解他的家庭生活等等。一位服务员在商店里是个积极分子，而一到家中也许就变了样子，像个老太爷。他有矛盾。这个矛盾很可能有朝一日会影响到他的工作。假若剧中有五个人物，而作者真认识他们的生活各方面，喜剧的资料便会相当丰富，能够从生活各方面“包围”他们，不至于写得干巴巴的。一部描写内部矛盾的新型喜剧中，也许没有一个反面人物。假若作者对人物的生活了解不足，就很难如此办到。

从人物的各色各样的生活中，我们把故事组织起来。最好是用一件事作故事中心，把人物联系到一起。这样，人与人的关系便明显一些，彼此间的矛盾也可能更自然一些，不至无中生有地硬制造矛盾。比如父与子、母与女之间，年纪不同，生活经验不同，在思想上就难求一致，因而发生冲突。在《女店员》里，我把女服务员的丈夫与母亲拉出来，表现大家在思想上的矛盾。这样，就使矛盾与斗争多了一些，而且叫我不必把戏都放在商店里。女服务员与母亲、丈夫等的矛盾可又都是为了同一件事：她们决心出去服务，而家里有人扯她们的腿。再加上她们在商店里遇到的困难，戏剧冲突就会增多，喜剧的气氛也更浓厚一些。人物的生活方面广，而故事集中，就不至于写成活报剧了。

欲求故事集中，必须找到个中心思想。在《女店员》里，我叫四个主要的女店员全住在一条胡同里，彼此熟识，彼此帮助。她们结成一个小阵营，与落后分子进行斗争。这样安排，剧中的穿插便活泼了一些，斗争的力量也强大一些。那么，她们为什么斗争呢？这需要一面鲜明的旗帜——妇女解放。是的，妇女解放！有了这个大题目，我就可以把剧中所有的男女排成两队：争取妇女解放的和阻挠她们解放的。于此，我就能在对话中，歌颂党的解放妇女的英明的政策。所以戏虽不大，可是有个崇高的目的，具体地说明了千百年来受压迫的妇女，只有在党的领导下，才能够站了起来！反之，我若只描写妇女有了收入，日子更好过，便一定会犯见木不见林的毛病。喜剧切忌庸俗。没有一个远大、宏伟的思想照耀着全剧，庸俗便不容易避免。

就这么结束了吧，意见不成熟，不敢再多说。

第八十讲

论悲剧①

老　舍

近二、三年来，我们的讽刺剧的运气比悲剧的好一些。苏联曾供给了我们一些讽刺剧的理论和作品实例，我们自己也写了一些讽刺剧。从观众的反应来

---

① 原载1957年3月18日《人民日报》，据2008年版《老舍全集》第17卷校订。

看，大家是喜爱讽刺剧的。可是也有人不大喜爱它：有的呢是因为讽刺的对象和自己有些相似，心中难免不大舒服；有的呢虽然不把毛病往自己身上拉，可是讽刺的对象是他的同行，为了同行的义气，他不能不声明：在我们这一行里，没有那样的人，也没有那样的事；还有的呢以为讽刺就是暴露，积极性不够，所以讽刺剧，甚至于连相声，都该取缔，不准再浪费笔墨。

不管怎样吧，我们到底有了讽刺剧和对它的争论。它的运气总算不错，即不在话下。

至于悲剧呢，可真有点可悲。没人去写，也没人讨论过应当怎么写，和可以不可以写。

是不是悲剧还可以照老套子去写，不用讨论了呢？我看不是。世界上最古的悲剧总是表现命运怎么捉弄人，摆布人；天意如此，无可逃脱。我们今天已不相信这套宿命论，自然也不会照着这个老调儿去创作悲剧。后代的悲剧主要地是表现人物（并不是坏人）与环境或时代的不能合拍，或人与人在性格上或志愿上的彼此不能相容，从而必不可免地闹成悲剧。今天我们是可以还用这个办法写悲剧呢，还是不可以呢？

我们还没有讨论过。这只是未曾讨论，不是无可讨论。

是不是我们今天的社会里已经没有了悲剧现实，自然也就无从产生悲剧作品，不必多此一举去讨论呢？我看也不是。在我们的社会里，因为人民生活的逐渐改善和社会主义的建设等等，悲剧事实的确减少了许多，可是不能说已经完全不见了。在我们的报纸上，我们还看得到悲剧事例的报道。

是不是我们在生活中虽然还有悲剧，可是人民已经不喜欢看苦戏，所以我们就无须供应呢？也不是。我们天天有不少人到戏园去，为梁山伯与祝英台掉些眼泪。是不是人民只爱为古人落泪，而不喜为今人落泪呢？这我就不知道了，因为我们还没有演出过新悲剧。《雷雨》很叫座儿，但它已二十多岁了。

不错，我们的确写出了《刘胡兰》、《董存瑞》等传品，可是，用传统的悲剧定义来看，这些作品大概不能算作悲剧。这些作品是歌颂杀身成仁，视死如归的英雄人物。这些人物光明磊落，死得光荣，虽然牺牲了性命，而流芳千古，不是悲剧。假若这些作品也该算作悲剧，悲剧的范围即当扩大。我们也没讨论过。

上述的“传统”是西洋的传统。我们不必事事遵循西洋，可以独创一格。可是，这一格应当是什么样子呢？我们还不知道。在我们的民间戏曲里，有不少出戏是一开头很像悲剧，可是到末尾总来一个大团圆。是不是这种先悲后喜的戏应当算作我们的悲剧程式呢？这也没有讨论过。

为什么我们对悲剧这么冷淡呢？

我并不想提倡悲剧，它用不着我来提倡。二千多年来它一向是文学中的一个重要形式。它描写人在生死关头的矛盾与冲突，它关心人的命运。它郑重严肃，要求自己具有惊心动魄的感动力量。因此，它虽用不着我来提倡，我却因看不见它而有些不安。是的，这么强有力的一种文学形式而被打入冷宫，的确令人难解，特别是在号召百花齐放的今天。

我们反对过无冲突论。可是，我们仍然不敢去写足以容纳最大的冲突的作品——悲剧。是不是我们反对无冲突论不够彻底，因而在创作上采取了适可而止与报喜不报忧的态度呢？假若这是真情，那么，谁叫我们采取了那个态度呢？我弄不清楚。

我们可以不可以把这样的事——一个心地并不坏的干部而把好事作坏，以致激起民愤，闹出乱子，写成悲剧呢？或者，我们可以不可以把干部不关心子女，以致子女犯了罪，写成悲剧呢？

我并不偏爱悲剧，也不要求谁为写悲剧而去写悲剧，以使聊备一格，古代有过的东西，不必今天也有。我可是知道悲剧的确有很大的教育力量。假若我现在要写一部关于干部不关心子女的悲剧，我的动机是热爱我们的第二代，是要教育干部怎样尽到作父母的责任。我取用悲剧形式是为加强说服力，得到更大的教育效果。我既不是攻击干部，也不是不满意社会主义制度；反之，我是要热诚地保卫我们的第二代，社会主义建设的接班人。鉴于过去几年来我们对于悲剧的冷淡，我怀疑我的愿望能否实现。

也许有人说：民主生活越多，悲剧就越少，悲剧本身不久即将死亡，何须多事讨论！对，也许是这样。不过，不幸今天在我们的可爱的社会里而仍然发生了悲剧，那岂不更可痛心，更值得一写，使大家受到教育吗？

这几天，毛主席教训我们应当怎样处理人民内部矛盾。这是治国安邦的大道理。我们作家都应当遵照主席的指示，在作品中尽到宣传教育的责任。可是，是不是就有人会说：描写人民内部矛盾不可用悲剧形式，因为虽然悲剧中不一定把人物写死，可是究竟有些“赶尽杀绝”的味道。这个说法对不对呢？

我一时想不清楚这些问题，所以诚心地请求大家指教！

第八十一讲

话剧的语言[①]

老　舍

文学语言不仅负有描绘人物、风景，表达思想、感情，说明事实等等的责任。它还须在尽责之外，使人爱读，不忍释卷。它必须美。环肥燕瘦，各有各的美，文笔亦然：有的简劲，有的豪放，有的淡远，有的滟艳……。美虽不同，但必须美。

创作的乐趣至少有两个：一个是资料丰富，左右逢源，便于选择与调遣，

① 据2008年版《老舍全集》第16卷校订。

长袖善舞，不会捉襟见肘。一个是文字考究，行云流水，心旷神怡。有文无物，即成八股；有物无文，行之不远。最好是二者兼备，既有内容，又有文笔，作者情文并茂，读者悦目畅怀，皆大欢喜！

以言话剧，更须情文并茂，因为对话占有极重要的地位。近年来，我们的话剧有很好的成就，无可否认。可是，其中也有一些剧本，只顾情节安排，而文字颇欠推敲，亦是美中不足。这类作品的执笔者似乎竭尽全力去排列人物，调动剧情，而在文笔上没有得到创作的乐趣与享受。人物出场的先后既定，情节的转折也有了个大概，作者似乎便把自己要说的话分别交给人物去说，张三李四原来不过是作者的化身。这样写出的对话是报告式的，平平静静，不见波澜。（当然，好的报告也并不是一汪死水。）至于文字呢，似乎只顾了说什么，而没考虑怎么说。要知对话是人物性格的“声音”，性格各殊，谈吐亦异。作者必须苦思熟虑：如此人物，如此情节，如此地点，如此时机，应该说什么，应该怎么说。一声哀叹或胜于滔滔不绝；吞吐一语或沉吟半晌，也许强于一泻无余。说什么固然要紧，怎么说却更重要。说什么可以泛泛地交代，怎么说却必须洞悉人物性格，说出掏心窝子的话来。说什么可以不考虑出奇制胜，怎么说却要求妙语惊人。不论说什么，若总先想一想怎么去说，才能逐渐与文学语言挂上钩，才能写出自己的风格来。

为写剧本，我们须找到一个好故事，但不宜满足于此。一个故事有多种说法，要争取自己的说法最出色。在动笔写剧本的时候，我们应当要求自己是在作“诗”，一字不苟。在作诗的时候，不管本领大小，我们总是罄其所有，不遗余力，一个字要琢磨推敲多少次。为什么写话剧不应如此呢？一首诗也许得不到当众朗诵的机会，而话剧本来是要演给大家听的呀。大家去听评书，并不一定是为听故事，因为也许已经听过多少遍，特别是那些最热闹的节目，如《挑帘杀嫂》、《连环套》等等。我们是去听评书先生怎么说。语言之美足以使人百闻不厌。话剧是由几位或更多的演员同演一个故事，此扮张三，彼饰李四，活生活现，比评书更直接，更有力。那么，若是张三李四的话都平平常常，可有可无，谁还爱听呢？

文学语言，无论是在思想性上，还是在艺术性上，都须比日常生活语言高出一头。作者须既有高深的思想，又有高度的语言艺术修养。他既能够从生活中吸取语言，又善于加工提炼，像勤劳的蜂儿似的来往百花之间，酿成香蜜。

再说一次，免生误会：我不喜欢有文无物的八股。我不是说，话剧应只讲究文笔，不顾其他。我是说，话剧既是文学作品，就理当有文学语言。这不是苛求，而是理之当然。看吧，古往今来的有名文人，不是不但诗文俱佳，而且连写张字条或一封家信也写的优美吗？那么，为什么写话剧可以不讲究文字呢？这说不通！

我们讲思想性，故事性；应当讲！但是，思想性越高，便越需要精辟的语言，否则夹七夹八，词难达意，把高深的思想说得胡里胡涂。多么高深的思想，需要多么精到的语言。故事性越强，也越需要生动鲜明的语言。精采的语言，特别是在故事性强的剧本里，能够提高格调，增加文艺韵味。故事性强的戏，容易使人感到作者卖弄舞台技巧，热闹一时，而缺乏回味。好的语言会把诗情画意带到舞台上来，减少粗俗，提高格调。不注意及此，则戏越热闹，越容易降入平庸。

格调欲高，固不专赖语言，但语言乏味，即难获得较高的格调。提高格调亦不端赖词藻。用的得当，极俗的词句也会有珠光宝色。为修词而修词，纵字字典雅，亦未必有力。不要以为多掉书袋，酸溜溜的，便是好文章。字的俗雅，全看我们怎么运用；不善运用，雅的会变成俗的，而且比俗的多着点别扭。为善于运用语言，我们必须丰富生活经验，和多习书史，既须掌握活的语言，又略习旧体诗文。好的戏剧语言不全凭习写剧本而来，我们须习写各种文体，好好地下一番工夫。缺乏此种工夫的，应当补课。

有的剧本，语言并不十分好，而演出很成功。是，确有此事。可是，这剧本若有更好的语言不就更好吗？有的剧本，文字上乘，而演出不大成功。是，也确有此事。这该去找出失败的原因，不该因此而断定：成功的剧本不应有优美的文字。况且，这样的作品虽在舞台上失败，可是因为文字可取，在图书馆中仍能得到地位。有许多古代剧本已多年不上演，我们可还阅读它们，原因之一就是因为语言精致，值得学习。

我自己的语言并无何特色，上边所说的不仅为规劝别人，也为鞭策自己。

出 版 说 明

这是一本近现代作家的文章选集，内容主要是讲解怎样写文章和创作文学作品。

为保持作品原貌，同时方便现代读者阅读，编者参考多个版本，并对照作品早期文本，做了反复、严谨的校订。现就校订的大致情况作几点说明。

字形和词形

现代汉语的字形词形是逐渐规范起来的，这个规范过程伴随着演变过程。如果按现行字形词形规范，就得对早期文本进行很多改动，破坏作品原貌。因此，我们只能采取折中的办法。

与现代规范简化字或简化字推荐字形相差较大，容易引发歧义或误解的，就改为现代规范简化字或简化字推荐字形。比如，“鈔”当“抄写”“抄录”讲时，全部改成“抄”。“帐”用于“算账”“账目”时，全部改成“账”。“叶”当“书页”讲时，全改成“页”。“甚么”全改成“什么”。“底”当“的”或“地”用时，改为“的”或“地”。

与现代规范简化字或简化字推荐字形相差不大，不致引发歧义或误解的，就保留原来的字形词形。比如，“的”“地”“得”“那末”“发见”“智识”等，全依早期文本，保留原样。

“那”字，在早期文本中，既当疑问代词和不定代词（著名的例子是毛主席的《人的正确思想是从那里来的》），也当代词。现在的规范用法，疑问代词和不定代词用“哪”。早期文本中也有“哪”字，不过是语气助词，用于语尾，类似现在的“呐”“呢”。还有些字形词形，在早期文本中并没有规范，使用很随意，比如：了、瞭，采、彩，象、像，作、做，他、牠（它），工夫、功夫，等等。对于这些字形词形，如果强行改正，不仅会破坏作品的原貌，还可能因为误判而改错，所以全依早期文本，保留原样。

文本本身就是语文的史料，在不影响读者阅读和理解的前提下，保留一些早期文本的字形词形，既能反映出字形词形的演变过程，还能反映出作者的风格。比如本选集中，夏丏尊先生和老舍先生的文章，就基本上符合现代汉语的字词规范。因此，他们的文章，基本上是原样呈现。

注音和注释

为方便读者阅读，我们对读者可能感到陌生的一些生僻字词、外国人名和作品名，加了简明的注释。比如，觌面，读音 dí miàn，意思是看见、见面、当面。政俶燔典，政，即嬴政。俶，读音 shū，意为开始。燔，读音 fán，意为焚烧。再如，按照现在通常译法，“福来培尔”译作“福楼拜”，“嚣戈”译作“雨果”，“道斯陀耶甫司奇”译作“陀思妥耶夫斯基”，等等。

标点和格式

现代汉语的标点，也有一个逐渐演变、规范的过程。我们依据同样的原则，在方便读者阅读和理解的前提下，保留了一些早期文本的标点样式，没有按照现在的规范强行统一。格式的最大问题，是现代诗歌的排法。早期有所谓“诗形学”一说，有些现在整理的全集本，没有注意到现代诗歌的格式，我们按照早期文本恢复了当时的格式。

编　者